Anders Alborg

Das Unikat

Flucht ins Leben

Thriller

Bücher von Anders Alborg:

Das Unikat	Osburg Verlag	ISBN 978-3955100025
Das Unikat - Flucht ins Leben	Verlag Karim Pieritz	ISBN 978-3944626918

www.anders-alborg.com

Weitere Bücher im Verlag Karim Pieritz:

Kinderbuch-Reihe „Leuchtturm der Abenteuer“:

01. Die Reise nach Himmelblau	ISBN 978-3944626017
02. Flucht durch Bärenstadt	ISBN 978-3944626024
03. Gefahr in Immergrün	ISBN 978-3944626031
04. Hüter des Kristalls	ISBN 978-3944626048
05. Der Stein der Riesen	ISBN 978-3944626055
06. Kampf um Himmelblau	ISBN 978-3944626062

Fino entdeckt die Welt (Bilderbuch)	ISBN 978-3944626819

www.karimpieritz.de

Anders Alborg: Das Unikat - Flucht ins Leben
Berlin, März 2016

Cover Design: Red Bug Books
Photo: iStockphoto

Printed in Germany
ISBN 978-3-944626-91-8

Für meine Familie

Prolog

Mecklenburg-Vorpommern

Das hier hatte noch nie jemand getan. Ein Fehler und ...

»Wir schaffen das, Simon«, sagte Miriam, »sag mir, was ich tun soll.«

»Bitte fass hier mit an.« Vorsichtig klappte er den oberen Plexiglasdeckel nach hinten, dann löste er behutsam die Verschlüsse der zweiten Kammer. Die rosafarbene Membran darin pulsierte gleichmäßig im Rhythmus der Versorgungspumpen.

»Und jetzt?«, fragte Miriam.

»Wir bringen *es* auf die Welt, wie mit einem Kaiserschnitt.«

»Simon, wenn du das jetzt aufmachst ...«

»Dann gibt es für uns kein Zurück mehr.«

Peking

Wa Ling kämpfte einen Moment mit sich, ehe er die Tür aufstieß. Der Vorsitzende des Militärrates hockte hinter seinem Schreibtisch wie ein kurz vor dem Sprung versteinerter Panther, fast 80 Jahre alt, drahtig, die Haare so schwarz gefärbt, dass die Ebenholzplatte des Tisches vor ihm eher grau wirkte. Sein Blick war starr auf den Eintretenden gerichtet, ein unsichtbarer Laserstrahl, der gleich ein Loch in Wa Lings Kopf brennen würde.

Er machte noch einen Schritt nach vorne, blieb an dem Stuhl neben dem Schreibtisch stehen. Wenn er es wagte, sich zu setzen, dachte Ling, würden gleich Tausende von Volt durch seinen Körper strömen wie in den Sesseln in amerikanischen Todestrakten.

Die steinerne Raubkatze musterte ihn weiter, nur ihre Lippen bewegten sich kaum merklich. »Erzähl! Alles!«

Sie wollten ihn zum Sündenbock machen für das, was die anderen vermasselt hatten, bei seinem Versuch, ganz nach oben zu kommen, an allen Regularien vorbei. Zuerst galt es also, die Schuld abzuwälzen.

Wa Ling begann seine stundenlang eingeübte Verteidigungsrede. »Zum Wohle der Partei und auch der arbeitenden ...«

Der Blick seines Gegenübers ließ ihn erstarren. Das Raubtier kroch ein Stück auf ihn zu. »Es gibt zwei Möglichkeiten für dich, weiterzuleben«, sagte dessen Stimme kalt und schneidend wie gefrorener Stahl. »Entweder verteilt auf die Organe, die wir nach deiner Hinrichtung zur Transplantation frei geben werden, oder ...« Der Vorsitzende machte eine Pause, so lang, dass Wa Ling glaubte, er müsste ersticken, wenn er noch weiter die Luft anhielt. »Oder du sagst mir, was ich wissen willl.«

Die Vorstellung, dass seine Zunge in Kürze eines der letzten in seinem ausgeschlachteten Körper verbliebenen Organe sein könnte, ließ ihn die einstudierte Rede mitsamt ihren sorgfältig formulierten Sätzen und Argumenten vergessen.

»Ja«, kam er gleich zum Kern der Sache, »dieses Wesen war kein Hirngespinst.« Er berichtete von merkwürdigen Informationen aus dem Sudan, von Forschungsprojekten in Deutschland, von heimlich aufgenommenen Bildern skurriler Brutmaschinen, der Zusammenstellung eines Teams, dem schon sicher geglaubten Zugriff, dem Desaster, das bruchstückhaft in kleinen Portionen nach China gemeldet worden war, schließlich dem Verlust ihrer Beute.

Es war heraus. Endlich. Wa Ling fühlte sich so erleichtert, dass er laut hätte schreien können. Das, was er so lange in sich verborgen gehalten hatte, war heraus, hörte auf, seinen Verstand und seine Seele zu vergiften.

Er hatte gebeichtet, sein Inneres geöffnet, nichts für sich behalten. Er hatte den besten Weg gefunden, den Kopf aus der Schlinge zu ziehen. Jetzt konnte er gefasst dem Urteilsspruch entgegensehen.

Aber es war noch nicht so weit. Der Panther ihm gegenüber hatte zwischendurch immer wieder ermutigend genickt, dabei fast menschliche Züge angenommen, aber jetzt spannten sich seine Muskeln, er setzte zum finalen Sprung an, schleuderte ihm die Frage entgegen, von der Wa Ling gehofft hatte, dass sie nie käme: »Und wer hat es jetzt?«

Greifswald Deutschland

Beskonjetschnja. Unendliche Dunkelheit, Stillstand, ein Stoß, ein Schwingen, Bewegung, dann wieder ganz still.

Dahintreiben, in einem Ozean aus Schwarz, eingebettet in Finsternis. Wo bin ich? Ist da noch etwas?

Beißende Helligkeit, ein Strahl grellen Lichts vertreibt die Finsternis.

Temnota. Schmerz. Ist das Schmerz, wenn da, wo vorher alles dunkel war, plötzlich ein Feuer brennt?

Die Dunkelheit kommt so schnell zurück, wie sie eben vertrieben worden ist. Aber das Feuer glimmt noch nach. Schnell. Jetzt. Suchen in der Dämmerung. Das Zwielicht nutzen. Aber überall nur Fragen. Keine Antworten. Verschwimmende Bilder werden immer dunkler, bis nur noch Schwärze übrig bleibt.

Fetzen von Stimmen dringen in die Dunkelheit.

»... hat reagiert ...«

»... Quatsch. Lichtstarr, genau wie in den letzten Woch ...«

»... aber doch. Zumindest ein biss ...«

Es wird wieder hell, langsamer diesmal, ein Druck, Schmerz bevor das Licht wieder explodiert. Weiß, überall weiß, Schatten darin.

»... könnte sein, dass Sie recht ... «

Wieder dunkel. Bleib bei den Stimmen, lass sie nicht los.

»Gut beobach ... Frau Kolleg ... Pupille scheint zu rea ... «

Die Lichter verglimmen. Zwei große Schatten lösen sich langsam auf. Sind das die Stimmen? Was ist hinter den Schatten? Halte die Stimmen fest, dranbleiben.

»Sie meinen, er wacht auf?«

»Vielleicht. Aber besser noch nicht heute. Der Chef will als Erster ...«

Nicht verlieren. Ich darf die Stimmen nicht verlieren.

»... Infusion höher ... noch 75 Thiopental.«

Die Schwärze greift nach den Resten des Glimmens, löscht sie aus. Aber da ist noch etwas, ein Geschmack, scharf. Ein Wort formt sich im Nichts. Knoblauch. So schmeckt Knoblauch. Das Dunkel wird stärker, hüllt ihn ein, zerrt an ihm.

Die Stimmen schweben davon, nur Stille bleibt da.

Und dann sinkt er in das zurück, was hinter der Schwärze ist.

Kalifornien

Ross Fletcher sah dem kleinen weißen Ball hinterher, der auf einer idealen Flugbahn das Grün ansteuerte, dann plötzlich nach rechts abdrehte und direkt in dem Dickicht neben dem Bunker einschlug.

Der Slice. Da war er wieder. Und ausgerechnet jetzt an der 18. Bahn. 160 Meter, ein Par 3. Ein gut verteidigtes Grün, aber doch locker zu spielen. Und das gerade jetzt, wo sein Ergebnis auf der Runde trotz der verheerenden Nachrichten aus Deutschland durchaus sehr ansprechend war.

Sein Mitspieler schickte mit einem eher flachen Schlag seinen Ball auf die Reise, der kurz vor dem Grün aufkam und langsam seitlich in den Bunker rollte. Dann schüttelte er den Kopf und lehnte sich auf sein Eisen. »Deiner dürfte verloren sein, also noch einen provisorischen Ball von hier?« Ein mehr als überflüssiger Kommentar, aber dem CEO eines weltumspannenden Großunternehmens konnte man das durchgehen lassen. Vielleicht war er ja eines Tages von Interesse für die Organisation.

Golfregel 27: verlorener Ball. Zwei zusätzliche Schläge kostet mich dieser missglückte Schlag, den Strafschlag und den provisorischen Ball, und lächerliche fünf Dollar kostet der Ball, dachte Ross. Und was hatten sie durch Nachlässigkeit gerade da drüben an Deutschlands Ostseeküste verloren? 5 Millionen? 50? 500? Oder sogar noch mehr?

Er nahm einen neuen Ball aus der Golftasche und entschied sich, noch einmal von diesem Punkt abzuschlagen.

Und genau das war es, was sie auch in der anderen Sache tun würden. Einfach noch einmal. Aber richtig. Kraftvoll, präzise und voll konzentriert. Und diesmal bis zum Ende der letzten Bahn.

Ross sah seinem Ball nach, der mitten auf dem Grün aufkam und noch einige Meter bis fast an die Fahne heranrollte. Manchmal war der zweite Versuch eben deutlich besser als der Erste.

Er sah den anerkennenden Blick seines Partners und lief los, seine Schritte wurden immer leichter, als er sich das Klicken des Balls vorstellte, wenn er ihn mit dem nächsten Putt im Loch versenken würde. Eine Vier gerettet am Par 3, das Gesamtergebnis nur unwesentlich verschlechtert.

Sein Mitspieler verließ den Abschlag und steuerte auf das Dickicht zu. Zwecklos. Was sollte das? Sie hatten doch beide den Einschlag des Balles dort gesehen.

Ross lief weiter zum Grün und rief sich die Golfregeln ins Gedächtnis. Ein Buch beinahe so dick wie die Bibel und mindestens genauso bedeutsam für die Gläubigen des Golfsports.

Regeln über Regeln und Einzelfallentscheidungen für das, wofür es – zumindest bisher – noch keine Regeln gab. Fünf Minuten Zeit für die Suche, dann galt ein Ball als verloren.

Regeln. Lächerlich, etwas, das er sonst in seinem Leben nicht akzeptierte.

Aber man musste die Regeln kennen, an die sich die anderen hielten. Damit man mit ihnen spielen konnte, ohne dass sie es merkten, ihre Handlungen vorausahnte und ihre Schwächen nutzte, ehe sie reagieren konnten. In Ausnahmefällen konnte man sich ja auch mal an die Regeln halten, wenn es Erfolg versprach.

Sein Spielpartner stand bis zum Knie im tiefen Gras vor dem Gestrüpp und winkte ganz aufgeregt. Er hatte den Ball gefunden? Wie das? Ross angelte das Pitching-Wedge aus seiner Golftasche, lief los und bahnte sich den Weg durch das hohe Rough. Er hatte doch seinen Ball eindeutig in dieses Dornendickicht verschwinden sehen, das ihnen breit wie ein Einfamilienhaus den weiteren Weg verwehrte. Der andere Mann deutete auf den Boden. Tatsächlich sein Ball, eingebettet in das dicke Gras, Ross musterte das Dickicht. Da, mittendrin lag ein Stein, nicht größer als ein Fußball. Den musste er so getroffen haben, dass sein Golfball wieder aus dem Hindernis herausgesprungen war. Skurril. Wie groß war die Wahrscheinlichkeit, aus 150 Metern einen Stein dieser Größe zu treffen?

Golfregel 13: Den Ball spielen, wie er liegt. Ross stellte sich auf zum Schlag, schätzte die Entfernung zur Fahne und schlug den Ball aus dem dichten Gras in Richtung Ziel. Gelungen. Direkt auf das Grün, fast so gut wie der andere, der provisorische Ball, den er jetzt wieder einstecken konnte.

Er dachte an Deutschland. Vielleicht sollten sie auch da suchen, auch das Unwahrscheinliche in Betracht ziehen? Sie würden den provisorischen Ball weiterspielen, forschen und erfolgreich sein. Sich aber gleichzeitig auf die Suche machen. Überall auf der Welt. Mit aller Kraft. Und vielleicht hätten sie ja dann zwei einzigartige Dinge?

Moskau

Igor rutschte nervös auf der feuchten Marmorbank hin und her und betrachtete sein Gegenüber. Normalerweise genoss er den Aufenthalt im Dampfbad, das Gefühl, wenn der Schweiß aus allen Poren brach, an der aufgeheizten Haut herunterlief, die Vorfreude auf die Biere danach oder eine Massage von einer dieser knapp bekleideten Miezen.

Für heikle Gespräche genau der richtige Ort, alle fast nackt, keine versteckten Waffen. Geschäft und Vergnügen ganz dicht beieinander.

Aber heute lief es einfach nicht. Das erste Zusammentreffen mit dem Armeegeneral nach der fehlgeschlagenen Aktion in Deutschland und keiner von beiden schien Lust zu verspüren, etwas zu sagen. Die so schwere und feuchte Luft fühlte sich beim Atmen trotzdem an wie ein trockenes, hochexplosives Gemisch, das mit Leichtigkeit schon durch ein falsches Wort entzündet werden konnte.

Die Farbe in Dimitris Gesicht zeigte noch viel intensivere Rottöne als sein Körper, an dem man deutlich das Ergebnis längerer Hitzeeinwirkung erkennen konnte. Er holte tief Luft. »Der SWR hat seine zwei Leute verloren«, eröffnete er das Gespräch. »Hat mich 20 Riesen gekostet, dessen Bosse zu besänftigen. Verluste bei Auslandseinsätzen sind jetzt auch viel schwerer zu verbergen als noch zu KGB-Zeiten.« Sein Schnauzbart wölbte sich beim Sprechen wie eine dunkle Brücke über seinem Mund, als wolle er die schlechte Laune seines Besitzers noch betonen.

»Und mein Verlust ist gar nicht zu bezahlen«, brummte Igor. »Michail hat sich mit dem Monster in die Luft gesprengt. Mein bester Mann. Auftrag ausgeführt, aber ohne eigene Rückkehr.«

»Tatsächlich? Warst du dabei?«, stichelte der Schnauzbart.

»Klugscheißer! Natürlich nicht. Aber ich habe jemanden nach Deutschland geschickt zum Nachschauen. Kein Stein mehr auf dem anderen. Und du hast doch selbst die Satellitenbilder beschafft.«

Dimitri stand auf und schüttete erneut den mit Wasser vermischten Wodka auf die heißen Steine. »Also damit das klar ist, die 20 Riesen gehen auf dich«, brummte er und setzte sich wieder.

»Kommt gar nicht ...« Igor hielt inne. Am liebsten hätte er diesem Armeebonzen eine rechte Gerade verpasst und ihm dann gezeigt, wohin er sich seine Zwanzigtausend schieben konnte. Aber sollte er Dimitri wirklich erzählen, dass der Oberpfaffe im Vatikan, der ihm den Auftrag gegeben hatte, tot war und damit der Geldhahn dort zugedreht? Ein direkter Draht in die Generalität war schließlich für einen aufstrebenden Geschäftsmann wie ihn unverzichtbar. Vielleicht wäre es besser ...

Eine Bewegung und ein Blitzen wie ein kleiner Stern in Wolken. Tatjanas nackter Körper tauchte aus den Dampfschwaden auf, der Ring ihres Brustwarzenpiercings funkelte herausfordernd, sie rutschte neben ihn und sein Badetuch geriet in Bewegung. Lange rote Fingernägel bahnten sich den Weg in tiefere Regionen. Er schaute zur Seite. Eine zweite Schönheit steuerte auf Dimitri zu. Der tastete mit seinen Blicken ihren grazilen Körper ab und erhob sich. »Nächste Woche abends bei mir. Ich lasse dich wissen, wann wir uns treffen«, schnarrte er und verließ mit ihr das Bad.

Sei's drum, noch reichlich Zeit, die Taktik für das nächste Gespräch zu überdenken. Und jetzt konzentrierte er sich sowieso lieber auf Tatjanas Hände und zog sein Handtuch weg. Gut, wenn Frauen wussten, wie man Männer zumindest für eine gewisse Zeit von den Problemen des Lebens ablenken konnte.

Peking

General Wi Feng nickte dem Mädchen in der Pagenuniform nur zu, und sofort flitzte sie los, um ihm sein Lieblingsgetränk zu bringen. Eher karg und funktionell waren seine Diensträume, aber in dieser Umgebung durfte es auch ein wenig Luxus sein. Keine Befehle, einfach ein Blick, und die Wunscherfüllung begann. Er rutschte in dem mit Nashornleder bezogenen Sessel ein wenig Hin und Her, bis er seine optimale Sitzposition gefunden hatte. Man musste eben nur genug Geld und die richtigen Verbindungen haben, und alles war zu bekommen.

Er musterte seine drei Gesprächspartner, die es sich ebenfalls bequem gemacht hatten.

Als Mitglied des Politbüros wahrte er natürlich im Dienst die Form, immer asketisch und vorbildhaft nach außen hin für die arbeitenden Massen, ein spartanisches Büro, ein eher bescheidener Dienstwagen. Aber konnte es denn falsch sein, hier in der Villa seines Sohnes nach der Arbeit für Volk und Vaterland auch die angenehmen Seiten des Lebens zu genießen?

War nicht das dreistellige Millionenvermögen, das dieser als Mitglied der Geschäftsleitung der Fu Tse Limited, einem der größten chinesischen Rüstungskonzerne, in wenigen Jahren angehäuft hatte, doch nur der gerechte Lohn für die jahrzehntelange Bilderbuchkarriere des Vaters?

Den Kapitalismus studieren, sich intensiv mit seiner Menschen verachtenden Ideologie auseinandersetzen und vom Klassenfeind lernen ... konnte das jemand kritisieren?

Und dass die Villa am Meer sogar etwas größer war als das ganze Verteidigungsministerium? Das war eben der Fortschritt. Maos großer Marsch war ein Irrweg gewesen, der Weg in die Armut und Barbarei. Zumindest die Armut hatten er und seine Familie für immer hinter sich gelassen. Jetzt würden sie die Weichen für eine glorreiche Zukunft des Reiches stellen.

Das Mädchen kam mit den Getränken. Für die ihm Gegenübersitzenden ein exquisiter Whiskey und zwei türkisfarbene Cocktails, ein Glas Rotwein für ihn selbst. Er bewegte sein Glas in kleinen Kreisen, die dem Wein die Gelegenheit gaben, noch einmal zu atmen und sein unvergleichliches Aroma zu entfalten. Die reichen Russen und Araber kauften bei den Weinauktionen ganze Jahrgänge auf. Wie kurzsichtig. Er hatte lieber beizeiten seinen Sohn das beste Weingut Europas kaufen lassen.

Dem Vorsitzenden des Militärrates ihm gegenüber oblag es als Ranghöchstem, das Gespräch zu eröffnen. Im Schnelldurchgang die Formalitäten erledigt, dann diskutierten sie wie in alten Zeiten, als sie sich gemeinsam im Staatsapparat nach oben gearbeitet hatten, in der Partei, im Geheimdienst und beim Militär, jeder für sich, aber mit einem gemeinsamen Plan. An diesem galt es jetzt wieder zu feilen.

Sie mussten es haben, wenn es denn noch am Leben war. Für ihr Land. Damit die anderen es nicht bekamen. Die gierigen Amerikaner nicht und schon gar nicht die roten Brüder in Moskau.

Aber in erster Linie für die Fu Tse Limited auf ihrem Weg zum bedeutendsten Rüstungskonzern der Welt.

Florida

»Check das Schiff!« Tolle Idee vom Chef, dachte Nick. Der Alte wurde langsam etwas merkwürdig. Schließlich hatte er selbst ihn doch losgeschickt, diesen Greyson aus den Trümmern der Anlage zu holen. Armer Kerl. Als er neben ihm im Hubschrauber gesessen hatte eine respektable Erscheinung, während er sich sein grau meliertes Haar glatt strich, als wäre nichts gewesen, und aus dem Fenster auf das Desaster unten schaute. Und jetzt saß er trotz der sofortigen Behandlung im Rollstuhl. Natürlich hatte er nicht die bestellte Luxuskabine auf der *Queen of the Caribbean* benutzt. Und auch nicht irgendeine geheimnisvolle Mutter mit einem eigenartigen Baby. So war die Kabine leer geblieben auf der Fahrt nach New York.

Der dunkelhaarige Mann starrte das Telefon an und die diversen Zettel mit noch unerledigten Aufgaben auf seinem Schreibtisch. Lästig. Unnötig. Er erinnerte sich an das, was er beim Überfliegen der Anlage gesehen hatte. Eingefallene Gebäude, ein Trümmerfeld. Wie sollte da jemand lebend herausgekommen sein?

Er scrollte über den Bildschirm, sichtete erneut das Material, das ihm seine Leute beschafft hatten. Buchungslisten über Buchungslisten. So ein Mist! Wusste der Alte überhaupt, wie viele Leute auf so einem riesigen Kreuzfahrer waren? Über 1800 Passagiere. Rentner, Urlauber, in die Jahre gekommene Abenteurer, Singles auf der Pirsch, Ehebrecher, Nutten, kleine und große Ganoven, die meisten mit dem nötigen Kleingeld und einige dabei, es sich zu beschaffen.

Und nochmal einige Tausend Bedienstete, nicht wenige mit ziemlich zweifelhaften Papieren. Ein schwimmendes Stück Manhattan, Sein und Schein auf engstem Raum, Slums und Sieben-Sterne-Unterkunft gleichzeitig auf einem 300 Meter langen Körper aus Stahl.

Nein, da war nichts. Schon gar nicht das, wonach sie suchten.

Noch ein Anruf und er würde sich wieder wichtigeren Dingen zuwenden können. Er erstattete Fletcher Bericht in seiner kurzen und präzisen Art.

»Wie bitte? Aber ist das nicht ...? Doch. Natürlich, wenn

Sie meinen.«

Nur noch Stille im Hörer. Sein Boss hatte einfach aufgelegt. Er feuerte den Apparat auf die Ladestation und machte sich widerwillig daran, den neuen Auftrag auszuführen.

Auf der Queen of the Caribbean

Simon schaute durch das schmale Bullauge, das von vier mächtigen Schrauben gehalten trotzdem verloren wirkte inmitten des grauen Wandpaneels der Kabine. Ein Stück Himmel, ein Stückchen Wasser, das war alles. Über eine Woche in der kleinen Kabine inmitten des Personalbereichs, kurz an Deck im Schutz der Dunkelheit, immer nur sitzen, warten, die Anflüge von Seekrankheit tapfer niederkämpfen.

»Dieser Son Yong Pak ist so stur«, sagte Miriam. »Oben im VIP-Bereich haben 60 Quadratmeter auf uns gewartet, eine eigene Terrasse, ein Whirlpool und zwei Bäder. Und wir sind hier unten wie eingesperrt.«

»Ja, das hätte etwas für sich gehabt. Aber er ist eben sehr vorsichtig. Vielleicht hat er ja Recht, und sie sind uns immer noch auf den Fersen.«

»Sie? Wenn wir doch wenigstens wüssten, wer hinter diesem Angriff steckt«, sagte Miriam. »Es tut mir inzwischen fast Leid, dass wir Greyson wegen seiner vielen Vorsichtsmaßnahmen Verfolgungswahn unterstellt haben.«

»Und jetzt sitzen wir eben in dieser kleinen Kabine«, sagte Simon. »Aber wo sollen wir auch hin? An den Pool mit einem Baby, das so anders ist? Auf dem gebohnerten Schiffsboden mit neugierigen Passagieren eine Runde Shuffleboard spielen? Wie in einem Film aus den Fünfzigern mit langen Stäben kleine Scheiben auf Zahlenfelder schieben und sich dabei blöde Kommentare anhören?« Simon seufzte. »Ach wie süß, der Kleine? Aber diese Augen, wie große schwarze Mandeln und dazu noch senkrecht stehend? Nein, so gar nicht der Papa. Und auch nicht die Mama. Sollen wir zum Kapitänsdinner gehen mit einem kleinen Wesen, dessen Essgewohnheiten kaum jemandem zu erklären sind?«

»Das ist ebenso, wenn man seine Nahrung lieber in sich hineinschlürft«, sagte Miriam, »und wenn man eben ausprobieren muss, was einem bekommt.«

Das Schiffshorn feuerte einen tiefen Brummton, der das Inventar der Kabine erzittern ließ. Ein Zweiter folgte. Miriam beugte sich vor zum Bullauge. »Schau, Simon, wir haben es geschafft.«

Ein Stück Land kam in Sicht. Was darauf stand, musste schon Legionen von Auswanderern ihre Verzweiflung vertrieben, ihre Hoffnung gestärkt und ihre Seelen von aller Angst befreit haben. Angestrahlt von der Morgensonne streckte die riesige grüne Frau aus Stahl den Arm mit der Fackel vor, das Haupt mit der Krone stolz erhoben. »Willkommen in Amerika, wer immer ihr seid. Willkommen im Land der unbegrenzten Möglichkeiten, der grenzenlosen Freiheit.«

Berlin

»Die sollten Sie sich besser in die Ohren stecken«, sagte die zierliche Röntgenassistentin, »kann zwischendurch ziemlich laut werden.«

Wie ein männlicher Braten, der gleich von dieser Frau in die Röhre geschoben wird, dachte Greyson, als sie ihn auf der Untersuchungsliege fixierte. Ein Ambiente eher wie auf der Brücke des Raumschiffs Enterprise als in einem Untersuchungsraum. Ein leises Summen der Maschinen, ein feiner Geruch nach Kunststoff in der Luft.

»Und hier können Sie drücken, falls etwas sein sollte«, sagte sie und legte ihm ein Kabel in die Hand mit einem roten Knopf an dem knubbeligen Ende.

MRT. Magnetresonanztomografie. Ein Hightechapparat, der den Körper in starke Magnetfelder einhüllte und ihm damit auch seine kleinsten Geheimnisse entreißen konnte. Ja, er musste endlich Gewissheit haben. Was war mit diesen Beinen, die nicht wieder laufen wollten? Die es wagten, sich seinen Befehlen zu widersetzen. Ja, er war verschüttet worden beim Einsturz seiner Forschungsanlage, aber er hatte doch laufen können, als ihn die Leute vom *Syndikat* aus den Trümmern geholt hatten. Nur dieses taube Gefühl in den Beinen, als sie ihn im Hubschrauber herausgeflogen hatten, und die Ärzte hatten auch nichts finden ...

Ein lautes metallisches Klacken unterbrach seinen Gedankenfluss, und die Liege glitt in die Apparatur hinein. Die Assistentin verschwand aus seinem Gesichtsfeld, und die Maschine machte sich an die Arbeit. Erst ein fast unhörbares Summen, dann plötzlich ein Stakkato an hämmernden Geräuschen, als rückte ein Presslufthammer Stahlbeton zu Leibe. Dann schlagartig wieder Ruhe.

Hier können Sie drücken, falls etwas sein sollte. Lächerlich. Was sollte denn sein? Klaustrophobie? Irgendwelche Sensibelchen vielleicht, die das nicht aushielten. Ängste? Er doch nicht. Angst vor Maschinen? Diese hier machte nur ihre Arbeit, fuhr die Wirbelsäule ab, Wirbel für Wirbel. Aber warum hielt sie sich an dieser einen Stelle so lange auf? Und jetzt hatte er doch Angst. Nicht vor der Maschine, aber vor dem, was sie gefunden hatte.

Peking

Sein Zimmer, ein vertrauter Ort inmitten des jetzt am späten Abend verlassen wirkenden Verteidigungsministeriums, und doch rutschte Wi Feng unbehaglich auf seinem Stuhl herum. Dieses Kribbeln in den Kniekehlen, da wo die Uniformhose besonders eng saß, machte ihn verrückt.

Ein Angst einflößender Gegner wartete auf ihn. Und jetzt zuckte auch wieder sein rechtes Augenlid, wie immer, wenn sich der Druck, der auf ihm lag, einen Ausweg suchte.

Keine taiwanesischen Schnellbootgeschwader mit Kurs auf das Festland, kein nordkoreanischer Altgeneral mit einem nervösen Finger am Auslöser der schmutzigen Bombe und auch kein amerikanischer Flugzeugträger mit giftig summenden Riesenwespen aus Metall in seinem Bauch. Schlimmer. Viel schlimmer.

Das weiße Blatt vor ihm auf dem Schreibtisch grinste ihn frech an. »Fang doch an«, schien es ihm zuzurufen. Aber wie nur beginnen?

Er dachte an seinen letzten Besuch im Zirkus. Genau genommen hatte natürlich der Pekinger Staatszirkus das Oberkommando in einer großen Halle der Militärakademie besucht, um vor der versammelten Generalität eine Probe seines artistischen Könnens zu geben.

Er sah wieder die Jongleure vor sich, die auf dünnen Stangen ein Dutzend sich drehender Teller balancierten, die Drahtseilartisten, die es in schwindelnder Höhe verstanden, den Weg des Überlebens zu finden und das tödliche Abweichen zur Seite zu vermeiden, die Magier, die aus dem Nichts riesige Blumensträuße oder sogar Tiere hervorzauberten.

Und genau das erwartete man jetzt von ihm. Ein geheimnisvolles Etwas herbeizuzaubern, von dem niemand genau wusste, wie es aussah, wo es sich befand und was es überhaupt war. Nur vage Vermutungen, konfuse Berichte, Theorien, Spekulationen und entfesselte Gier.

Er musste dafür die vielen Bereiche des Militärapparates einsetzen, ohne dass sich dabei die verschiedenen Teller in der Luft berührten, herunterfielen und ungewollte Aufmerksamkeit erregten. Und das Ganze allein hoch oben auf dem Seil, wohin zu kommen er Jahrzehnte gebraucht hatte, von wo zu stürzen es nur Sekunden dauern würde.

Fordere viel von dir selbst und erwarte wenig von den anderen. So wird dir Ärger erspart bleiben, kam ihm einer der Sprüche des Konfuzius in den Sinn. 2500 Jahre alt, aber ein Motto, mit dem er immer gut gefahren war.

Wi Feng zwang das zuckende Auge zur Ruhe und musterte seine Gegner auf dem Schreibtisch. Ein leeres Blatt Papier und ein Stift. Scheinbar harmlos, dennoch drohend und gefährlich.

Ist man in kleinen Dingen nicht geduldig, bringt man die großen Vorhaben zum Scheitern, meldete sich Konfuzius in seinem Gedächtnis.

Wi Feng dachte zurück an die Militärakademie, die Techniken des Tai Chi, stand auf, begann mit den langsam fließenden Bewegungen und eroberte so Stück für Stück seinen Körper vom Stress zurück. Er rief sich die uralten Strategien der Meister des Krieges ins Gedächtnis, die so vielen Dynastien in der langen Geschichte Chinas das Überleben gesichert hatten. Er ließ seinen Gedanken freien Lauf, nach und nach fielen die Teile des Puzzles ineinander, alles wurde ganz klar.

Und dann tat er, was Generäle am liebsten tun. Er griff zu seinem Stift und entwarf einen Plan.

New York

Son Yong Pak riss seinen Blick von der Silhouette Manhattans los, die sich gegen den makellos blauen Himmel abzeichnete, und schaute über die Reling auf die Kaianlagen hinab. Dort unten wimmelte es schon von Menschen und Fahrzeugen, das große, hungrige Schiff brauchte reichlich neue Vorräte. Ein Gemisch aus dem Seewind, den Abgasen der großen Stadt und der für Häfen so typischen Gerüche nach brackigem Wasser und Öl zog in seine Nase. Er angelte in der Tasche der strahlend weißen Uniformjacke nach dem Handy. Zeit für seine Gäste, sich zum Landgang zu rüsten. Er öffnete das Favoritenfeld, tippte auf den Namen, bereit, die grüne Taste mit dem Hörer zu drücken. Plötzlich hielt er inne.

Etwas da unten gefiel ihm nicht, und zwar ganz und gar nicht. Er nahm sein Fernglas zur Hand und ließ es wieder sinken. Auf sein Gefühl hatte er sich schon immer verlassen können. Und auch diesmal schien es ihn nicht zu trügen.

Son schaute noch einmal hinunter zum Kai. *Preston Food Supply* stand an der Seitentür des weißen Van, der sich in die Kette der auf das Entladen wartenden Wagen eingereiht hatte. Zwei Männer stiegen aus, vertraten sich die Füße, bis ihr Fahrzeug zum Ausladen an der Reihe war. Ein riesiger Kerl, der kaum in seinen Kittel passte, und ein kleiner schlanker Typ. Son hatte Hunderte von Häfen gesehen, Männer aller Couleur, die dort mehr oder weniger legale Dinge taten. Diese hier passten irgendwie nicht ins Bild. Jetzt luden sie Kartoffelsäcke aus, als wären es die Ersten in ihrem Leben. Er richtete das Fernglas auf ihre Hände. Die schienen geeignet, Akten auf einem Schreibtisch hin und her zu schieben oder in einen schwarzen Handschuh gesteckt auch mal einen Revolver abzufeuern. Er schwenkte das Fernglas über das Fahrzeugdach.

Das Klimaaggregat auf dem Dach war wie alle anderen, aber es fehlte etwas. Nur ein Detail, aber ein sehr wichtiges. Kein Schlauch nach innen. Ein Lieferwagen, genauso falsch wie seine Besatzung.

Er nahm das Handy und drückte die Nummer. »Simon? Bleibt, wo ihr seid, verriegelt die Tür. Rührt euch nicht, bis ich mich melde.«

Peking

Die Fingerspitzen der kleinen Chinesin flitzen so schnell über die Tastatur, dass der General ihnen mit den Augen kaum folgen konnte. So wie Lang Langs Finger zum Ruhme Chinas über die Tasten der berühmtesten Konzertflügel der Welt eilten, dachte Wi Feng. Ja, das hier war genauso. Man konnte stolz sein auf diese Kinder des Volkes.

»Und dies ist das Anwesen kurz vor dem Angriff«, sagte die junge Frau mit zarter Stimme im typischen Pekinger Dialekt und wies auf den riesigen Flachbildschirm an der Wand. »Achtung, es beginnt.«

Sie zoomte und schwenkte, Bild für Bild, der Aufmarsch für eine Schlacht, ohne Ton, fotografiert aus 30 Kilometern Höhe und doch schärfer als das Foto seiner Enkel auf seinem Schreibtisch, sinnierte Wi Feng.

Ihre Wagen vor der Anlage, beim Warten auf den Einsatzbefehl. »Stopp«, rief der General, »was ist das da links am Rand?« Jemand im Schilf. Dringt in die Anlage ein. Beginn des Angriffs. Der Kampf im Hof. Der Eindringling auf dem Dach der Anlage. Das Gefecht mit Verlusten ihrerseits. Der Mann plötzlich weg vom Dach, verschwindet im Schilf, ist schlagartig wie vom Erdboden verschluckt.

Leichen im Hof, die Kämpfer im Gebäude. Was war da

los in dem Haus? Warum konnten diese blöden Satelliten nicht durch Beton schauen? »Weiterspulen!«

Das Mädchen sah ihn erstaunt an. »Also, das ist ein Computer, weiterscrollen nennt man das. Wir spulen nicht.«

Courage hatte die Kleine, die würde Karriere machen.

»Also bitte weiterscrollen! Weiter!«

Bewegung hinter dem Gebäude. Zwei Menschen im Wasser, in einem fast gesunkenen kleinen Boot? »Näher ran!«

Ein Mann und eine Frau, die etwas im Arm hielt. »Näher!«

Ungünstiger Winkel, das Bild immer grobkörniger, keine Details zu sehen. »Ausschnitt größer!«

Ein Hubschrauber. Ihr Hubschrauber. Wirbelt das Wasser auf. Ein Mann klettert auf die Kufe des Helikopters, setzt sich darauf. Ein Schleier über dem Bild. Ein Stück weiter weg ein kleines Schlauchboot mit einem Angler darin. Die Frau reicht etwas hinauf zu dem Heli, eine Tasche? Der Mann stürzt plötzlich von der Kufe des Hubschraubers, warum?

»Zeig das Schlauchboot!«

Der General stöhnte auf. Ein Gewehr. Kein Angler, sondern ein Scharfschütze. Der Hubschrauber stürzt ab, das Schlauchboot kommt heran, der Mann springt ins Wasser, holt etwas an die Oberfläche.

»Näher ran!«

Nebelschwaden, wohl von dem am Hubschraubermotor verdampfenden Wasser. Das Schlauchboot startet, fährt aus dem Bild.

»Hinterher!«

»Tut mir leid, nicht mehr im Sektor.«

»Zoom zurück. Blick auf die Anlage!«

Ein brennendes Gebäude. Es reichte. »Ich brauche einen Whiskey und dann nochmal von vorn.«

Wi Feng erhob sich und goss sich einen kräftigen Schluck ein. Der Drink brannte im Hals, aber spülte wenigstens etwas von seinem Ärger weg.

»Gut gemacht«, sagte der General, »ich wusste gar nicht, dass wir einen Satelliten in diesem Sektor da oben haben.«

»Haben wir auch nicht«, sagte das Mädchen fröhlich. »Das ist einer von den Amis, den habe ich heute Früh erst gehackt.«

Berlin

»Alles intakt«, sagte der schlaksige Professor und sah Greyson durch seine kleine, runde Brille an. »Hier und da ein paar ausgefranste Wirbelkanten, die Bandscheiben unauffällig, alles in allem eine altersgemäße Wirbelsäule.« Der Arzt drehte sich mit seinem Stuhl wieder zurück zur Wand des kleinen Raums, die fast vollständig von Leuchtfeldern bedeckt war, vor denen die Bilder hingen. Er zeigte auf verschiedene Stellen auf den Aufnahmen, die in sogar für einen Laien erstaunlicher Klarheit alle Einzelheiten zeigten.

»Ein Rückenmark, wie es sein sollte«, fuhr der Spezialist fort und runzelte dann seine hohe Stirn. »Allerdings nur bis hier«, sagte er und deutete auf den vorletzten Brustwirbel. »Eine Veränderung in der Struktur des Rückenmarks, diffuse Aufhellungen allerdings ohne einen sichtbaren Grund. Keine eingedrungenen Knochensplitter, keine Einengungen im Wirbelkanal, keine Frakturen.«

Ein Fachmann, der wusste, wovon er sprach.

»Und was ist los mit dem Rückenmark?«, fragte Greyson.

»Vielleicht so etwas wie ein spinales Trauma«, sagte der Professor und fuhr sich mit der Hand durch sein rötliches Haar, »eine Minderdurchblutung der Nervenstränge durch eine massive mechanische Beeinträchtigung von außen bei

Ihrem Unfall, wahrscheinlich durch eine heftige Erschütterung.«

»Und wie lange kann das dauern, bis es sich erholt hat?«

»Ich schaue in Endoskope, auf Bildschirme und auf allerlei mit den unterschiedlichsten Verfahren erzeugte Bilder«, sagte der Professor, »aber nicht in eine Glaskugel. Ehrlich gesagt, ich weiß es nicht.«

»Professor?«

»Sie spüren es doch selbst, Mr Greyson, oder? Sie brauchen viel Geduld. Und ein Wunder.«

Peking

Ein Desaster! Ein schlagkräftiges Team, zusammengestellt aus den Besten der Besten. Unterstützung von See und aus der Luft. Die feindliche Wachmannschaft überrannt und dann von einem Einzelkämpfer erledigt? Von einem einzelnen Mann?

Danach alles in Schutt und Asche inklusive ihrer Beute? Und jetzt jagten sie einem Phantom hinterher? Und einem geheimnisvollen Baby?

Die Nerven behalten, wie Konfuzius es riet. *Es ist nicht bedeutsam, wie langsam du gehst, solange du nicht stehen bleibst.*

»Noch einmal!«

Ohne eine Gefühlsregung zu zeigen, spielte die junge Frau alles wieder von vorne ab.

Bild für Bild, keine neuen Informationen, nur Ärger und Frust. Was hatten sie übersehen? Der Einzelkämpfer hatte Unterstützung. Dieser geheimnisvolle Angler.

Aber wie hatten sie kommuniziert? »Näher ran. Noch mehr vergrößern!«

Nichts, kein Headset, bei beiden nicht.

Der Heli futsch. Sonst keine Bilder. Einfach peng. Aus.

Das Schlauchboot fährt aus dem Bild. Verpixelt,

verwackelt, kaum die Silhouette zu sehen. Mist.

Und dann die anderen Hubschrauber. Keine von den Deutschen. Aber von wem dann? Wie konnte es sein, dass da hinterher eine kleine Armada auf dem Schlachtfeld landete, und sie wussten nicht, wer das ist? Die aufräumten, was aufgeräumt werden musste, und womöglich noch Überlebende ihres Kommandos gefangen nehmen konnten?

Und nach den Hubschraubern eine Kolonne von Hilfsfahrzeugen, Feuerwehr, deutsche Militärfahrzeuge, Polizei und die unvermeidlichen schwarzen Limousinen auf dem Weg zum Schauplatz.

Wi Feng seufzte. Deutschland. Land der Dichter und Denker? Früher jedenfalls. Ihm fiel eine philosophische Schrift aus dem 18. Jahrhundert ein. *Klugheit kann sich nur auf einzelne Kenntnisse und Handlungsweisen beziehen, Weisheit geht auf das Ganze.*

»Weiter weg«, rief er. Die Konturen der Fahrzeuge verblassten, die Straßen ... der Rückwärts-Zoom ... fast wurde ihm schwindelig.

Da. »Stopp! Was ist das?«

Ein kleiner bunter Klecks auf einer der Straßen, auf der Gegenfahrbahn in Richtung des Landesinneren. »Näher ran.«

Ein buntes Etwas auf vier Rädern. Ein wild bemaltes, ziemlich großes Wohnmobil. Drogen? Hippies? Eklig. Die Dekadenz des Westens manifestiert in einem Stück Blech.

Meistens wird das Auffälligste am leichtesten übersehen.

»Zeig mir das Kennzeichen.«

»Geht leider nicht. Der Winkel.«

»Was ist das für ein Fahrzeug?«

Die Finger des Mädchens huschten über die Tasten, Bilder von verschiedenen älteren Bussen flogen über den Bildschirm wie im Zeitraffer.

Plötzlich blieb ein Bild stehen. »Ein Setra. Ein Reisebus in einer kürzeren Version. Baujahr 1967 oder 68.« Das Mädchen strahlte ihn an und hackte wieder auf die Tasten ein.

»Und jetzt wüsste ich gerne«, begann Wi Feng, »wie viele davon ...«

»Hier.« Die junge Frau vergrößerte einen Ausschnitt aus einer Liste und sah ihn erwartungsvoll an. »In Deutschland noch zugelassen sind, stimmt's?«

Auf der Queen of the Caribbean

Simon zog sich die Schirmmütze noch ein wenig tiefer in die Stirn und ging zur Reling. Wie ein Verbrecher schleiche ich hier herum, dachte er, bestenfalls am späten Abend mal frische Luft schnappen. Er lehnte sich an das kühle Metall, etliche Meter unter ihm brodelte das Wasser, aufgewirbelt von den riesigen Schrauben, die irgendwo da in der Tiefe ihre Arbeit machten. Ein Sternenhimmel ungetrübt von den Lichtern einer Stadt und dazu Mondschein, ein Anblick unwirklich schön wie auf einer Kitschpostkarte. Aber keine Chance auf ein romantisches Date mit Miriam, keine wilden Locken, die er noch mehr durcheinander wühlen konnte, kein Arm, der sich um seine Taille legte, kein Kopf, der sich an seine Schulter legte, kein Körper, der sich sehnsüchtig an den seinen schmiegte.

Einer hatte eben immer Dienst, passte auf das Kleine auf. Schon schwer genug mit einem normalen Baby auf Reisen. Aber mit diesem ganz Speziellen? Und unsichtbare Verfolger schon auf der Fährte, vielleicht schon auf dem Schiff?

Leise Schritte. War es jetzt so weit? Simon, reiß dich zusammen, Paranoia ist nicht dein Ding.

»Ich bin etwas spät«, sagte Son und stellte sich neben ihn.

»Ich glaube, ich habe nie so etwas wie Feierabend.«

»Da sind wir ja schon zwei«, sagte Simon und fühlte sich gleich ein bisschen besser. Der kleine Koreaner hatte sie gut versteckt und ihnen überhaupt erst die Flucht aus Deutschland ermöglicht. Und doch muss er etwas loswerden. »Son, wir drehen langsam durch. Eingesperrt in dieser kleinen Kabine, wenn es dunkel ist, kann Miriam mal raus oder ich, aber nie gemeinsam. Und wenn wir zusammen sind, haben wir immer eine Aufgabe und nie Zeit für uns. Wir haben nicht gelernt, Eltern zu sein, schon gar nicht für ein so spezielles Wesen. Und dabei gibt es jede Minute so viel zu lernen, von ihm und über seine Art, es saugt unser Wissen auf, bombardiert uns mit fragenden Gedanken. Ich bin Forscher, Son, und dachte immer, ich hätte eine Menge im Kopf. Aber manchmal ...«

Son rückte näher an ihn heran. »Weißt du, Simon, ich kann verstehen, was du meinst. Aber ich ...« Er musste schlucken. »Ich muss manchmal Monate warten, um meine Kinder zu sehen. Ich bin wie ein Fremder, wenn ich nach Hause komme.«

Simon schaute den Mann an. In dem Gesicht, das sonst keinerlei Emotionen zuließ, konnte er erkennen, dass Son eben nicht nur eine einwandfrei funktionierende Maschine war. »Wie viele Kinder hast du?«

»Drei, und sie werden nicht ewig Kinder bleiben. Sie leben in Seoul und ich auf dem Meer. Aber irgendwann habe ich genug Geld, um für immer bei ihnen bleiben zu können.« Er schnäuzte sich die Nase. »Genug davon«, fuhr er fort. »Reden wir darüber, wie es weitergeht. Heute in Miami gab es die gleiche Situation wie in New York. Mysteriöse Leute am Hafen. Ihr seid nicht sicher in den Staaten.«

»Du hast Recht. Wir wüssten auch nicht wohin in den USA, es gibt dort keinen Ort mehr, wo wir uns verstecken könnten. Miriam hatte Adressen in New York, aber hier in

Florida?«

»Und wie soll es weitergehen?«, fragte Son.

»Tja. Wenn wir doch wenigstens mal die Gelegenheit gehabt hätten, in Ruhe Pläne zu machen. Aber man hat auf uns geschossen, uns beinahe getötet und so lange gejagt, bis wir mit diesem Schiff fliehen konnten. Aber die Angst fährt immer mit und blockiert unsere Gedanken. Und jetzt sind unsere Feinde da draußen, vielleicht sogar hier mit an Bord, suchen nach uns im Gewimmel dieser schwimmenden Stadt. Aber Miriam hat noch eine Idee. Sie sagt, wenn wir es bis Lima schaffen, hätten wir eine Chance.«

»Du weißt, dass wir da noch reichlich Geduld haben müssen? Durch die Karibik, Cancún, Belize, den Kanal, Ecuador und dann erst Peru.«

Simon schaute hinunter auf das aufgewühlte Wasser hinter dem Schiff und drehte sich dann wieder zu Son.

»Ja. Ich habe mich auch schon wieder abgeregt. Einfach eine Art Lagerkoller. Danke, dass du uns weiter hilfst. Hauptsache, wir sind in Sicherheit.«

»Ich halte die Augen offen«, sagte Son und ging davon.

Peking

Wi Feng saß an seinem Schreibtisch und schaute die Liste durch. Was für eine Auswahl! Eine geschiedene Frau mit vier Kindern, ein ehemaliger Profifußballer mit eher durchwachsener Karriere, ein Architekt, vier Lehrer und ein pensionierter Verwaltungsbeamter. Diese Deutschen waren sowieso schon merkwürdig und dann noch diese seltsame Sucht, sich in Mini-Häuser auf Rädern zu klemmen, sich durch Staus zu warten, um dann zusammengepfercht auf Campingplätzen ihren Urlaub zu verbringen.

Und einer von diesen acht war mit seinem Wohnmobil an der Küste dabei gewesen, als ihr Team eliminiert worden war. Der General betrachtete die Fotos der Personen. Eine harmloser als die andere. Sie mussten sie alle überprüfen, aber ohne Aufsehen, ganz unauffällig. Prioritäten setzen. Mit wem beginnen? Wer war der Harmloseste?

Der pensionierte Beamte vielleicht? Grauer Bart, wenig Haare, hinten zu einem Zöpfchen zusammengebunden. Ein einfacher deutscher Verwaltungsbeamter?

Wi Feng hielt das Bild so dicht vor sich und schaute den Mann so intensiv an, als säße er ihm gegenüber. Diese wachen Augen, die Energie, die Entschlossenheit im Blick und trotzdem jemand, der in sich und seiner Vergangenheit ruhte.

Der General vertraute dem Einzigen, dem er immer vertrauen konnte, seinem Bauch, und griff zum Telefon.

Auf der Queen of the Caribbean

Der kleine Philippino schleppte sich durch den Gang hinunter zu seiner Kabine. 14 Stunden Küchenarbeit und nur ein paar Minuten Pause, die Muskeln seiner Beine waren wie ausgeleiertes Gummi, seine Knie brannten, die Finger verkrampften sich, als er versuchte, das klemmende Schloss an seiner Kabinentür zu öffnen.

Gleich würde er jemandem von seinem Tag erzählen können, jemandem, der sofort antwortete, schrill und kreischend zwar, aber für ihn eine innige Zuwendung, auf die er nie würde verzichten mögen.

Sofort würde das Quietschen der Tür ein Echo von innen erzeugen, ein einziges Geräusch der Freude in dieser tristen, kaum sechs Quadratmeter großen Höhle, die ihm zum Leben blieb. Er stieß die Tür auf und ... nichts. Er schaute zu dem Käfig und sank auf die Knie, als ihn auf einen Schlag aller Lebensmut verließ.

Der bunte Kakadu lag am Boden und rührte sich nicht.

Greifswald

Endlich Zeit für die OP-Planung. Der Oberarzt griff nach der Kaffeetasse und ging hinüber zu seinem Schreibtisch. Mit dem Oberschenkelbruch sollten sie anfangen und danach die Frau mit dem ...

Das Telefon. Egal, solange es nicht der Notfallpieper war. Er sah auf das Display. Doch nicht egal. Der Major. Na großartig, dieser anmaßende Typ fehlte ihm jetzt noch.

»Hartwig.«

»Ich will mit ihm sprechen.«

»Das geht nicht, Major. Noch nicht. Er macht zwar Fortschritte, seit er wieder bei Bewusstsein ist, aber körperlich ist er noch nicht ...«

»Bringt ihn rüber«, fiel ihm der Mann einfach ins Wort, »und zwar bald.« Und dann war die Leitung tot.

Die Kehrseite der Medaille. Großzügige finanzielle Unterstützung für Geräte und Forschung, im Gegenzug mal den einen oder anderen Patienten wieder zusammenflicken, der bei irgendeiner Mission verletzt worden war, die offiziell nie stattgefunden hatte.

Formal hatte der Mann nichts zu sagen, tauchte in den Organigrammen irgendwo versteckt in beratender Funktion auf und nur wenige wussten, was tatsächlich sein Job hier war.

Aber die, die es ausprobiert hatten, seinen Anweisungen nicht zu folgen, waren alle nicht mehr sehr lange in dieser Klinik gewesen.

Berlin

Klaus hob das Messer und stieß zu. Verdammt, sein Opfer lebte noch. Noch einmal und noch einmal. Endlich. Der Feind war besiegt. Dieses verdammte Unkraut. Wurzeln kreuz und quer unter der Erde, gut versteckt, während es gleichzeitig oben Stück für Stück seinen Rasen erwürgte. Klaus zog eine ganze Hand voll Wegerich aus der Erde und besah sich den Tatort. Ein bräunlicher Krater im Grün, darum schon ein gelblich verfärbtes Areal absterbenden Grases. Hier würde er nachsäen müssen und daneben ...

Das Telefon auf dem Terrassentisch klingelte. Sollte es doch. Er war im Ruhestand, kämpfte nur noch mit pflanzlichen Killern, unerbittlich bis zum Ende, aber im eigenen Auftrag. Das Telefon klingelte weiter. Sieben. Acht. Die nervigen Werbeanrufer gaben in der Regel spätestens nach dem zehnten Klingeln auf.

12 erreicht. Hätte er doch besser den Anrufbeantworter einschalten sollen? Klaus erledigte noch zwei Löwenzähne und ein paar Gänseblümchen. 16. 17. Ziemlich geduldig der Anrufer. So ein Meinungsumfrage-Fuzzi? Es klingelte weiter. Telefonterror, perfider als ein direkter Angriff oder die Drohung mit einer Bombe.

Das 20. Klingeln. Die Leitung durchschneiden oder dem Anrufer die Kehle?

25! Es begann wichtig zu klingen, so wichtig, dass der Rest der Welt zu verstummen schien. Klaus lief hinüber zur Terrasse und nahm den Hörer ab. »Ja?«

»Hallo Klaus, wie geht's denn so?« Die Stimme seines ehemaligen Chefs. Seit einem Jahr nichts von dem gehört, und jetzt interessierte der sich auf einmal für ihn?

»Tach. Jut. Kann nich klagen. Is wat?«

»Nee nee, wollte nur mal horchen, was du so machst.«

»Nüscht. Sitze im Jarten, kiek ma de Natur an, und Irenchen bekocht ma jut.«

»Und angeln? Du warst doch früher fast jedes Wochenende unterwegs.«

»Haste recht. Dit vermiss ick, und die Jungs, die vermiss ick ooch.«

»Du, Klaus, auch wir vermissen dich. Und wie es aussieht, jemand ganz da oben ebenfalls ... hat sich deine Akte kommenlassen. Klaus, mal ehrlich, machst du irgendwelchen Blödsinn?«

»Icke? Nee, um Jottes Willen. Bin im Jarten, Tach für Tach, wie de andren Rentna ooch.«

»Vielleicht solltest du davon mal ein bisschen Urlaub machen.«

»Urlaub? Wieso'n ditte?«

»Ja, Urlaub. Und zwar so schnell wie möglich! Jemand sucht jetzt auch nach deiner anderen Akte.«

»Ick werdet überlejen. Danke, Chef!«

Klaus legte auf. Die andere Akte. Wie alle GSG 9'er vom Mogadischu-Team hatte er eine vorbildlich unauffällige Akte mit einem gefälligen Lebenslauf. Eine Verwaltungskarriere im Innendienst so spannend wie eine Dauerwerbesendung im Pay-TV. Aber es gab eben auch eine zweite Akte. So gut wie unauffindbar. Es sei denn, jemand von ganz weit oben interessierte sich dafür.

Warum suchte man nach ihm? Ob das mit der Geschichte an der Ostsee zu tun hatte?

Die Jagd war also doch noch nicht zu Ende. Sie wollten *es* haben. Vielleicht war Urlaub machen doch keine so schlechte Idee?

Auf der Queen of the Caribbean

Es stimmt, dachte der hagere Engländer, der von seiner Liege auf dem Sonnendeck aus die anderen Passagiere beobachtete, die an der Reling entlangflanierten: Hundebesitzer werden ihren Tieren mit der Zeit immer ähnlicher.

Die ältliche Dame mit den hochgesteckten Kringellöckchen, die dort wie jeden Tag pünktlich den Bridge-Tisch ansteuerte, hätte sich nur vornüber beugen müssen und auf allen Vieren laufen, dann hätte sie ausgesehen wie die große Schwester des blasierten Pudels, der ihr gemessenen Schrittes folgte.

Die Dame blieb plötzlich stehen, zerrte an der Leine und redete auf das Tier ein. Der Engländer setzte sich auf. Etwas war anders als sonst. Etwas stimmte hier nicht. Aber endlich mal eine kleine Abwechslung im gleichförmigen Herumsitzalltag des Kreuzfahrtschiffes.

Es war anders, aber auch unheimlich. Die Frau zerrte an der Leine, das Tier sabberte rötlichen Schaum, es jaulte, versteifte sich und stand dann regungslos wie ein Soldat der englischen Palastwache. Plötzlich fiel es einfach um und blieb auf der Seite liegen. Das schrille Kreischen der alten Dame hallte noch in seinen Ohren, als zwei Stewards sie schon eiligst in den Innenraum gebracht hatten.

Greifswald

Ein Geräusch. Er öffnete die Augen. Es brannte nicht mehr so, wenn er die Lider nach oben zog, aber es war so schwer, sie oben zu behalten. Er schaute zur Tür, die offen stand. Ein Mann in weißen Sachen schob einen Rollstuhl herein und zog den Kopf ein, als er durch die Tür trat.

»Wir machen einen kleinen Ausflug«, sagte er in

singendem Tonfall, als spräche er mit einem kleinen Kind und trat neben sein Bett. Ohne ein Zeichen der Anstrengung hob ihn der riesige Pfleger in den Rollstuhl und schob ihn aus dem Zimmer, durch ein Gewirr von Fluren und einen langen Gang entlang bis zu einer unauffälligen Tür. Der Riese klopfte, drückte die Klinke mit seiner Pranke hinunter und bugsierte ihn hinein.

Hinter einem Schreibtisch, auf dessen glänzend polierter Platte nur ein altmodisches Telefon, ein paar Blätter Papier und ein Stift lagen, saß ein Mann in Uniform. Kurzes graues Haar und ein braun gebranntes Gesicht, das unbedingte Entschlossenheit signalisierte.

»Guten Tag, Herr Eggimann«, schnarrte der Mann ohne sichtbare Bewegung seiner schmalen Lippen.

Eggimann? Er hieß also Eggimann.

»Guten Tag, Herr?«

»Schneider. Major Schneider.« Der Mann griff nach einer Segeltuchtasche neben seinem Stuhl, hob sie hoch und kippte den Inhalt auf die Tischplatte.

Was waren das für Sachen? Ein kleiner roter Pappdeckel mit einem weißen Kreuz darauf. Etwas wie eine Tasche zum Umhängen. Ein schwarzes Stück Metall.

Schneider starrte ihn an. »Ganz schön gefährliche Burschen, diese Schweizer. Eine Pistole. Und ... das hier.« Er öffnete eine kleine Büchse, die neben der Waffe lag. »Plastiksprengstoff. Nicht zu bekommen ohne die nötigen Kontakte.« Der Mann sah ihn lauernd an.

Sprengstoff? Er betrachtete die Büchse. Gedanken kamen auf. Eine Tür. Er hatte die graue Masse an eine Tür aus Stahl geklebt. Und dann ...

»Nicht zu bekommen, wie das hier«, donnerte der Major und knallt ihm den roten Pappdeckel hin. »Ein schweizer Pass. Exzellent gemacht, aber es gibt diesen Herrn Eggimann nicht, zumindest nicht in der Schweiz.«

Ein falscher Pass? Er war nicht Eggimann. Der Mann mit der Glatze hatte ihm den Pass gegeben. »Du wirst ihn brauchen«, hatte er gesagt, »benimm dich wie ein Schweizer, Michail!« Michail, ja, das war sein Name.

»Nun?« Der Major wuchtete einen Koffer neben den Haufen auf den Tisch und ließ das Schloss aufschnappen. Fast ehrfürchtig strich der Mann über das Gewehr darin. »So etwas Gutes haben bei uns nur die Spezialeinheiten, wenn überhaupt. Also, wer sind Sie? Und wer hat Sie geschickt, verdammt nochmal?«

In Michails Kopf flitzten Bilder umher wie im Suchlauf eines DVD-Spielers. Ihm wurde schwindelig. »Ich weiß es nicht«, sagte er mit schwacher Stimme, fremd und ihm selbst unheimlich.

Major Schneider kroch fast über die Tischplatte, brachte sein Gesicht so nahe an Michail, dass seine Nase fast dessen Nasenspitze berührte. »Wissen Sie was?«, sagte er mit eisiger Stimme, »uns verdanken Sie zwei Dinge. Mir Ihr Leben, weil ich Sie so schnell aus der explodierten Anlage herausgebracht habe, und dem Doktor Ihr Bein. Ich hätte gewettet, dass da nichts mehr zu machen ist. Ein zerfetzter Unterschenkel und absterbende Muskeln. Nur ein Stück menschlicher Müll. Er hat gerettet, was zu retten war. Ein Genie. Mit Engelsgeduld. Die ich übrigens nicht habe.«

Der Major machte eine theatralische Pause. »Also vielleicht versuchen Sie es mal mit Dankbarkeit.«

Auf der Queen of the Caribbean

Son stieg die steile Treppe hinab, näherte sich der Unterwelt. Er liebte die *Queen of the Caribbean*, die strahlende Stadt aus Metall, schwimmend auf dem Meer, edel, reich und Luxus pur. Aber wie andere Städte auch mit einer dunklen, ungeliebten Seite. Die Slums vieler Metropolen liegen nicht weit vom Zentrum entfernt, manchmal auch nur ein paar Blocks nach Westen oder Osten. Die Slums der *Queen* lagen einfach ein Stückchen weiter unten. Unter der Wasserlinie. Dort wo kein Passagier auch nur einen lausigen Dollar für eine Kabine zahlen würde, lebten die, die auf ihr arbeiten mussten. Die Philippinos, die die noch halb vollen Teller abräumten, von denen in Manila eine ganze Familie satt geworden wäre. Die Reinigungskräfte, die in Rekordzeit den Dreck zu entfernen hatten, den die Gäste in einem neuen Rekordversuch wieder anhäufen würden. Die Wäscher, die Mechaniker, Menschen aller Hautfarben aus Ländern, deren Bruttosozialprodukt pro Jahr kleiner war als die Baukosten der *Queen*.

Son stieg weiter hinunter und hing seinen Gedanken nach. Er kannte diese Welt, die seine gewesen war für viele Jahre. Aus der er sich empor gearbeitet hatte, die er aber nie vergessen würde. Genauso wie er die Menschen dort nicht vergaß, die er respektierte, auch wenn sie wie Geschöpfe der Nacht auf fensterlosen sechs Quadratmetern zu zweit hausten und bisweilen seltsamen Nebentätigkeiten nachgingen. Wenn ein Besuch beim Bordfriseur einen halben Monatslohn verschlingt, schneidet man sich eben gegenseitig die Haare, wäscht sich die Sachen und kürzt sich die Kleider. Hierhin schmuggelten sie die Reste aus den Schampusflaschen, das, was unauffällig vom Buffet verschwinden konnte, ohne den bombastischen Eindruck zu trüben. Die Lotion aus dem Beautyshop, sogar ein paar Blumen aus einem der vielen Blumengeschäfte an Bord. So hatte man Anteil am Leben der da oben, zumindest ein bisschen.

Son hätte das melden müssen, aber er vergaß niemals einen Freund oder einen Gefallen, auch wenn er jetzt die schicke Uniform trug. Und auch seine Freunde vergaßen ihn nicht.

Er ging durch den schmalen Gang, dessen im Sterben liegende Neonleuchten nur schemenhaft den verschlissenen Teppichboden erhellten. Er klopfte an eine der unscheinbaren Kabinentüren, trat ein und setzte sich zu den anderen auf den Boden.

Das Licht der hektisch flackernden Kerzen warf bizarre Schatten auf die Gesichter der Männer, die schweigend im Kreis um den brodelnden Kräuterkessel saßen. Die Seherin unterbrach immer wieder ihren monotonen Singsang, um einige Tropfen aus dem kleinen Glasfläschchen in die aufgewühlte Flüssigkeit fallen zu lassen. Sie hob die Hände und sprach die Jahrhunderte alten Beschwörungsformeln. Dann schaute sie in die Runde.

»Dein Kakadu?«

»Ja«, nickte der kleine Philippino.

»Und meine Eidechse«, ereiferte sich ein anderer schmächtiger Mann im blauen Overall.

»Und meine Fische«, sagte der stille Koch.

»Und Schanghai!«

»Schanghai?«

»Ja, meine Vogelspinne«, schluchzte ein kleiner, dicklicher Chinese.

»Und der Pudel an Deck«, warf ein Steward ein.

»Sag uns endlich, was hier geschieht«, rief einer aus der Runde.

Die Alte ließ noch ein paar Tropfen in den Kessel fallen und studierte die bizarren Muster auf der Oberfläche.

»Und?«

»Ich ...« Sie murmelte einige unverständliche Sätze und verharrte dann in wortloser Spannung.

»Oh, oh ...«

»Was ist? Sag es uns«, riefen die Männer aufgeregt durcheinander.

»Ich muss ganz sicher gehen. Dazu muss ich die Knochen

befragen.«

Die Alte zog ein schmuddeliges Leinensäckchen hervor, schleuderte es mehrfach in der Luft hin und her und kippte dann seinen Inhalt auf den Fußboden. Unterschiedlich geformte kleine Knochen bildeten ein wirres Muster, dazwischen ein verknöcherter Embryo, kaum größer als ein Daumen.

Die Alte wartete eine kleine Ewigkeit, dann riss sie die Augen weit auf und starrte die Männer an. »Kein Zweifel. Ein böser Geist ist an Bord. Nicht weit von uns.«

Son erhob sich. Das war es also.

Brandenburg

Der alte Mann drehte sich zur Sonne, die Wärme floss in seinen Körper, lockerte die vom langen Stehen verspannten Muskeln, ließ die Schmerzen in den müden Beinen und im Rücken nahezu verschwinden. Selbst jetzt am späten Nachmittag hatte sie noch so viel Kraft, gab ihm reichlich davon, ehe sie da hinten über den fast endlos scheinenden Feldern untergehen würde.

Er schloss seine rissigen Hände um den verzierten Holzstab, das Zeichen seines Berufes, ein Ehrenzeichen für einen der ältesten Schäfer in Brandenburg. Die Herde fraß friedlich über die Wiese verteilt, hier war genug Futter für alle. Sein Hund lag schläfrig auf dem Boden, beobachtete die Schafe und wirkte gelassen, keine Gefahr zu riechen oder zu hören.

Der Mann griff in die Seitentasche seines Rucksacks und suchte nach der Büchse mit dem Tabak. Nie würde er mit so einem Stadtmenschen tauschen wollen. Hier draußen war das Leben noch ein Leben, das man fühlen und atmen konnte. Jetzt ein Pfeifchen, die Ruhe genießen, den Duft von Gras und Blumen mit seinem Lieblingstabak veredeln,

Frieden, Sorglosigkeit, hier draußen, wo kein ...

Der Hund richtete sich plötzlich auf, drehte den Kopf zum Feld, witterte und sträubte sein Fell. Der Schäfer horchte, schaute sich um, bemerkte nichts Ungewöhnliches. Was zum Teufel war in diesen erfahrenen Hütehund gefahren? Wurde auch langsam alt. Blinder Alarm, oder was war das dahinten? Das eben noch so ruhige Getreidefeld bewegte sich trotz der Windstille an mehreren Stellen. Der Hund begann zu knurren, fletschte die Zähne.

Die Schafe hörten auf zu fressen und rannten verstört durcheinander.

Am Feldrand schaukelten die Getreidehalme noch heftiger und vier kleine Tiere kamen heraus. Waren das Katzen? Der Mann angelte die verbogene Brille aus seinem Umhang und setzte sie auf. Nein, keine Katzen. Kleine Hunde! Noch Welpen. Nein, nur so ähnlich wie Hunde ... kleine Wölfe!

Der Hütehund saß mit bizarr gesträubtem Feld da, fletschte die Zähne, aber rückte sich nicht von der Stelle.

Vier Wölfe, aber noch so klein. Warum waren die nicht bei ihrem Rudel? Oder trieb sich das auch noch da irgendwo herum? Fast sechzig Jahre war er hier draußen gewesen mit vielen Herden, im Winter und im Frühjahr hatte er in den letzten Jahren ab und zu ein Jaulen oder Heulen fern in den Wäldern gehört, aber das hier, kleine Wölfe direkt vor seinen Augen?

Die Welpen kamen näher heran, rannten dann plötzlich kreuz und quer durch die Herde, wie junge Schäferhunde bei der Ausbildung.

Das war doch total verrückt. Wolfswelpen ohne Angst, selbstbewusst und abgebrüht. Die Schafe stoben auseinander, der alte Mann sah die Panik in ihren Augen.

»Jag sie weg«, schrie er den Hund an, »na los, mach schon!«

Das Tier rührte sich nicht von der Stelle, knickte die Vorderbeine ein und presste sich zitternd auf den Boden. Der riesige Schäferhund nur noch ein Bild von Angst und Unterwerfung.

Verflucht, was ...

Die vier Wolfswelpen kreisten plötzlich wie auf Kommando ein junges Schaf ein und stürzten sich auf das Tier.

Mein Gott, wie ausgehungerte Hyänen. »Los, fass!« Der Blick auf den Hund machte ihm rasch klar, dass von dem nichts zu erwarten war. Der alte Mann rannte auf die Wölfe zu, so schnell ihn die verbrauchten Beine trugen.

Die kleinen Biester rissen das Lamm zu Boden und schlugen ihre Zähne in seinen Körper. Blut spritzte auf das weiße Fell und das kleine Tier gab entsetzliche Schmerzlaute von sich.

»Haut ab ihr Ausgeburten der Hölle«, schrie der alte Mann und schwang den Stab. »Stopp. Hört auf!«

Die Wölfe hielten inne und starrten ihn an. Tierbabys, die eigentlich noch gesäugt werden müssten, im Blutrausch. Bösartige kleine Augen funkelten ihn an, als wollten sie sagen: Geduld, du bist auch gleich dran.

Er blieb stehen, rang nach Luft. Das kleine Schaf zuckte noch einmal und rührte sich nicht mehr. Wie Piranhas rissen die kleinen Wölfe Fleischstücke aus ihrer Beute heraus und verschlangen sie gierig.

Der Mann zog hastig seinen Rucksack herunter und begann, darin herumzuwühlen. Sofort ließen die Wölfe von ihrer Beute ab und flohen eilig, als wüssten sie, wonach er suchte.

Als er seinen alten Armeerevolver endlich zu packen bekam, tauchten sie schon in die Unerreichbarkeit des Getreidefeldes ein.

Greifswald

Der hünenhafte Pfleger lupfte Michail aus dem Rollstuhl, legte ihn auf das Bett wie einen Stapel alter Wäsche und verließ wortlos das Krankenzimmer.

Dankbarkeit? Versuchen Sie es mal mit Dankbarkeit?

Er sah auf die dürren Beine da unten, spröde wie morsche Stelzen, das eine dazu noch zusammengehalten von irgendwelchen Drähten. *Oo Bozne net!* Wahnsinn. Die Arme auch nicht viel besser, hingen an seinem Körper wie ausgetrocknete Äste eines absterbenden Baumes.

Dankbarkeit? Für diesen Körper? Wie hatte nur ...

Eine Schwester kam herein, blieb an der Tür stehen und sah ihn nachdenklich an. »Das ist ganz normal«, sagte sie freundlich, »wenn man im Koma gelegen hat.«

»Koma?«

»Ja. Koma. Sie waren zwei Wochen in dieser besonderen Welt, in der man nicht sterben, aber auch nicht leben kann.« Sie schaute ihn an und musterte ihn, als wollte sie seine Fragen schon vorher aus seinem Gesicht lesen. »Obwohl Sie bei Ihren Verletzungen allen Grund gehabt hätten zu sterben.«

»Verletzungen?« Michail zog das weiße Krankenhemd nach oben und sah auf seinen Bauch. Überall Narben, runde ausgebrannte Krater, verstreut um seinen Nabel und dazwischen die frischen Schnitte.

»Eine Kugel im Bauch in einem See von Blut, ein zertrümmertes Bein und reichlich Beton obendrauf ... Also Katzen«, lächelte sie, »sollen ja sieben Leben haben und Sie haben mindestens drei.«

Eine Kugel im Bauch? Wieso? Ja, da war diese Frau mit dem seltsamen Baby, er musste sie schützen, und jemand hatte auf ihn geschossen. Plötzlich hallte der Knall wieder in seinen Ohren, und es kamen noch mehr Schüsse. Alte Bilder gesellten sich dazu. Soldaten, die über Mädchen in einer eroberten Schule herfielen, auf ihn schossen, als er eingegriffen hatte.

Die Schwester zog sich einen Stuhl heran und setzte sich neben sein Bett. »Zum Liegen braucht man keine Muskeln«, erklärte sie, »und der Körper baut ab, was er nicht mehr braucht. Dann sieht man ebenso aus wie Sie jetzt.«

Michail musterte die Schwester. Ziemlich groß, schlank und trotzdem kräftig, harte Gesichtszüge, die sich aber dennoch zu einem warmen Lächeln wandelten; jemand der sich immer hatte durchbeißen müssen. *Schwester Anke* stand auf dem Namensschildchen, das an ihren Kittel geheftet war.

»Aber«, setzte sie hinzu, »wenn Sie Ihrem Körper zeigen, dass Sie ihn brauchen, kommen Ihre Muskeln auch wieder zurück.« Ihr blonder Pony tanzte auf und ab, als sie ihm zunickte wie eine Mutter, die einem Kleinkind ein Versprechen gibt.

»Und wie?«

»Als Sie im Koma lagen, haben die Physios Sie durchbewegt, damit die Gelenke nicht versteifen und ...«

»Die Physios?«

»Na ja«, lachte die Schwester, »die Physiotherapeuten. Und die werden jetzt bald anfangen, richtig mit Ihnen zu üben. Das wird ganz schön wehtun, wenn es richtig gemacht wird.«

Konnte man mit diesem Körper überhaupt irgendetwas machen, fragte sich Michail, als sein Blick auf seine kümmerlichen Arme fiel.

Die Schwester nahm seine Hand, und Michail spürte ihre Wärme und Energie. »Seit Wochen habe ich Sie mit meinen Kollegen gepflegt, einen Untoten, der jetzt fast wieder lebendig ist.« Sie erhob sich, ging zur Tür und nickte ihm aufmunternd zu. »Und jetzt sind Sie dran! Enttäuschen Sie uns nicht!«

Berlin

»Autsch!« Klaus betastete seine Stirn. Das würde eine hübsche Beule geben. Irene hatte Recht, der Abstellraum gehörte dringend aufgeräumt.

Und auf diesen Balken über dem Regal hätte er schon längst ein Polster kleben sollen.

Wenigstens blutete es nicht. Wäre ja auch noch schöner, vor der Pensionierung alle kniffligen Situationen überstanden, ohne dass sein markantes Gesicht Schaden genommen hatte, und jetzt einen schönen Schmiss von diesem blöden Ding? Wie ein aufgescheuchter Hase rannte er hier herum und nur deswegen, weil sein Ex-Chef ihm geheimnisvolle Andeutungen am Telefon gemacht hatte?

Da hätte er sein Zeug auch gleich ausgepackt lassen können.

Klaus wandte sich dem obersten Regalbrett zu, zog eine Plane aus dickem, gewachsten Stoff zur Seite und nahm den Koffer herunter.

Ganz schön schwer, war ihm bisher gar nicht so vorgekommen. Vielleicht sollte er wieder öfter in die Muckibude am Alex gehen oder die Hantelbank endlich wieder in Betrieb nehmen.

Er legte den Koffer auf den Boden. Wenn da wirklich jemand nach ihm suchte, würde er ihn vielleicht brauchen können.

Klaus ließ die Schlösser aufschnappen und öffnete den Deckel. Das leise Klacken der Scharniere zauberte ihm eine Gänsehaut auf den Rücken, als er an den Ausflug an die Ostsee dachte. Er hatte sie überrumpelt, die Profis, die ihn nicht ernst genommen hatten. An alte Form angeknüpft, eine ruhige Hand, ein scharfes Auge und Präzision.

Und sein Liebling hatte ihm geholfen. Was hatte er da gelesen? Über diese sauteuren Bundeswehrgewehre? Trafen nicht zuverlässig. Besonders bei Hitze. So 'ne Scheiße!

Er streichelte über den Lauf der Waffe. Jahrzehnte alt. Aber mit der hatte er alles getroffen. Immer. Bei jedem Wetter. Laser und Computer-Chips, dieser ganze Mist hatte einfach nichts in einem Gewehr verloren.

Er hatte denen gezeigt, dass er es noch konnte; sollten sie ruhig kommen. Brauchten Ruheständler nicht ab und zu etwas Abwechslung?

Er schloss den Koffer, ganz leicht glitten die Verschlüsse in ihre Öffnungen. Auch schon ziemlich alt, aber ein Tropfen Maschinenöl am richtigen Platz, und der Zahn der Zeit nagte vergeblich an den Dingen.

So ganz legal war das ja damals nicht gewesen. Aber sein Chef hatte es ihm, als sie nach seiner Abschiedsfeier kurz alleine waren, einfach in die Hand gedrückt. »Defekt, so ein Jammer, wir mussten es leider ausmustern«, hatte er mit breitem Grinsen gesagt, »aber Rentner können ja alles gebrauchen, wie man so hört. Die Nummer haben wir sicherheitshalber rausgeschlagen.«

Klaus nahm den Koffer, griff noch zwei Etuis mit Munition aus dem abschließbaren Schrank, öffnete die Tür und prallte zurück.

Seine Frau hatte sich dort aufgebaut wie ein Türsteher vor einem angesagten Club. Die Arme vor der Brust verschränkt, die Beine durchgedrückt, bereit zu allem, nur wahrscheinlich nicht für eine längere Diskussion. Sie schaute auf den Koffer hinunter, wieder herauf in sein Gesicht und fixierte ihn scharf.

»Klaus! Das ist nicht dein Ernst! Nicht schon wieder!«

»Och Schätzchen. Ick fahr nur für'n paar Tage wech und da brooch ick...«

Der Türsteher produzierte ein Lächeln, so hart und unerbittlich, dass jeder Gedanke an Widerstand sinnlos erschien. »Du irrst dich, Liebling. Wir fahren.«

Peking

Der undurchdringliche Smog, der wie eine riesige graue Bettdecke zwischen Peking und dem Horizont lag ... wie hatte er ihn immer verflucht und von einem Häuschen jenseits im Grünen geträumt. Und jetzt? Wenn er doch wenigstens aus seinem ehemaligen Büro oben hinausschauen könnte, sich ärgern über das, was da draußen herumlungerte. Vielleicht das Fenster öffnen, und die Lungen vollpumpen mit dem zähen muffigen Gemisch. Aber sie hatten ihm die Höchststrafe verpasst. Kein Todesurteil. Kein Kerker. Unendlich viel schlimmer.

In der kleinen Glaskiste sitzen, jeden noch so Unwichtigen freundlich begrüßen, jawohl, bitte schön, sehr gerne. Der Unterste in der Hierarchie, der Unwichtigste aller Pförtner, jeden Tag das hundertfach schiefe Lächeln der Vorbeikommenden, das lauter als alle denkbaren Wörter in den Raum schrie: «Schau, der da, der hat's verbockt. Ohne Befehl von ganz oben ein Schiff umgeleitet, einen waghalsigen Überfall veranlasst, einen Hubschrauber und eine mittlere Armee an Deutschlands Küste verloren. Eine Reihe toter Agenten, einige verschwunden. Und wofür? Ein Alien wollte er fangen!«

Und war das jetzt für die nächsten Jahre seine einzige Sorge?

Nein. Ungnade war ein zu milder Begriff für das, was nach Feierabend zuhause auf ihn wartete. Sollte er vielleicht besser um 24-Stunden-Schichten bitten, um dieser Frau aus dem Weg zu gehen, die ihm buchstäblich die Hölle heißmachte? Ihm ständig zeigte, was für einen Verlierer sie in ihm sah?

Einer seiner früheren Untergebenen rauschte vorbei. Wa Ling nickte freundlich und nahm einen Schlüssel in Empfang. Das hier, schwor er sich, konnte nicht der Endpunkt sein. Er wusste noch nicht wie, aber er würde sich wieder nach oben kämpfen.

Auf der Queen of the Caribbean

Son Yon Pak stieg in den Aufzug, steckte seinen Schlüssel in das Schaltschloss und drückte auf die Fünf. Er musste zu Simon und mit ihm über diese Vorkommnisse reden. So konnte es nicht weitergehen. Er musste endlich herausfinden, was zum Teufel mit ...

Mit einem leisen Zischen stoppte die Kabine auf Level acht. Die silberfarbene Tür glitt zur Seite und zwei Männer drängten sich herein. Ein Riesenkerl und ein schlanker Typ. Die Gesichter aus New York! Der Hafen! Die Tür schloss sich und Son tastete nach dem Alarmknopf, aber eine Hand hielt seinen Unterarm so fest, als sei er an die Kabinenwand genagelt.

»Nicht doch«, grinste der Riese schief, »wir wollen uns doch noch ein bisschen unterhalten.« Die Kerle quetschten Son zwischen sich ein und sahen ihn erwartungsvoll an.

»Das ist ein Personalaufzug«, presste er heraus, »nur für Mitarbeiter, verlassen Sie sofort ...«

»Aber, aber! Wer wird denn so ungemütlich sein«, schnappte der Kleinere. »Unser Personal wird stets bemüht sein, Ihnen alle Wünsche zu erfüllen. Hast du etwa das Motto deiner Chartergesellschaft vergessen?«

Son wurde heiß, gleich kam das fünfte Deck. Er musste Zeit gewinnen. »Was wünschen Sie denn?«, zwang er sich ganz ruhig zu antworten.

»Du hast da etwas, das wir gerne hätten; du gibst es uns

und schon sind wir zufrieden.«

Der Aufzug hielt. Der Personalbereich. Er musste sie von dieser Etage weglocken. »Ich muss hier aussteigen«, sagte er und versuchte sich frei zu machen.

»Das glaube ich nicht«, schnarrte der Große und hielt ihn zurück.

Son verschluckte einen Seufzer der Erleichterung. Der Bluff hatte geklappt. Aber wie sollte er jetzt ... Ein wahnsinniger Schmerz raste seinen Arm herauf, als ihm der große Gangster ein Messer unterhalb der Ellenbeuge ins Fleisch rammte. »Wir haben keine Lust auf Rumquatschen, also sag uns, wo ihr es versteckt habt!«

Der Ärmel von Sons weißem Uniformhemd färbte sich rot, und er fühlte die Wärme des an seinem Unterarm herablaufenden Blutes.

»Ich weiß gar nicht, was ...«

Der Schmerz explodierte in seinem Arm, als der Riese das Messer hin und her drehte. Son wurde schwarz vor Augen, seine Beine gaben nach, aber die Männer hielten ihn fest zwischen sich gepresst.

»Also, wo?«

Das Messer setzte den Hexentanz seinem Fleisch fort, so intensiv, als würden ihm Fleischstücke bei lebendigem Leib herausgerissen. Son hatte viel ertragen im Leben und bei den Battles mit den Gangs von Seoul auch Bekanntschaft mit Messern gemacht. Aber das würde er nicht mehr lange durchhalten können. »Ich führe euch hin, aber hört damit auf.«

Der Riese hielt inne. »Na also, warum denn nicht gleich so?«

»Wir müssen zu den Vorratsräumen. Die Drei.«

»Die Drei? Da sind die Kühlräume. Willst du uns verarschen?«

»Wisst ihr Idioten überhaupt irgendetwas?«, fasste Son

allen Mut zusammen. »Im Weltraum ist es kalt, sehr kalt. Also, wo fühlt sich ein Außerirdischer wohl? Deswegen haben wir ihm ein kühles Quartier gegeben.«

»Wenn du uns irgendwelche Märchen erzählst ...«, raunte der Kleinere und drückte ihm eine Waffe ins Genick.

Kalt fühlte sich der Lauf der Waffe an, und bald würde es noch viel kälter werden. Der Aufzug hielt. »Wir müssen hier raus«, stöhnte Son. Das Feuer in seinem Arm loderte weiter. »Da hinten ist es.«

Schweigend stapften sie durch den Gang, der direkte Weg in das kühle Herz des Schiffes. Blut tropfte aus Sons Ärmel auf den Boden. Musste eine schöne Spur geben, die Markierung für den Rückweg der Gangster, wenn sie ihn gekillt hatten. Nein, reiß dich zusammen, finde einen Ausweg!

Son schöpfte neuen Mut. Hier war sein Reich. Wenn er überhaupt eine Chance hatte, dann nur hier unten. »Durch die Tür da.«

Eine dicke Metalltür mit einem kleinen Fenster in Augenhöhe verschloss den Gang, Son gab einen Zahlencode in ein Ziffernfeld ein und die Tür glitt zur Seite. »Noch ein paar Türen, dann kommt der Permafrost« erklärte er. »Darin sind mehrere Kammern und die hinterste ist seine.«

»Wenn du uns linkst, frieren wir dich gleich hier unten ein«, grinste der Typ mit der Waffe und drückte sie ihm noch tiefer ins Genick.

Son öffnete die nächste Tür und kalter Nebel kam ihnen entgegen.

»Versuch irgendeinen Trick, und ich blase dir deinen Kopf weg«, brummte sein Peiniger.

Ich muss sie noch weiter hineinlocken, dachte Son, dahin, wo kein Handynetz mehr war, und dann als seine einzige Waffe das einsetzen, was er im Kopf hatte.

Sie schoben ihn weiter, hielten ihn zwischen sich in der Zange, keine Chance, an einen der Alarmtaster zu gelangen. Noch zweimal um die Ecke, dann würde der Bluff auffliegen. Das Gewirr der Kühlkammern mit Tonnen von Fleisch, Fisch und allem, was aufgetaut zu opulenten Buffets wird, übereinandergestapelt in den großen Regalen. Viele tote Tiere, in ihre Einzelteile zerlegt, aber keine Aliens.

Son sah auf die hässlichen Kratzspuren an der Wand. Die Deppen hatten wieder einmal nicht aufgepasst mit dem Hubwagen, als sie Gefriergut für die Küche geholt hatten. Aber diesmal vielleicht kein Grund, sie zu maßregeln.

Tatsächlich, da unten, das Kabel hing noch da wie heute Morgen bei seinem Inspektionsgang.

»Los weiter«, kommandierte der Große.

»Es ist die letzte Tür da vorne rechts«, sagte Son. »Aber ich muss vorgehen. Wenn es Angst bekommt, wird es uns alle töten. Ich brauche meine Codekarte und einen speziellen Schlüssel. Ihr müsst mich schon loslassen, sonst kann ich euch die Tür nicht öffnen.«

Der Riese lockerte den Griff ein wenig. »Mach ja keinen Scheiß«, zischte der Kleine, »sonst ...«

Sie blieben stehen. Son angelte nach dem Schlüsselband um seinen Hals und ließ sich dann blitzschnell auf den Boden fallen. Er griff nach dem Kabel und hielt es dem Riesen an den Unterschenkel. Der stechende Geruch verbrannten Fleisches stieg ihm in die Nase, mit einem lauten Schrei sackte der große Mann zusammen. Son nutzte den Moment der Verblüffung und schickte den Kleinen mit einem Tritt zwischen die Beine zu Boden.

Er entriss ihm die Pistole und schlug sie ihm auf den Kopf, bis er regungslos liegen blieb. In dem Moment begann der Riese zu stöhnen und schlug die Augen auf. Son angelte das Kabel und verpasste ihm einen weiteren

Stromschlag. Er riss sich sein Hemd herunter und umwickelte seinen Unterarm so fest er konnte, um die Blutung zu stoppen.

Noch zwei Türen weiter, dann kam der spezielle Raum. Son öffnete ihn, drinnen stand ein Aggregat, das aussah wie eine riesige Wäschetrommel. Er schleifte den kleinen Gangster hinein und versuchte, ihn in die Öffnung zu bugsieren. Keine Chance. Der Schmerz kehrte zurück in seinen Arm, sein Adrenalin schien verbraucht. Und der Große? Wie sollte er den bewegen?

Er lief zurück in den Gang. Was für eine Schweinerei. Überall blutige Fußspuren. Son bog um die Ecke und betätigte die Rufanlage. Der Elektriker meldete sich. »Es hat einen schlimmen Unfall gegeben, weil du das Kabel nicht isoliert hast, wie ich es nach meinem Inspektionsgang angeordnet hatte.«

Am anderen Ende der Leitung nichts als atemlose Stille.

»Ich werde also ...«

»Nein, bitte auf gar keinen Fall!« Panik schwang mit in der Stimme des Elektrikers. »Du weißt, was das für mich bedeuten würde.«

»Allerdings. Aber du kannst deinen Kopf retten, dieses eine Mal noch. Komm sofort herunter und hilf mir.«

Son lief zurück zu der Maschine. Welcher der Knöpfe war es? Da, der mit dem roten Symbol, der Temperaturregler. -50° Celsius stand auf dem Display, er drückte den Eingabeschalter, die Zahlen rannten los, bis sie -80° erreichen. Sehr gut. Das müsste reichen. Und wenn die Aggregate ihre Arbeit aufnahmen, war der erste Arbeitsgang die Herstellung des Vakuums.

Schritte auf dem Flur, der Elektriker erschien. »Heilige Scheiße! Was ist denn hier passiert? Das ganze Blut, wie zum Teufel ...« Er schaute auf die beiden Gangster am Boden, die langsam zu sich kamen. »Nein, das kann nicht dein Ernst sein. Du willst sie doch nicht etwa ...?«

Son hob seinen Arm. »Siehst du, was sie mit mir gemacht haben? Und kannst du dir vorstellen, was sie weiter mit mir gemacht hätten? Zeit, die Menschheit von diesen Kreaturen zu befreien. Ach, noch etwas. Wenn wir hier fertig sind, sag oben Bescheid, dass die Gefriertrocknungsanlage bis morgen gesperrt ist.«

Greifswald

»Du siehst ja ganz geschafft aus«, sagte die rundliche Physiotherapeutin, als ihre Kollegin in den Pausenraum kam.

»Allerdings. Ich habe ziemlich lange mit diesem Eggimann geübt. Unglaublich, wie der sich ins Zeug legt. Gelenke mobilisieren, da, wo andere schon jammern, nickt er, signalisiert mir: noch ein bisschen, immer weiter. Du merkst, dass er Schmerzen hat, aber er sagt keinen Ton. Schon, wenn du in sein Zimmer kommst, siehst du, wie er versucht, seine Muskeln zu trainieren. Der macht da im Bett irgendwelche Übungen, keine Ahnung, wer ihm die gezeigt hat. Ich habe so etwas Ähnliches mal in einem Film über das Training von Spezialeinheiten gesehen.«

»Ja, ein seltsamer Mensch. Kommt aus einer anderen Welt. Und möchte da wohl auch, so schnell es geht, wieder hin.«

Auf der Queen of the Caribbean

Die Schwester entfernte vorsichtig die blutdurchtränkten Tücher von Sons Arm. Ihm schossen Tränen in die Augen, es tat weh, als würden viele kleine Teufel sein Fleisch mit ihren glühenden Haken bearbeiten. Er biss sich auf die Lippen und sah die Schwester an.

Sie riss die Augen auf, als die Wunde freilag und fixierte Son intensiv. »Dir ist also eine scharfkantige Kiste auf den Arm gefallen?«

Son versuchte gar nicht erst, seine Lüge zu wiederholen. »Ein Messer«, stammelte er.

Die Schwester war schon an der Sprechanlage und rief etwas hinein. »Doc Phelbs kommt gleich.«

Schon flog die Tür auf, und ein gut gelaunter Weißkittel platzte herein. Der rothaarige Australier grinste Son an. »Na, kannst wohl noch nicht mal ohne Unfall mit Messer und Gabel essen, was?«

Son sah ihm an, wie er sich freute, nach der Behandlung eines Haufens migränekranker, übertourter Amerikanerinnen mal wieder seinem Chirurgenherz eine Abwechslung zu gönnen.

Der Doc zog sterile Handschuhe an und nahm Sons Arm ins Visier. Das Grinsen wurde schmaler und verschwand ganz. »Oh Shit. What a mess!«

Son hatte bisher jeden Blick auf die Wunde vermieden. Jetzt schaute er auf seinen Arm hinab und ihm wurde übel, als er in den roten Krater mit dem zerfetzten Fleisch sah. Fast hätte er nicht mehr auf der Liege sitzen können und wäre vorüber gekippt.

»Hoffentlich kann ich den angekratzten Nerv wieder zusammenflicken«, murmelte der Doc. »Wenigstens ist die Arterie nicht getroffen.«

Angekratzter Nerv? Son wurde eiskalt und er drohte, den Kampf mit dem Brechreiz zu verlieren.

»Beweg deine Finger!«, befahl der Doc. Daumen, Zeigefinger und Mittelfinger gehorchten, die anderen verweigerten den Dienst.

»Der Ulnaris«, erklärte Phelbs. »Ich versuche es. Und diesen Muskelsalat muss ich auch aufräumen. Musst du kotzen?«

»Nein, ich schaffe das.«

»Gut. Leg dich hin. Ich betäube jetzt den Arm.« Er stach eine lange Nadel in Sons Achselhöhle, es brannte, drückte und dann breitete sich wohl tuende Taubheit in dem ganzen Arm aus. Der Chirurg pikte mit einer anderen Nadel in Sons Unterarm, aber der spürte nichts mehr.

»Okay, fangen wir an«, sagte Phelbs und nahm das erste Skalpell vom Instrumentenbrett.

Greifswald

Wieder eine Audienz beim Major. Das karge Mobiliar, die eisige Atmosphäre, Bilder kamen in seinem Kopf auf, ließen sich nicht greifen, verdämmerten wieder. Michail versuchte, im Gesicht des Mannes eine Regung zu erkennen, aber der saß nur da, seine Ellenbogen auf den Schreibtisch gestützt, ehe er unvermittelt in beiläufigem Plauderton zu sprechen begann. »Schon merkwürdig, ein Schweizer, der in Russisch träumt.«

»In Russisch?«

»Allerdings. Von den etwas älteren Schwestern hier haben es einige noch in der Schule gelernt. Oder lernen müssen. Der große Bruder und so. Mochte die Sprache schon in der Schule nicht, aber ist jetzt vielleicht ganz nützlich. Dachte ich zumindest, bevor ich mich mal an Ihr Bett gesetzt habe. Aber unser Schweizer flüstert immer nur etwas von Swetlana. Stundenlang. Und die Koseform. Swetik hier und Swetik da.«

Swetlana. Als würde ein Vorhang in Michails Kopf zur Seite gezogen, kamen die Bilder. Seine große Schwester. Irgendwo allein und hilflos. Er musste ...

»Wir haben einen falschen Seenot-Rettungs-Hubschrauber geborgen und versteckt«, unterbrach Schneider seine Gedanken, »mit lauter toten Schlitzaugen darin, im Wasser treibende Gelbe mit faustgroßen Löchern im Rücken herausgefischt, ein eingestürztes Hotel aufgeräumt, das eher wie ein getarntes Forschungszentrum aussah, und ein paar Dutzend mit Blei vollgepumpte Leichen beseitigt, die angezogen waren wie Ninjas aus einem Actionfilm.

Und draußen neben dem Gebäude liegt ein Mann, fast verblutet mit einem zerfetzten Bein, einer Kugel im Bauch und Sprengstoffspuren an den Händen, der schläft zwei Wochen und weiß dann von nichts.«

Der Überfall. Ja, da war diese Frau mit dem Baby, und da waren diese Fremden, die Schüsse und dann ... nichts mehr. Der Film in Michails Kopf wollte einfach nicht mehr weiterlaufen.

Der Major hatte sich scheinbar ruhig zurückgelehnt in seinem Stuhl, aber seine Hände zeigten etwas anderes. Ganz weiß waren die Finger, so fest hatte er seine Fäuste geballt.

»Und wissen Sie, was merkwürdig ist?«, fuhr der Major fort. »Niemand will Sie zurückhaben. Jetzt zwar ein Wrack, aber davor ...«

Er sprang auf, riss Michails Hemd hoch. »Diese Narben. Ein Kämpfer. Ihre Ausrüstung und ihre Augen! Ich kenne solche Typen.« Der Major setzte sich auf die Tischplatte und nagelte Michail mit seinem Blick fest. »Und das Komische: Niemand will Sie wiederhaben.«

»Mich zurückhaben? Wer sollte denn ...«

Schneider setzte ein Lächeln auf, das eher wirkte, als würde er gleich zubeißen. »Genau das würde ich gerne wissen. Denn wenn Sie niemand wiederhaben will, dann können wir Sie hier auch verschimmeln lassen.«

Auf der Queen of the Caribbean

Die Schwester führte Simon durch den Flur zu den Patientenzimmern, vorbei an Röntgen-, Labor- und Intensiv-Bereich. OP eins und zwei. Ausgestattet wie eine Uniklinik, auf das Wichtigste zusammengeschrumpft, dachte Simon, ein schwimmendes Hospital mit allem, was man braucht.

»Der Doc will mich nicht gehen lassen«, stöhnte Son, »deswegen habe ich dich angerufen.«

Simon setzte sich an sein Bett und hörte sich die ganze Geschichte an. Man war ihnen auf den Fersen, viel dichter, als er befürchtet hatte, und auch viel brutaler. Und jetzt fiel ihr wichtigster Helfer an Bord verletzt aus.

»Wir werden dir helfen«, sagte Simon, »ich spreche mit dem Doc.«

Phelbs kam herein und Simon spürte, wie *es* sich in seine Gedanken schlich.

Ganz genau ließ er sich von dem Arzt den Lokalbefund schildern, was der Doc alles repariert hatte, Sehnen, Nerven, Muskelstränge und Blutgefäße. Es war nur ein Hauch eines Abschweifens seiner Gedanken, den Simon bemerkte, ein dünner Schleier, wie bei einem gerade beginnenden Traum, aber eben genau die Zeichen, die Simon jetzt besser zu deuten wusste. *Es* war in seinem Kopf, sprang hin und her und suchte ungeduldig darin herum, wie ein Kind, das unter einem Berg Spielzeug seinen Lieblingsteddy sucht.

Simon wiederholte jeden Satz des Chirurgen, um es durch die Aktivierung verschiedener Hirnareale dem Kind leichter zu machen, die Gedanken zu lesen und zu verstehen. Dann dachte er intensiv an die Mechanismen der Heilung von Nerven und anderen Strukturen und die daran beteiligten Hormone.

Er schaute auf Son. Der kleine Asiate lag im Bett, blass wie eine Leiche und etwa ebenso agil, sein dick verbundener Arm wirkte wie ein Teil einer Mumie aus einem antiken Grab.

Allmählich änderte sich Sons Gesichtsausdruck. Ein Erschrecken, ein Grübeln und dann entspannte Gelassenheit ... seine Mimik spielte Simon alle Etappen der Therapie vor. Simon drückte Son die gesunde Hand und verließ das Zimmer.

Innerhalb der nächsten Stunden würden Unmengen verschiedener Hormone in seinem Körper zu kreisen beginnen und eine stattliche Armee von Reparaturzellen das Desaster aufräumen.

*

Oh nein! Dieser lästige Koreaner. Der bärtige Mann auf der Brücke beugte sich ganz tief über die Seekarten auf dem Navigationstisch und beobachtete aus dem Augenwinkel die Tür. Mist. Der kleine Asiate schob sich in das Allerheiligste des Schiffes und blieb zwei Schritte weiter reglos stehen. Einen Arm trug er dick verbunden in einer Schlinge. Der Offizier fixierte die Karten mit einer Intensität, als gelte es, endlich Atlantis zu finden.

Son stand einfach nur da und schaute in die Luft. In einem Geduldsspiel auf Zeit war diesem Mann nicht beizukommen.

»Ich hab's nicht bei mir«, murmelte der andere und starrte auf die geschwungenen Linien auf der Karte.

»Schade, heute Nacht ist der Mindesteinsatz 20 Dollar, da könntest du ganz schön was zurückgewinnen, wenn du dabei wärst.«

»Ich muss mal schauen, in meiner Kabine habe ich bestimmt noch ein paar Scheine und ...«

»Tatsächlich? Ich borge dir nochmal 500 ... wenn du mir ein wenig hilfst.«

»Wobei denn?«

Son sagte es ihm.

»Vergiss es! Ich bin doch nicht verrückt! Was, wenn sie uns dabei erwischen?«

Der Koreaner zitterte, schien starke Schmerzen zu unterdrücken. »Bitte!«

»Nein. Ich riskiere doch nicht meinen Job. Wenn jemand ...«

»Deine Papiere überprüft«, fiel ihm Son mit schneidender Stimme ins Wort, »riskierst du den wirklich!«

Diese gelbe Schlange! Wenn der die Wahrheit über die Echtheit seiner Papiere ausplaudern würde? »Also gut. Wann?«

»Sei um vier Uhr unten.«

Brandenburg

Sie stehen sich gegenüber, die gelben Augen funkeln ihn an, sie belauern sich, keiner weicht zurück.

Nirgendwo gibt es strengere Regeln und Rituale als in einem Rudel. Das stärkste Tier führt es, die anderen ordnen sich unter, folgen dem Anführer, zumindest so lange, wie sie ihn als den Stärksten akzeptieren. Im Zweikampf muss er sich beweisen, immer wieder, den Herausforderer bezwingen, Zeit und Respekt gewinnen für die nächste Regentschaft. Die Jungtiere kämpfen ihre Rangordnung aus. Nur wer sich ganz oben behauptet, darf das Wagnis eingehen, das Leittier zu fordern.

Der alte Wolf ist schwachgeworden. Er hat sie schon vor einiger Zeit in den Kampf mit leichter Beute geführt und versagt. Er ist ganz grau und hinkt, seine große Wunde ist verheilt, außen, aber nicht innen, die Erinnerung ist noch wach.

Sein Rivale fletscht die Zähne, spitz und scharf, Speichel tropft zwischen ihnen herunter, er spannt seine Muskeln, bereit für den alles entscheidenden Sprung. Die Augen starren ihn an, gelb und leuchtend, ein tiefes Knurren, ein Atem mit der Lust zu kämpfen darin. Die Entschlossenheit eines jungen Tieres.

Seine Muskeln schmerzen, es fällt ihm schwer, jetzt zu warten. Es sind immer die anderen, die angreifen. Er muss warten, dann schlägt er zurück, kämpft, bis der Herausforderer seine Niederlage akzeptieren muss und sich unterwirft.

Sein Gegenüber springt ab, das Maul weit aufgerissen, der Leitwolf weicht aus zur Seite mit der Erfahrung so vieler Kämpfe, nutzt die Überraschung, beißt von der Seite zu, schnell ist es vorbei, der andere fällt auf den Rücken und zeigt ihm seine Kehle.

Es ist entschieden, so war es immer, die anderen Tiere des Rudels haben es gesehen, kennen Sieger und Verlierer, die Rollen sind verteilt.

Der Gewinner genießt seinen Erfolg so lange, bis er dem Verlierer gestattet, den Kampfplatz zu räumen und sich wieder ganz hinten einzuordnen.

Aber diesmal reicht ihm der Genuss des Sieges nicht. Es geht mit ihm durch. Er muss es tun. Er reißt die Kiefer auseinander und rammt seine Zähne in die Kehle des Unterlegenen. Der Drang nach Blut, nicht dem einer fremden Beute, sondern nach Blut der eigenen Art, das Bersten von Knochen, das nie mehr enden soll, der Rausch, zuzubeißen, immer wieder, immer tiefer hinein, den Durst zu stillen, der unstillbar geworden ist.

Auf der Queen of the Caribbean

Son stieß die gläserne Klapptür auf und der bärtige Offizier schob den Handwagen hinaus bis an die Reling.

Das Wasser hinter dem Schiff glänzte schwarz im Mondlicht, dicht an der Bordwand weißlich aufgeschäumt, durchgewühlt vom mächtigen Rumpf der *Queen of the Caribbean.*

Der Wandelgang war jetzt wie ausgestorben, die Passagiere nach dem Abendbuffet und dem stundenlangen Entertainment in ihren Kabinen verschwunden und die letzten Nachtschwärmer gingen in irgendeiner der Bordbars auf die Jagd nach Zweisamkeit für den Rest der Nacht.

Son befühlte die Reling. Hier war die richtige Stelle. Er löste die beweglichen Metallteile, da, wo sie Besatzungsmitglieder die Brücke herausschieben würden, wenn sich beim nächsten Landgang die Passagiere drängten, neugierig auf die nächste Sehenswürdigkeit.

Sie schoben den Wagen an die Lücke und gaben dem ersten in einen Leinensack gehüllten Paket einen Stoß. Es rumpelte über die Bordwand, sank hinein in die aufgeschäumte See, tauchte wieder auf und verschwand dann in dem dunkler werdenden Kielwasser des Schiffes. Das Zweite folgte ihm. Ob Haie auch aufgetautes Menschenfleisch mögen, überlegte Son, während er die Lücke in der Reling wieder verschloss.

Brandenburg

Er liebte diese Stunden nach Mitternacht, wenn die Forschungsanlage in tiefem Schlummer versunken war, in den Laboren die Apparate vor sich hin surrten, ohne von den Forschern, die sich jetzt in ihre Räume zurückgezogen hatten, zu besonderen Leistungen getrieben zu werden.

Schlaf, ein Luxus, den Greyson sich auch jetzt noch nur stundenweise gönnte. Das Leben war einfach zu kurz. Zu viele Dinge mussten getan werden. Napoleon, so heißt es, habe nur drei bis vier Stunden pro Nacht geschlafen, bisweilen im Sattel sitzend, um keine kostbare Zeit zu vergeuden. Der kleine Franzose! Auf dem Weg zur Weltherrschaft gestrauchelt, besiegt, gedemütigt, ins Exil geschickt und trotzdem war er wiedergekommen, so wie auch er sich wieder erheben würde und diesmal noch weiter nach oben.

Die sensorgesteuerte Tür öffnete sich vor Greysons Rollstuhl, und er fuhr auf die große Thermoskanne zu, die frisch gefüllt und bereit für die Nacht auf dem Tisch im Aufenthaltsraum stand. Ein leises Zischen beim Öffnen der Kanne, kleine Dampfschwaden traten aus und verbreiteten den Geruch von Hochlandplantagen und mittelamerikanischem Bergland.

Greyson goss sich eine Tasse ein und verfolgte, wie die schwarz glänzende Flüssigkeit an dem weißen Porzellan hinabfloss und kleine Bläschen am Rand bildete. Wenigstens dieser Genuss war ihm geblieben. Nur ein paar ganz kleine Veränderungen am genetischen Material der Pflanze und so konnte Kaffee plötzlich schmecken. Zum Glück hatten sie ihm das Labor gelassen mit dem Auftrag, weiterhin einzigartige Dinge zu produzieren, ein paar für sich, die meisten aber für das *Syndikat.*

Auf dem Tisch fiel ihm eine achtlos zusammengefaltete Zeitung auf, wohl von einem der Serviceleute nach der Spätschicht hier liegen gelassen.

Die Märkische Allgemeine. Er blätterte durch die Seiten. Tratsch aus Dörfern für Dörfer und deren Bewohner. Harmlos, keine komprimierten News wie im Internet, keine Weltpolitik wie im Fernsehen. Kleine lokale Verrücktheiten. Bedeutungslos für die Welt, bedeutungsvoll für jeden Einzelnen hier. Ein bisschen, wie Zuhause in den Staaten, wichtig war der Ort, vielleicht noch die nächste Stadt, im Notfall gerade mal der Bundesstaat. Aber die USA? Und gab es da draußen etwa noch eine restliche Welt? Kein Interesse. Das hier zählte.

Seite fünf. Sein Blick blieb an einem Schwarz-Weiß-Foto hängen. Ein Schäfer mit einem Gesicht, das jahrzehntelange Liebe zur Sonne und zum Alkohol verriet. Er hielt ein totes Lamm auf den Armen.

Wölfe überfallen Schafherde am helllichten Tag, verhieß die Schlagzeile. Greyson stockte, las die wilde Geschichte, die dieser Mann einer jungen Reporterin erzählt hatte. Nur die Fantasien eines einsamen alten Mannes? Was hatte sie ihm wohl dafür angeboten? Eine Flasche Schnaps und ein warmes Essen in der Redaktion?

Eine Gruppe kleiner Wölfe. Beinahe noch Welpen, aber gnadenlose Jäger ohne Angst. Sein Magen sackte eine Etage tiefer. Greyson betrachtete das tote Schäfchen auf dem Foto. Das war real. Auch der nächste Schluck Kaffee konnte das flaue Gefühl nicht vertreiben. Er schüttete hastig den Rest in sich hinein, aber das erwartete Wohlgefühl blieb aus.

Er las den Artikel noch einmal. Vier kleine Wölfe. Ein Tumult brach los in seinem Bauch. Wenn das stimmte, dann ... Greyson setzte den Rollstuhl mit dem Joystick auf der Armlehne in Bewegung. Er musste sich Klarheit verschaffen. Jetzt. Sofort.

San Francisco

Ross kletterte aus dem Pool, trocknete seine Hände ab und griff nach dem surrenden Handy auf der Liege. Er schaute durch die Fenster seiner riesigen Schwimmhalle auf den grauen Himmel. Zeit, dass sich dieser blöde Hochnebel auflöste und für gute Nachrichten aus der Karibik.

»Was gibt es Neues von der *Queen*, Nick?«, fragte er.

»Gar nichts.«

»Es gibt nichts Neues?« Sein kleiner Finger fing an zu kribbeln, fast so, als gäbe das Handy jetzt Vibrationsalarm.

»Die beiden melden sich einfach nicht«, sagte eine schüchterne Stimme.

Ross Fletcher hasste dieses Kribbeln, das sich in bestimmten Momenten einfach nicht abstellen ließ, wenn wieder etwas gehörig schief lief bei einem wichtigen Projekt des *Syndikats* irgendwo auf der Welt. Wenn er sich doch selbst klonen und überall sein könnte! »Wen hast du noch an Bord geschickt?«

»Jamison. Er sagt, sie seien verschwunden.«

»Verschwunden? Von einem Schiff? Mitten auf hoher See?«

»Ja. Ihre Kabinen seien unbenutzt. Sie hätten dort heute nicht übernachtet.«

Sein Ringfinger übernahm das Kribbeln. Er gab diesem Psychofritzen 500 Dollar die Stunde und dann das? »Jamison soll diesen Son zum Sprechen bringen!«

»Geht nicht. Der hat immer mindestens zwei Leute um

sich und trägt seinen Arm dick verbunden in einer Schlinge.«

Zufall? Nein, jetzt war die Sache klar. Der Koreaner hatte seine beiden Leute ausgeschaltet. Zwei Dilettanten weniger auf der Payroll, nicht so schlimm. Aber sie hatten den Auftrag verpatzt. Um diesen Son würde er sich später kümmern. Schien was drauf zu haben. In sein Team oder zu den Fischen? Jetzt kribbelte auch noch der Mittelfinger. Er nahm das Handy in die andere Hand. »Der nächste Landgang?«

»Erst in Lima. Wir haben noch reichlich Zeit.«

»Ich will ein Team am Hafen. Sag ihnen genau, nach wem sie suchen sollen. Kann doch nicht so schwer sein, den Forscher und die Frau mit dem Kind zu entdecken. Und dann schnappt ihr sie euch. Unauffällig. Irgendwo in der Stadt.«

Brandenburg

»Guten Abend Chef«, brummte der Mann und drehte sich dabei kurz von der Bildschirmwand zu ihm um, als Greyson seinen Rollstuhl in den Überwachungsraum steuerte. Auf den Monitoren an der Wand hatte sich Langeweile in ihren verschiedensten Formen manifestiert, ein Labor im Tiefschlaf, menschenleere Gänge, keinerlei Bewegung in den Außenanlagen, selbst in den Stallungen rührte sich nichts. Jetzt gab der Mann seinem Drehstuhl einen Schubs und rollerte ein Stück zur Seite. Die kleinen geröteten Augen in seinem feisten Gesicht musterten ihn interessiert.

»Wie wär's mit einem Spaziergang?«, sagte Greyson und bemühte sich um einen jovialen Tonfall. »Ein wenig die Beine vertreten? Ich passe inzwischen ein bisschen auf.« In seinem Inneren tobte die Neugierde. Wenn dieser Mann doch endlich seine Jacke von der Stuhllehne nehmen und den Raum verlassen würde. Quälend langsam erhob sich der feiste Mann und trottete los.

Greyson stoppte vor dem großen Rechner in der Ecke und fuhr das Archivprogramm hoch. Wann war das gewesen? Ende Februar vielleicht? Fahles Mondlicht, vom Wind aufgewirbelter Schnee, die beiden Pferde ... er hatte die Szene noch genau vor Augen. Maßlos stolz war er gewesen, wie sich seine Tiere durchgesetzt hatten gegen einen auch zahlenmäßig überlegenen Gegner. Darwin wäre beeindruckt gewesen, wie schnell und einfallsreich sein Forschungsteam die Evolution vorangetrieben hatte.

Er ließ die Finger über die Tastatur rasen, die Aufregung war wieder da, die Erinnerung an das unglaubliche Gefühl, das scheinbar Unmögliche geschafft zu haben, und daran, wie die Zweifler verstummt waren. Er gab den Suchauftrag ein, Dateinamen flogen über den Bildschirm. Nein, die meinte er nicht. Noch weiter zurück. Auch nicht. Etwas vor. Da war das Video.

Greyson sah sich an, wie die trotz der wirbelnden Schneeflocken draußen in der Koppel stehenden beiden Pferde von fünf Wölfen umzingelt wurden, einfach nur dastanden, keine Angst oder Panik zeigten, ermöglicht durch das Gefühl der Stärke und der Überlegenheit, das ihnen seine Wissenschaftler geschenkt hatten mit den neuen Genen. Er sah den Angriffssprung des Leitwolfes und den Biss des Hengstes in die Flanke des Wolfes, der zu Boden fiel, nur mühsam wieder auf die Beine kam und sich mit einer Demutsgeste davonschlich.

Aber diesmal machten sich in Greysons Körper auch andere Gefühle bemerkbar.

Das Kribbeln auf seinem Rücken konkurrierte mit der Revolte in seinem Bauch, und darunter nichts, alles taub und gefühllos. Damit würde er sich nie abfinden, nach

Lösungen suchen, aber jetzt galt es erst mal, sich hier Gewissheit zu verschaffen.

Greyson fror das Bild ein und zoomte in die Aufnahme. Holte sich den Pferdekopf immer näher heran. Die Eckzähne. Scharf wie Dolche. Auch die kleinsten Details gut zu erkennen, die Spezialkameras hatten sich bezahlt gemacht, trotz Dunkelheit ein Bild mit allen Einzelheiten. Greyson zoomte noch näher. Zähne wie die eines Raubtieres, Blut tropfte an ihnen herab und einige Fleischfetzen hingen dazwischen. Was war das da oben, als wenn etwas im Zahnfleisch des Hengstes steckte? Sah aus wie ein Stückchen Knochen, vielleicht abgesplittert von einer Rippe des Wolfes? Und daneben sickerte etwas Blut aus dem Maul des Pferdes, dieses ganz spezielle Blut.

Als ihm auf einmal alles klar wurde, war ihm eiskalt, er fror überall da, wo er die Kälte noch fühlen konnte. Beim Biss hatte das Pferd mit seinem Blut und den Zellen seiner Schleimhaut im Maul biologisches Material übertragen. Und mit diesen Zellen auch Gene. Seine Eigenen und die veränderten. Gene mit dieser ganz speziellen Beigabe. Es war genau das geschehen, wovor die Angsthasen unter den Forschern gewarnt hatten und worüber er nur gelächelt hatte.

Etwas ganz Besonderes war in einen fremden Organismus gelangt und an dessen Nachkommen weitergegeben worden, genau das, was aus friedlichen Pflanzenfressern beinahe Raubtiere machte.

Greyson meinte, bis zu den Schultern in einem Bottich mit Eiswasser zu sitzen, als er sich vorstellte, was dieses Etwas aus wirklichen Raubtieren machen würde, wenn es schon ihre Jungen zu kaltblütigen Killern machte. Da draußen tickte eine genetische Bombe, bereit, jeden Moment zu explodieren.

Berlin

Die ältere Frau in geblümter Kittelschürze brachte Kartoffelschalen zum Komposthaufen und schaute zu der Kleingartenparzelle gegenüber. Still lag das Grundstück da und der Platz daneben, wo sonst das alte Setrawohnmobil stand, war leer. Die hatten es gut, weit weg Richtung Süden.

Zwei Männer in Handwerkeroveralls kamen den Weg herauf, blieben vor dem anderen Grundstück stehen und klingelten. »Da wer'n se keen Glück ham«, rief die Frau und lief vor zum Gartentor. »Wat woll'n se denn?«

»Wir kommen von den Wasserwerken. Die Wasseruhr muss erneuert werden«, sagte der eine Mann.

»Ach, wat se nich sagen.«

»Sie wissen nicht zufällig, wo die Herrschaften sich aufhalten?«

»Nee. Keene Ahnung. Bin nich so dichte mit die da drüben.«

»Und Sie haben nicht vielleicht zufällig einen Schlüssel? Dann könnten wir das gleich schnell erledigen.«

»Nee, tut ma leid, hab ick nich«, sagte die Frau. Eine Tür quietschte hinter ihr und ein älterer Mann in Hausschuhen schlurfte den Weg herunter.

»Mein Mann«, erklärte die Frau, »der weeß immer allet. Sach mal, weeßt du, wo die von da drüben sind?«

»Nee, keene Ahnung. Ick kümma ma nich um de Anjelejenheiten von andre Leute.«

Die beiden Männer auf dem Weg steckten die Köpfe zusammen und tuschelten miteinander, nickten ihnen zu und entfernten sich.

»Komische Vöjel. Ick fress 'n Besen, wenn die bei de Wasserwerke warn. Kenn den Laden zu jut, war ja selba zehn Jahre da.«

»Jenau! Uns entjeht nüscht«, sagte die Frau, »ham wa schließlich von Klaus jelernt.«

Die Bucht vor dem Panama-Kanal

»Du, Miriam, hast du dir den Panama-Kanal so vorgestellt?«, fragte Simon.

Sie schauten vom obersten Deck der *Queen of the Caribbean* auf die vielen Schiffe, die sich einer unsichtbaren Choreografie folgend vor der Küstenlinie aufreihten. Kreuzfahrer, Containerschiffe, Tanker und einige besonders merkwürdige Fahrzeuge.

»Nein«, sagte Miriam. »Überhaupt nicht. Ich hatte so ein romantisches Bild vor Augen, blaues Meer und viele Palmen, eigentlich so, wie bei uns daheim, ein von weißem Sand gesäumtes Ufer, und hier sehe ich nur eine riesige Wasserautobahn für verrückte Dinger, die schwimmen können.«

»Stimmt, guck mal da drüben. Kaum ein Schiffsrumpf zu erkennen, wirkt wie eine gigantische Tupperbüchse, die man aufs Meer gesetzt hat.«

»Wozu braucht man das, Simon?«

»Das ist die neue Generation der Autofrachter. Extrem breit und hoch, einfach zu beladen und gleichzeitig hermetisch abriegelbar, dass ja kein Meeressalz den kostbaren Lack der Fahrzeuge angreifen kann.«

»Also damit möchte ich nicht in einen Sturm kommen«, sagte Miriam und schüttelte den Kopf.

»Ich auch nicht. Ist mir ein Rätsel, wie man so etwas steuern kann. Hier sind wir schon besser aufgehoben.«

»Ja, Simon, erst recht in dieser tollen Suite. Endlich mal raus an die Sonne auf der eigenen Terrasse. Ich wäre so gerne schon früher hier drin gewesen. Greyson hatte schon das Richtige für seine Überfahrt gebucht. Wir haben wirklich Glück, dass wir bei dem Angriff auf seine Forschungsanlage entkommen konnten, ein Glück, das der arme Kerl offensichtlich nicht hatte.«

»Armer Kerl? Der hat uns doch nur ausgenutzt, wollte sich mit dem Ergebnis meiner Forschung unsterblich machen und reich dazu«, brauste Simon auf.

»Aber dass er dir das teure Labor eingerichtet und dazu eine Menge Geld versprochen hat, das hast du wohl vergessen?«

»Na ja, stimmt leider auch«, sagte Simon zerknirscht. »Aber egal, wir müssen jetzt sehen, wie es weiter geht. Ich hoffe, dass Son auch weiterhin Recht behält. Unsere Tarnung ist zwar aufgeflogen, aber er ist überzeugt, alle Gangster aus dem Weg geräumt zu haben. Und was für ein schöner Zufall, dass Greysons Kabine seit Miami nicht neu vergeben worden ist.«

»Meinst du, dass Son da ein wenig nachgeholfen hat?«

»Vielleicht. Er ist ja so eine Art graue Eminenz auf diesem Schiff, stand heimlich auf Greysons Gehaltsliste, aber bestimmt auch noch bei einigen anderen einflussreichen Leuten.«

Greifswald

»Soll ich Sie noch ein Stückchen durch den Park schieben?«, fragte die Krankenschwester und schaute ihn erwartungsvoll an.

»Gerne, Anke«, sagte Michail. »Fahren Sie mich überall hin, nur nicht zu bald zurück in dieses Krankenzimmer.«

Er sah an sich hinunter. Sein rechtes Bein thronte auf der vorderen Stütze des Rollstuhls, vorgestreckt wie ein Rammbock. Aus dem Verband um den Unterschenkel schauten die Drähte, die die Knochenteile stabilisieren sollten. Wie ein schiefer Zaun aus silbrig glänzendem Metall ragten sie empor, fünf Drähte, ein paar Millimeter dick mit einer schmalen länglichen Platte obendrauf, aus der die Drahtenden oben noch einige Zentimeter herausschauten.

»Fixateur extern«, hatten die Chirurgen gesagt. »Er hält die Fragmente des Schienbeins zusammen und das, was wir an Füllsubstanz dazwischen gebastelt haben. Die Teile dürfen sich auf keinen Fall verschieben. Wenn wir Glück haben, können wir so vielleicht Ihr Bein retten.«

Das Vorderrad des Rollstuhls holperte über einen kleinen Ast, der auf dem Weg lag. Mit einer Salve von Schmerzpfeilen machten ihm die Knochenstückchen in seinem Bein deutlich, was mit Ruhigstellen gemeint war.

»Entschuldigung«, sagte Anke, »tut mir leid.«

»Schon gut«, sagte Michail. Sie meinte es wenigstens so. Nicht so stur wie der riesige Pfleger und nett dazu.

Sie bogen auf den Weg ein, der an dem kleinen Teich vorbei führte. Auf der Bank davor saß ein Mann, ein Riesenkerl, und hatte ein Spalier von leeren Bierflaschen um sich errichtet.

Anke bremste plötzlich ab.

Der Typ auf der Bank schaute zu ihnen herüber und stand auf. Bomberjacke, schwarze Stiefel, eine Bierflasche in der rechten Hand, ein tätowierter Totenkopf prangte an seinem dicken Hals, der ansatzlos in seinen kahlen Schädel überging.

Die Schwester wurde sichtlich nervös, begann, den Rollstuhl zu wenden.

»Wohin so eilig, Schätzchen?«, brummte die Glatze.

»Ich ... ich schicke ihn weg«, stammelte Anke und löste sich von Michail.

»Du sollst nicht herkommen«, fuhr sie den Typen an.

»Ach nein? Ich werd doch wohl meine Liebste abholen dürfen, wenn sie gleich Feierabend hat.«

»Ich bin nicht deine Liebste«, fauchte Anke, »zumindest

nicht mehr. Es ist aus. Und jetzt scher dich weg.«

»Ach. Wer besorgt's dir denn jetzt? Einer von deinen Krüppeln da?«, grunzte die Glatze und zog sich einen kräftigen Schluck Bier rein.

100 Kilo Muskeln und 100 Gramm Gehirn. Eine gefährliche Mischung, dachte Michail. Und er selbst? Nur noch eine Ansammlung maroder Knochen, umwickelt mit spärlichen Resten von Muskeln, die gerade dabei waren, sich zu erholen, das Wrack eines Kämpfers an diesen Stuhl gefesselt.

»Du bist ätzend«, sagte Anke, »du hast wieder getrunken. Geh heim und schlaf dich aus.«

Der Hüne machte einen Schritt auf die Schwester zu und packte sie. »Na gerne doch, mit dir als Matratze.«

»Such dir 'ne andere«, versuchte Anke sich loszuwinden, »ich bin mit dir fertig.«

Der Typ versteifte sich. »Na bitte, wie du meinst.«

Er schlug die Bierflasche gegen die Bank. Glas splitterte und ein hässlich gezackter Flaschenrest schaute aus seiner Faust. »Aber wenn ich dir das hier durch deine Fresse ziehe, bumst dich nicht mal mehr ein Blinder aus deiner Klinik.«

Michail wurde heiß. Der Typ meinte es ernst. Wenn er doch nur eine Waffe hätte. Aber er hatte nichts. Nicht mal ein Messer. Und die beste aller Waffen, sein Körper, war in diesem Zustand vollkommen nutzlos.

Das Monster zog Anke an sich heran, hob sie mit einem Arm hoch wie eine Puppe und hielt ihr die abgeschlagene Flasche vor das Gesicht.

»Lass sie los!«, sagte Michail.

Der Mann in der Bomberjacke schaute zu Michail, fixierte ihn mit verschlagenen Augen, dann polterte Lachen aus den wulstigen Lippen. »Lass sie los? Wie süß! Hey Anke, der Krüppel da gibt mir Befehle.«

Er drehte sich zurück zu ihr und hob die Hand mit der

abgeschlagenen Flasche.

Schnell jetzt. Lenk ihn ab, zieh ihn auf dich. »Finger weg, du Wichser«, schrie Michail. »Du Riesenbaby traust dich doch nur besoffen an Frauen ran, was?«

Der Koloss grinste Michail nur schief an: »Halt endlich deine blöde Fresse!«

Verdammt. Wo konnte er ihn packen? »Matratze. Dass ich nicht lache, du kriegst doch bestimmt keinen mehr hoch, wie die anderen Säufer«, setzte Michail nach. Endlich. Volltreffer.

Der Koloss ließ Anke los und schlug ihr mit der flachen Hand so heftig ins Gesicht, dass sie vor ihm auf den Weg stürzte. »Um dich, Schlampe, kümmere ich mich gleich, aber erst mache ich das Arschloch hier fertig.« Er stapfte los.

Das Monster baute sich vor dem Rollstuhl auf und fuchtelte mit der abgeschlagenen Flasche herum. Etwas wie Vorfreude flackerte in den kleinen Augen. Freude, dachte Michail, auf das Abschlachten von ihm und auf das, was er dann in Ruhe mit Anke machen konnte.

Michail dachte an sein operiertes Bein. »Vier Wochen absolut ruhigstellen, dann können wir es vielleicht retten«, hatten die Ärzte gesagt. Er schaute auf das Tattoo, den Totenkopf, und seine Gedanken wurden auf einmal ganz klar.

Die Glatze holt aus.

Michail drückt sich hoch aus dem Stuhl, dreht sich zur Seite, schwingt das rechte Bein in die Höhe. Ein Sturm aus Schmerz in seinem Unterschenkel bricht los, als stünde der Fixateur unter Starkstrom. Sein Unterschenkel trifft den Hals, die Drahtenden bohren sich in das Fleisch, als wäre das Tattoo eine Zielscheibe für Dartpfeile. Der Riese schreit auf, ein Schwall hellroten Blutes schießt aus seinem Hals, als Michails Bein wieder nach unten fällt, er schwankt, fällt nach vorne auf Michail, reißt ihn aus dem Rollstuhl und stürzt mit ihm zu Boden.

Michail spürt ein Knacken in seinem Arm und in seinen Rippen, als der Riese auf ihm liegen bleibt, aber der Schmerz in seiner Brust ist nur ein Hauch gegen das, was aus seinem Bein angeschossen kommt. Er sieht noch wie die Augen des Monsters glasig werden, ehe er in einem purpurfarbenen Wirbel versinkt.

Panamakanal

Das schwarze Lotsenboot umschwirrte die *Queen of the Caribbean* wie eine hungrige Biene eine farbenfrohe Blüte. »Wenn man das kleine Ding da unten sieht, erkennt man erst, wie groß unser Schiff ist«, sagte Miriam und lehnte sich gegen die Brüstung. »Und von da unten sagen sie ihren Kollegen da oben auf der Brücke, wie sie unsere Fahrt steuern sollen.«

Simon stellte sich neben sie. »Ja, und das würdest du dir auch wünschen, dass jetzt jemand kommt und uns sagt, wo wir hingehen können, damit niemand uns finden kann, nicht wahr?«

»Genau das. Ich hatte auf der Fahrt nach New York so gehofft, ja sogar geglaubt, wir wären unsere Verfolger los, könnten uns in den Staaten verstecken, bis wir eine dauerhafte Lösung hätten. Aber sie sind immer noch hinter uns her, haben diese Kerle auf das Schiff geschickt, die Son angegriffen haben, und wir wissen nicht einmal, wer. Haben die damals beim Angriff auf die Forschungsstation an der Ostsee den Krieger in Marsch gesetzt, unser Kind zu töten, den Krieger, der sich dann für uns geopfert hat?«

»Du meinst diesen Michail?«

»Ja.«

»Du hast Recht Miriam, ohne ihn hätten wir nicht fliehen

können. Aber jetzt sind wir in Sicherheit, aber irgendwann müssen wir runter von diesem Schiff und können die beiden Aufpasser, die Son uns in den Vorraum der Suite gesetzt hat, nicht mitnehmen.«

»Was sind das eigentlich für Typen?«, fragte Miriam. »Sagen kein Wort und sitzen mit finsterem Gesicht wie festgeschraubt auf ihren Stühlen.«

»Son hat erzählt, er kenne sie noch aus seiner Armeezeit in Korea, und er hat den Schiffsarzt dazu gebracht, die beiden krankzuschreiben, damit sie auf uns aufpassen können. Aber sag mal, wieso glaubst du, in Lima würde uns geholfen?«

»Simon, darüber möchte ich jetzt nicht sprechen, ich kann ...« Sie brach ab und drehte sich von ihm weg.

Er legte den Arm um sie und zog sie ganz eng an sich. Ihr ganzer Körper bebte, als sie ihn umarmte. Schweigend sahen sie hinunter, wie die Schiffwände der *Queen* wie in Zeitlupe bis auf wenige Zentimeter ohne anzustoßen an die Steinmauern des Kanals heran glitten. Stahlseile wurden von der Besatzung hinübergeworfen und von den Leuten an Land geborgen, die sie dann an den gelben Diesellokomotiven festzurrten, die paarweise auf den parallel zum Kanal verlaufenden Gleisen darauf warteten, das Schiff den Schleusen entgegen zu ziehen.

»Wir bleiben ganz eng zusammen«, flüsterte Simon Miriam ins Ohr. »Dann schaffen wir es.«

Auf der Queen of the Caribbean

Es war zum Verzweifeln. Schon das leichte Anrucken des Aufzuges reichte, und die Schmerzen in seinem Arm setzten wieder ein. In seinem Kopf rasten die Gedanken herum wie in einem Hamsterrad, genauso schnell und unproduktiv. Er musste die Drei von Bord schaffen, so schnell wie möglich, vorbei an den Jägern, von denen er nicht wusste, wie viele es überhaupt waren, und vorbei an Zoll und Grenzbeamten.

Ein Schiff wie dieses wurde in jedem Hafen erwartet von einer Heerschar von Uniformträgern, deren strengen Blicken nichts entging. Man konnte auch nicht mal eben während der Fahrt ein Boot aussetzen, von einem stählernen Hochhaus, das mit 40 Stundenkilometern durch meterhohe Wellen pflügte.

Elfte Etage. Die Aufzugstüren glitten auseinander und Musik und Stimmengewirr brandeten herein. Son stieg aus, ging ein paar Meter zur Seite und trat an das Geländer. Er blickte herab auf die gut gefüllten Zuschauerreihen, das Publikum tobte. Die kleine Bühne lag auf Höhe des siebenten Decks, in diesem schwimmenden Amphitheater schwangen sich Zuschauerplätze hinauf bis zum zehnten Deck, darüber noch die ausgeklügelte Bühnentechnik, Scheinwerferbatterien für die Beleuchtungseffekte, Flaschenzüge und riesige Lautsprecherboxen. Noch weiter oben funkelte ein künstlicher Sternenhimmel von der Decke. Applaus brandete auf.

Ob die junge Frau mit den streng zurückgekämmten Haaren in ihrem schlanken Körper überhaupt Knochen hatte? Son sah ihr zu, wie sie an den straff gespannten Tüchern emporkletterte, sich darum wickelte, als sei ihre Wirbelsäule aus Gummi, hoch in der Luft zwischen den Seilen einen Spagat machte, um sich dann fast bis auf den Boden herabfallen zu lassen.

Das stand einem Varieté in New York oder Paris in nichts nach, dachte Son, die Kreuzfahrtgäste forderten eben diese Standards immer mehr ein.

Die Artistin beendete ihre Nummer mit einem Salto und nahm den brausenden Beifall entgegen.

Ein penetrant grinsender Conférencier erschien, lobte das

Publikum in höchsten Tönen und kündigte den musikalischen Höhepunkt des Abends an.

Son traute seinen Augen kaum. Wenn er es nicht besser gewusst hätte, wäre er sicher gewesen, die echten schwedischen Stars im Glitzerlook und mit Plateausohlen auf der Bühne zu sehen. Hinein in die Zeitmaschine und zurück in die Glanzzeit der Popmusik. Die Zuschauer tobten vor Begeisterung und sangen die bekannten Titel Zeile für Zeile mit. *Gimme! Gimme! Gimme! A Man After Midnight* schallte es herauf.

Die Schmerzen in Sons Arm und seinem Kopf waren auf einmal wie auf einer Welle der Begeisterung davongeschwemmt, als sich die Idee entwickelte. *The winner takes it all, the loser's standing small* begleitete ihn zurück zum Aufzug, und er pfiff das Lied noch weiter, als sich die Türen längst hinter ihm geschlossen hatten.

Peking

»In Deutschland haben sie gute Ideen«, sagte das Mädchen fröhlich und zupfte an ihren schwarzen Zöpfen wie ein Schulmädchen, das sich schon ungeduldig auf ein Lob ihres Lehrers freute.

Und deswegen hatte sie ihn heruntergebeten in diesen mit Computern vollgestopften Raum? Soweit war der Verfall schon vorangeschritten, dass ein General von so einem jungen Ding herumkommandiert wurde? Wenn das hier vorbei wäre, würde er die richtige Rangordnung wiederherstellen müssen, aber er brauchte diese Information unbedingt, und so hielt Wi Feng sich zurück.

»Und welche sind das?«, fragte er und gab sich alle Mühe, ruhig zu bleiben.

»LKW-Maut zum Beispiel«, sagte das Mädchen.

»LKW-Maut? Was soll das sein?«

»Deutschland sieht aus der Luft aus wie ein Spinnennetz, kreuz und quer durchzogen von Autobahnen«, erklärte sie aufgeregt, »und die Lastwagen, die sie benutzen wollen, müssen dafür zahlen.«

Der General wurde unruhig. »Wie interessant! Soll ich das hier in China auch einführen?«, brauste er auf.

Es kam Bewegung in den großen Bildschirm, vor dem das Mädchen saß. Die Front eines Fahrzeugs, eine Art Reisebus, ein bärtiger Mann am Steuer, eine Frau mittleren Alters saß daneben.

»Na?«, die junge Frau konnte ihren Stolz kaum verbergen.

»Das sind sie?«

»Ja, ohne jeden Zweifel.« Sie ließ die Aufnahme zwei Bilder zurücklaufen. Jetzt war ein Lastzug zu sehen, dahinter das busartige Fahrzeug, zwei Luken auf dem Dach, eine davon gesprungen. Ein anderes Foto glitt darüber so etwa wie beim Vergleich von Fingerabdrücken. Es war blasser und grobkörniger.

Wi Feng zuckte zusammen. Das Satellitenfoto von damals. Deckungsgleich. Es war das Wohnmobil, nach dem sie fieberhaft suchten.

»Und wo sind sie jetzt?«

Das Mädchen drückte auf der Tastatur herum, Bilder rasten über den Bildschirm, dann griff sie sich an die Schläfe. »Diese Kopfschmerzen! Ich glaube, es liegt an meiner Wohnung. So klein und im Sommer so stickig und heiß.«

Auf dem Bildschirm tauchte jetzt eine Ansammlung von Häusern in einem großen Garten mit Pool auf. Wi Feng erkannte darin sofort die exklusive Wohnanlage für hochrangige Militärs und deren Angehörige. Sein Magen krampfte sich zusammen. Dieses kleine Biest! »Ich möchte wissen, wo sie sind«, brüllte er das Mädchen an.

»Dann müssen Sie jemanden suchen, der weiß, an welcher

Stelle man sich in das deutsche Mautsystem hacken muss«, sagte sie ungerührt und massierte weiter ihre Schläfe.

Wi Feng bebte innerlich. Aber diese kleine Ratte steckte schon zu tief mit drin und wusste genau das, was er so dringend brauchte. »Na gut, ich werde mich um die Angelegenheit kümmern«, brummte der General.

»Versprochen?«

»Ja, verdammt.« Wi Feng schluckte seinen Ärger herunter. Ein General musste eben auch wissen, wann es an der Zeit war, Friedensverhandlungen zu führen, auch wenn sie erzwungen waren.

»Das letzte Bild stammt von einem Autobahnabschnitt im Süden Deutschlands in der Nähe des Schwarzwalds. Da müssen sie abgefahren sein, denn die nächste Mautüberwachungsbrücke hat keine Bilder geliefert.«

»Und wie finden wir sie?«

»Sobald sie wieder auf einer deutschen Autobahn fahren«, sagte sie und deutete mit einer theatralischen Geste auf das Reich ihrer Computer, »habe ich sie. Vorausgesetzt, ich bin endlich diese grässliche Migräne los.«

Auf der Queen of the Caribbean

Son bog um die Ecke des schmalen Ganges. Ein süßlicher Geruch kroch in seine Nase, während die ersten schrillen Gitarrentöne seine Ohren attackierten. Hinter einer der Kabinentüren tobte ein Heavy-Metal-Orkan, als wären *Metallica* und *AC/DC* zu einer gemeinsamen Probe dort zusammengekommen.

Son klopfte. Drinnen lieferten sich verschiedene Effektgeräte einen heißen Kampf, die Verzerrer schienen zu gewinnen. Son donnerte gegen die Tür. Keine Reaktion außer einem kreischenden Solo, das in einem hohen vibrierenden Ton endete. Er drehte den Knauf und öffnete die

Tür. Eric hockte vor seinem Marshall-Amp und ließ die Finger über das Griffbrett seiner E-Gitarre flitzen. Der Verstärker dröhnte seine Virtuosität hinaus in eine Welt ohne Publikum. Eric zog die Saiten und wartete mit einem verklärten Lächeln auf das langsame Ausklingen des Tons. Son hörte einen Moment verzaubert zu. Der Gitarrist, der Abend für Abend im Hintergrund als ein unauffälliger Niemand im Glitzerjacket die Abba-Show begleitete, war tatsächlich ein Gott der Rockmusik, der einen Sound erzeugte, als spielten Jimi Hendrix und Carlos Santana gleichzeitig auf einem Instrument.

Eric erschrak und trat auf das Fußpedal. Die letzten Töne fielen in sich zusammen, ein kurzer Augenblick der Stille, in der sich das dumpfe Stampfen der Schiffsaggregate sofort Raum verschaffte.

Eric blickte auf dem Boden herum, als hätte er gerade etwas sehr Wertvolles fallen lassen. »Ich bin im Moment nicht flüssig«, murmelte er, »ich geb's dir morgen.«

»Ich gebe dir das hier ohne Bezahlung«, sagte Son und hielt ihm ein durchsichtiges Tütchen hin mit einem weißen Pulver darin.

Eric sah ihn misstrauisch an. »Einfach so?«

»Du tust mir einen kleinen Gefallen«, sagte Son.

»Tatsächlich? Welchen denn?«

»Deinen Pass und die elektronische Karte für das Aus-Checken.«

»Bist du verrückt?«

»Nur morgen! Und während deines freien Tages machst du dich an Bord absolut unsichtbar!« Son zögerte einen Moment. »Und auch unhörbar!«

Kalifornien

Ross Fletcher verließ den Salon und fuhr mit dem Aufzug hinunter in die Tiefgarage. Die anstehende Fahrt würde er ohne Chauffeur unternehmen und möglichst unauffällig. Der Hummer, der Rolls und der Ferrari durften in ihren klimatisierten Nischen bleiben, dahinten der alte Golf war genau das richtige Fahrzeug für heute.

Er ließ sich auf den durchgesessenen Fahrersitz fallen. Diese dünnen Türen. Wahnsinn. Hatte man in den anderen Autos das Gefühl, eine Geldschranktür falle hinter einem ins Schloss, war hier einfach nur ein blechernes Klacken zu hören.

Keine Automatik damals und oben auf dem Schalthebel eine Art Golfball. Innovation der siebziger Jahre. Er startete den Motor, drückte auf die auf der Konsole liegende Fernbedienung und eines der vielen Garagentore schwang auf. Ross fuhr den Privatweg hinunter bis zur öffentlichen Straße und fädelte sich in den Verkehr ein.

Handys und Mails ... manchmal war es sinnvoller, sich auf die ursprüngliche Art menschlicher Kommunikation zurückzubesinnen, Auge in Auge, ohne elektronische Mithörer. Ross schwamm noch einige Zeit im Verkehr mit und bog dann auf einen schmalen Weg zu einem Industriekomplex ab. Der Pförtner nickte ihm freundlich zu, und der schwere Schlagbaum schwang nach oben. Ross fuhr auf einen der länglichen Bungalows an der Seite zu.

Ein großer blonder Mann empfing ihn mit breitem Grinsen.

»Na, Johansson, wie geht es voran?«, fragte Ross.

Das Grinsen verdämmerte. »Wir haben noch mit einigen Schwierigkeiten zu kämpfen, Chef.« Sie gingen tiefer hinein in das Gebäude, zogen sich die Schutzanzüge an und

Johansson bediente mehrere Sicherheitsschleusen, ehe sie in einem großen Laborraum landeten.

»Schwierigkeiten? Wieso? Hier sieht doch alles so aus wie auf den Videos von Greysons Labor in Deutschland«, sagte Ross.

»Stimmt. Wir haben alles exakt nachgebaut, ich habe ja damals alles fotografiert und protokolliert, unsere Werte, die Verläufe ... ist alles hier drin.« Er deutete auf mehrere PCs, die auf einem der Labortische standen. »Ich habe genau beobachtet, was dieser Dr. Haydeck da gebaut hat und ihm aus der Nase gezogen, was ich nicht genau verstanden hatte.«

»Na also«, sagte Ross, »wie lange noch?«

Johansson verzog das Gesicht. »Ich kann's nicht genau sagen. Es hängt irgendwo.«

Wieder dieses Kribbeln in seinem kleinen Finger, Ross spürte, wie der Ärger alle Therapien ignorierte und weitere Finger erfasste.

»Irgendwo? Äußerst präzise für einen Wissenschaftler«, merkte Ross an, »was wollen Sie tun, damit es vorangeht?«

»Diesen Deutschen könnte ich gut gebrauchen«, sagte Johansson und zuckte mit den Schultern.

Auf der Queen of the Caribbean

Money, Money, Money ... Oh ja, wie wahr.Der Typ mit der Rolex am Arm hatte nach ihrem Auftritt auch nichts anderes im Sinn gehabt, als sie so schnell wie möglich in sein Bett zu bekommen. *Must be funny in a rich man's world ...* Da hatte er aber Pech gehabt, hier musste sie zwar jeden Abend singen, was andere wollten, aber ihre Männer konnte sie sich doch wenigstens selbst aussuchen. Sie zog sich die Decke bis zum Kinn. Und für den Rest der Nacht war schlafen angesagt, und zwar alleine. Und schon dann war schlafen schwer genug, zumindest das Einschlafen. Wieder dieses Herumwälzen, die Suche nach dem gemütlichsten Punkt zum Liegen, aber ihr Kopf wollte einfach nicht mitspielen - wie so oft. Zum Glück gab es ja Hilfen.

Sie setzte sich in ihrem Bett auf und hangelte nach dem Glas auf ihrem Nachttisch, roch das scharfe Aroma, gebranntes Korn, das den Duft des endlosen Mittleren Westens mit in ihre stickige Kabine brachte. Sie kippte die bräunliche Flüssigkeit in einem Zug herunter, das Brennen im Hals, wenigstens ein Anzeichen noch lebendig zu sein. Diese Monate auf See, eine einzige Katastrophe. Abends, wenn die Scheinwerfer die Bühne in eine Farborgie verwandelten und die Band die ersten Töne spielte, strömte Leben durch ihren Körper, Wärme, das Kitzeln in den Fingerspitzen, ein kräftiger Atemzug, der die Töne herausschleuderte, die Lust an der Verwandlung, jemand zu sein, für jeden sichtbar und unüberhörbar. Aber später, am frühen Morgen, war so gut wie nichts mehr davon da. Nur noch eine abgeschminkte Hülle, die Muskeln vom ewigen Schaukeln wie weichgekocht, die feinfühligen Ohren einer Sängerin gequält vom unaufhörlichen Surren der Aggregate.

Sie goss noch einen Schluck ein. Schmeckte verdammt gut, das Zeug, das Son ihr diesmal besorgt hatte. Ein komischer Nachgeschmack aber richtig stark, etwas, das sich zu trinken wirklich lohnte. Leben in flüssiger Form.

Ein Trieseln in ihrem Kopf, ein Schwindel und die Augenlider wurden plötzlich so schwer, als drückten unsichtbare Finger sie hinunter.

Etwas griff nach ihren Gedanken, schob sie ganz weit weg, ließ sie zerfliegen wie Wolkenfetzen im Sturm. Eine Bewegung an ihrer Kabinentür, ganz weit weg, eine Hand und ein Arm, konturlos und fast unsichtbar, ihre blonde Perücke schwebte durch die Luft, ihre Handtasche, eben noch neben dem Schminktisch, verschwand wie die Perücke im Nichts, ihre Augenlider wurden noch schwerer und sie glitt hinüber in ein traumloses Schwarz.

Potsdam

Nur noch ein paar Minuten. Die Schatten der Vergangenheit waren wieder aufgetaucht aus dem Nichts, materialisierten sich direkt in seinem Vorzimmer.

Er rückte seine Krawatte zurecht. Dieser Ami war zwar immer recht lässig gewesen, aber als ein führender Mann im Innenministerium musste er in jedem Fall die Form wahren. Kleider machten schließlich Leute. Was wollte der von ihm? Es gab doch ein Sprichwort: *Eine Hand wäscht die andere.* Hatte er damals nicht die Augen zugedrückt bei dem, was Greyson da in Brandenburg gebaut hatte? Zumindest doch wohl genug für den Umfang der Spenden, die er in dem Zusammenhang für die Partei einsammeln konnte.

Er lockerte den Krawattenknoten, mehr Luft musste da durch, musste helfen, den Druck in seiner Brust zu lindern. Er würde am besten gleich ...

Die Tür flog auf, kein Klopfen davor, typisch Greyson, der konnte nicht warten. Aber statt wuchtiger Schritte nur das leise Surren des Elektromotors eines Rollstuhls.

»Um Gottes willen, Mr Greyson, was ist mit Ihnen passiert?«

»Betriebsunfall. Nur eine kleine Einschränkung. Business as usual!«, schnarrte der Ami und knallte ihm einige Zeitungen auf den Tisch.

Direkt aufs Ziel. Keine langen Vorreden, nicht das übliche Austauschen von Höflichkeiten, das Beschwören alter Zeiten. Umso besser. Er zog die Zeitungen zu sich herüber, schaute auf die Titelzeilen und Bilder, überflog die

Texte. Ein Schäfer von Wölfen angegriffen, Massaker in einer Entenzucht, vermutlich durch Marder, ein paar verstümmelte Kühe und ein zerfetzter Wolfskadaver.

»Und deswegen kommen Sie zu mir? Ich dachte, Sie hätten ...«

»Nun, Sie wissen, wir haben Wissenschaftler, die auch außergewöhnliche Probleme lösen können.«

»Außergewöhnliche Probleme? Ein dem Alkohol zugetaner Schäfer, durchgedrehte Füchse, Marder im Blutrausch, vielleicht Wildkatzen? Wir haben hier keine außergewöhnlichen Probleme.«

Greyson setzte diesen Und-nun-mal-ernsthaft-Blick auf und stemmte sich nach vorne. »Bald haben wir Wahlen. Vor einigen Jahren hat sich jemand bei der großen Flut in Brandenburg sehr wirksam als Retter der Bevölkerung herausgestellt. Zur Belohnung gab es ein Ticket bis in die Spitze der Bundespartei. Möchten Sie nicht seinem Beispiel folgen und der Mann sein, der die Zeichen der Zeit erkennt und die Menschen vor dem biologischen Supergau rettet?«

Wie hatte dieser Greyson von der Sache Wind bekommen? Sie hatten doch die überregionalen Medien mittlerweile an die Leine gelegt und den lokalen Vorschläge gemacht, die sie nicht hatten ablehnen können. Und seit einer Woche war Ruhe zumindest im Blätterwald, wenn auch nicht da draußen. Aber sie mussten handeln, ehe die Sache noch höhere Wellen schlug, die seine Karriereträume begraben konnten.

Und dieser Greyson schien eine Idee zu haben, wie man die Situation in den Griff bekommen konnte.

»Also ein biologischer Supergau? Von dem wir nichts ahnen? Ich werde einmal darüber nachdenken. Danke, Mr Greyson, ich weiß ja, wo ich Sie finde.«

»Natürlich! Aber warten Sie nicht zu lange. Ach, da ist allerdings noch eine Kleinigkeit ...«

»Nämlich?«

»Wir bringen für Sie diese kleine biologische Unpässlichkeit in Ordnung, Sie heimsen nachher den Jubel der Presse ein und dafür bekommen meine Leute umfassende Einsicht in alle Vorgänge dieser Art. Und auch die, die offiziell niemals stattgefunden haben.«

Lima

Touristen zu filzen machte doch erheblich mehr Spaß, als das Bordpersonal zu kontrollieren. Der feiste Zöllner schob seine blaue Mütze ins Genick und winkte die ganze Gruppe der ärmlich gekleideten Frauen durch. Sein Gehalt war schon mies, aber diese Putzkräfte verdienten ja fast nichts.

Doch dahinten, gleich nach den drei teilnahmslos dreinschauenden Philippinos, denen der Küchenmief schon vorauswehte, kam Emilio Piretti, der große Puppenspieler und Magier. Der war schon eine andere Nummer. Das spillerige Männchen mit dem imposanten Schnauzbart mühte sich ab, von dem großen Requisitenkoffer nicht überrollt zu werden, den er die Gangway herunterzog. Der Zöllner war sicher, dass dieser verrückte Italiener ständig irgendetwas in seinem Gepäck versteckte, aber selbst wenn nicht, ein Blick in seinen Requisitenkoffer war immer eine willkommene Abwechslung.

Er müsse einige Puppen zur Reparatur bringen, erklärte Piretti in seinem wilden italienisch-spanischen Sprachgemisch und fuchtelte mit seinen dünnen Armen vor der Nase des Zöllners herum.

»Puppen?«

»Ja, General, Puppen. Ist auch eine mit blaue Mutze dabei, sehen aus wie du.«

»Aufmachen.«

»Aber vielleicht kriegen große Schreck, wenn sehen

Pirettis neueste Kreation?«

»Mach auf!«

»Bitte sähr, du schauen in Zukunft, wenn öffnen Kiste. Komme Monster und Gespenst heraus, vielleicht zu viel für Chefe von de Limazoll.«

»Piretti, du Gauner, seit wie vielen Jahren fährst du auf diesem Schiff?«

»Funfe. Und nie habe Unrecht genomme in Sachen.«

»Und das Goldarmband vor drei Monaten?«

»Eine Wunder, jemand gelegt mit unsichtbare Hand in meine Koffer.«

»Aha. Und heute? Ein neues Wunder? Mach jetzt endlich auf!«

»Du wollen eigene Gefahr, aber bitte sähr!« Umständlich fummelte Piretti an dem klobigen Vorhängeschloss herum, das sich schließlich mit einem beleidigten Quietschen ergab. »Gefahr eigene«, kommentierte Piretti und verschränkte die Arme. Er klappte die Tür des Koffers auf. An Haken hingen die verschiedensten Puppen schlaff herunter, eine bizarrer als die andere, hatten alles Leben abgegeben, bis Meister Piretti sie wieder erwecken würde. Eine Figur war besonders verrückt. Ein Alien, kaum größer als ein Baby, saß in einer Ecke des Koffers, rührte sich nicht, die großen schwarzen Augen starrten auf den Boden. »Du möchten, ich zeige Trick mit Monster aus All?«, fragte Piretti aufgeregt und hob beschwörend seine Arme nach oben.

»Nein danke, mir wäre der andere Trick lieber.«

»Ah!« Pirettis Augen funkelten. »Diese mit die Schachtel?« Er wirbelte mit den Armen durch die Luft, rieb die Handflächen aneinander und plötzlich schob sich eine Schachtel Zigaretten heraus.

Der Zöllner griff zu. »Los, pack dein Zeug, und wenn du heute Abend wiederkommst, keine faulen Tricks, klar?

»Versproche, nix Alkohol. Passe auf, keine unsichtbare

Hand legen Geheimnis in Koffer, lasse Puppe in Lima, die musse repariert werde, hole dann ab in drei Monat.«

Der Zöllner sah dem kleinen Mann nach, als er in Richtung Stadt verschwand. Witzig, von hier sah es aus, als wäre der Koffer ganz allein unterwegs.

*

Der Mann mit dem weißen Overall steckte den Pinsel noch einmal in den Eimer, strich die überschüssige Farbe nachlässig am Rand des Gefäßes ab und verpasste dem rostigen Geländer am Kai die nächste Ladung Weiß. Es tropfte überall herunter und zu seinen Füßen bildete sich eine Lache, doch der Mann betrachtete lieber noch einmal die Fotos aus seiner Overalltasche, als sich auf Farbe und Pinsel zu konzentrieren.

Eine bildhübsche Frau mit dunklen Locken und dunklem Teint, ein großer blonder Mann, Karibik und Deutschland gemeinsam auf Tour in Südamerika. Und die beiden hatten vermutlich ein Baby irgendwo versteckt. Er schaute hinüber zu den anderen aus ihrem Team, alle hatten ihre Positionen eingenommen.

Die ersten Passagiere kamen die Gangway herunter, eine elegante Amerikanerin trat mit ihren Prada-Schuhen in die Farblache und überschüttete ihn mit gar nicht zu ihrem Aussehen passenden Flüchen.

»Lo siento«, murmelte der Maler und schob eine Salve anderer spanischer Entschuldigungen hinterher.

Die Frau kommentierte das mit einem abfälligen Blick und stakste auf die ein Stück weiter hinten wartenden Busse zu, hinter deren Frontscheiben in großen Lettern die Exkursionsziele angekündigt wurden.

Die nächsten Touristen drängten herunter. Es klappte gut, die gegenüber dem Geländer aufgestapelten Farbeimer zwangen die Leute, ganz dicht an ihm vorbeizugehen. Er würde nichts verpassen, ein Signal mit dem Handy, und die Jungs draußen würden sie bequem einkassieren können.

Die Landgänger schoben sich in einem endlos scheinenden Strom an ihm vorbei, die älteren mit baumelnden Kameras vor den bunten Hemden, die jüngeren cool mit den Handys in der Gürteltasche.

Na, da kam ja ein Geschoss. Ein schwedisches Hippiemädchen? Oder nur literweise Peroxid in den langen Haaren? Na ja, die würde er schon nehmen. »Hola, qué tal?«

Die Frau grinste ihn an und offenbarte einige schwarze Lücken da, wo Zähne sein sollten. Bah, also küssen wollte er die nicht. Die Blondine tänzelte davon, und er beobachtete die nächsten Personen.

Wie viele Typen von Menschen es doch gab, kleine, große, dicke, dünne, hübsche, hässliche, freundliche und grimmige, mit Bart und ohne. Der jetzt kam, hatte seinen Rasierapparat wohl schon vor Jahren verschenkt. Eine Gitarre um den Hals und das ZZ-Top-Double wäre perfekt. Schien allein unterwegs, auch klar, wer wollte mit einem Filzknäuel knutschen?

Der Strom der Passagiere ebbte ab, jetzt machten sich die Philippinos auf den Weg und das Vielvölkergemisch, das die zahlenden Gäste bei Laune hielt. Er verpasste dem Geländer noch reichlich Farbe und wartete geduldig ab, bis niemand mehr kam. Sie waren nicht dabei, also mussten der blonde Forscher und die Frau mit den wilden, dunklen Locken noch auf dem Schiff sein. Er warf den Pinsel achtlos zur Seite, nahm sein Handy, erstattete Meldung und stürmte die Gangway hinauf.

Lima

Wie gerne hätte Emilio einen bunten Zirkuswagen gehabt wie seine Vorfahren. In leuchtenden Farben bemaltes Holz, Aufschriften mit vielen Schnörkeln und Verzierungen, ein Giebel wie bei einem kleinen Haus und davor gespannt prächtig geschmückte Pferde mit geflochtenen Mähnen und großen Perlen darin. Und er würde auf dem Kutschbock sitzen und den Kindern Bonbons zuwerfen. Ein Blick auf den rostigen Nissan-Transporter, der am Hafen auf ihn wartete, holte ihn ganz schnell in die Wirklichkeit zurück und erinnerte ihn wieder an das, was jetzt zu tun war.

Er wuchtete den Koffer in den Laderaum, schlüpfte hinter das Steuerrad und drehte den Zündschlüssel. Hoffentlich hatte sein Neffe die Batterie auch ordentlich geladen, er konnte seine Magie schließlich nicht an eine störrische Klapperkiste verschwenden. Der Anlasser jaulte einige Male gequält auf, dann erwachte die Maschine mit einem tiefen Blubbern zum Leben.

Emilio winkte dem Mann freundlich zu, der das Maschendrahttor des Parkplatzes zur Seite schob, und fuhr langsam hinaus. Er schaute aus dem Seitenfenster und beobachtete den Strom der Menschen am Kai entlang. In bunter Reihe liefen sie zu den Bussen, die darauf warteten, sie zu den Sehenswürdigkeiten Limas zu bringen. Piretti stoppte im Sichtschatten des ganz hinten stehenden Busses und wartete. Die Klinke der Beifahrertür des Nissan quietschte und dann wurde die Tür geöffnet. Da waren sie. Die Abba-Sängerin und der ZZ Top-Gitarrist schoben sich rasch auf die Beifahrerbank und Emilio fuhr an. »Ihr bleiben bei mein Tante bis haben Papier«, legte Piretti los. »Tante nur kleine Haus an Rand von Lima, aber trotzdem Zimmer genug, alte Zimmer von Frederico, ihre Sohn. Ich gefragt Zauberkugel. Mir gesagt, habe Gluck komische Kind und verruckte Eltern, aber musse gehen weit weit weg von bose Menschen.«

*

»Hast du diesen Maler im Hafen gesehen«, fragte Simon und schloss die Tür des kleinen Schlafzimmers hinter sich.

»Und ob«, antwortete Miriam, »der hat mich fast mit den Augen ausgezogen und dabei eine ziemlich plumpe Anmache auf Spanisch gestartet. Aber das hier hat geholfen.« Sie grinste Simon an und entblößte ihre schwarzen Zahnlücken.

»Ja, wir sind ihnen nochmal durch das Netz geschlüpft, aber wie geht's jetzt weiter?«

»Ich habe einen Plan, Simon.« Sie kratzte mit den Fingernägeln die schwarze Farbe von ihren Schneidezähnen und lächelte ihn mit strahlend weißen Zähnen verführerisch an. »Hat der Maskenbildner vom Schiffstheater gut gemacht, oder? Und wenn du jetzt bitte ...«

»Kaum sind wir mal für uns, weil Pirettis Tante auf unseren Nachwuchs aufpasst«, lachte Simon und nahm sie in den Arm, »da möchtest du mich am liebsten gleich ...«

»Dich schon, aber nicht diesen Strubbelbart!«

»Okay, ja, ich mach ihn ab. Ich dachte, du stehst auf ZZ Top?«, sagte Simon.

»Durchaus, mein Liebling, aber nur in klanglicher Hinsicht.«

Er ließ sie los, ging hinüber zu dem kleinen Tisch und entfernte den angeklebten Vollbart. »Ganz schön fest«, stöhnte Simon, »das ziept vielleicht.« Er riss sich das letzte Stück des Bartes herunter und drehte sich zu ihr.

»Na also, sieht schon viel besser aus«, sagte Miriam und umarmte ihn. »Und das, was mein neugieriger Forscher jetzt unbedingt wissen möchte, erkläre ich ihm später«, sagte sie, zog ihn noch näher an sich heran und drückte ihre Lippen lustvoll auf seinen Mund.

Lima

Der blaue Himmel über Lima konnte nicht halten, was er versprach. Ein kalter Wind zog vom Pazifik herüber, verteilte sich in den engen Gassen der Stadt, griff mit eisigen Fingern nach den Menschen auf der Straße.

Miriam verkroch sich tiefer in ihre Daunenjacke. Denn da war noch mehr als äußere Kälte. Ein Weg war zu bewältigen, den sie sich geschworen hatte, nie in ihrem Leben zu gehen. Zu einem Mann, dem sie nie wieder gegenübersitzen wollte.

Sie lief noch einige Schritte über das grobe Kopfsteinpflaster, das durch die Sohlen ihrer Turnschuhe drückte, und stand vor dem wuchtigen schmiedeeisernen Tor. Ein Zeichen umzukehren? Sie zögerte einen Moment. Nein, geh hinein, es ist unausweichlich.

Miriam schaute hinauf zu Kameras über ihr, es klickte und das Tor schwang auf. Sie lief den gepflegten Kiesweg hinauf zu der zweiflügligen Eingangstür des in die Jahre gekommenen Kolonialgebäudes. Ein Stück Niederlande, so weit im Süden und doch so kalt und abweisend wie die Arktis.

Der Mann am Empfang schenkte ihr ein gewinnendes Lächeln, zu dem sich ein Runzeln seiner Stirn gesellte, als sie ihr Anliegen vortrug. »Also ich weiß nicht, ob ...«

»Aber ich«, sagte Miriam, »hier hinauf?«

»Ja, zweiter Stock, Zimmer 203.«

Nein, sie würde sich nicht abwimmeln lassen. Auch nicht nach so langer Zeit. Der dicke Teppichboden auf den Stufen schluckte das Geräusch ihrer Schritte, federte unter ihren immer schwerer werdenden Beinen, als wolle er ihnen ein Stück hinauf helfen, als wollte er ihr zeigen, geh weiter, du schaffst das.

Wie er jetzt wohl aussehen würde? Seine dunklen Augen ... noch so leuchtend? Und seine Stimme? Wie würde sie klingen, vertraut oder doch fremd? Sie klopfte.

»Herein«, sagte eine Frauenstimme, schrill und scharf.

«De Jong. Miriam de Jong. Ich muss mit dem Botschafter sprechen.«

»Es tut mir leid, aber ohne ...«

»Wieso leid? Abwimmeln ist doch sicher ihre Hauptbeschäftigung hier, oder?«

Die ältliche Blonde hinter dem Schreibtisch zuckte zusammen, reckte ihren Hals nach vorne und fixierte Miriam scharf. »Wenn Sie glauben, dass Sie hier ...«

»Ich bin seine Tochter«, sagte Miriam und genoss die Wirkung ihrer Worte.

»Ich wusste gar nicht«, sagte die Frau zögerlich, »dass er eine Tochter hat. Sind Sie sicher, dass ...«

»Ich bin ganz sicher. Es soll eine Überraschung sein, wenn Sie jetzt so freundlich wären?«

Die Blonde erhob sich, ging so langsam zur Tür, als überlegte sie, wie sie jetzt am wenigsten falsch machen könnte. Sie betrat das Nebenzimmer, und die gepolsterte Tür glitt leise hinter ihr ins Schloss. Miriam stand da, allein, kämpfte mit den Bildern aus ihrer Kindheit, als er sie und ihre Mutter verlassen hatte, spürte wieder ihre Ängste, ihre Wut und die Ratlosigkeit bei der Suche nach dem *Warum*.

Wortfetzen drangen durch den Türspalt, unverständlich im Detail, aber trotzdem nicht falsch zu verstehen. »Was? Wie konnten Sie nur? Warum haben Sie nicht einfach ...?« Wohl etwas in der Art.

Miriam gab sich einen Ruck. Geh einfach hinein und ... In dem Moment schwang die Tür auf und er kam heraus. Ganz der Diplomat. Er hatte sich perfekt im Griff.

Aufrecht, energisch, obwohl er jetzt nur dastand, die grau gewellten Haare nach hinten gekämmt, im braun gebrannten Gesicht ein Lächeln, das er wohl auch aufsetzen würde, wenn er im Namen der niederländischen Regierung Peru irgendwelche Sanktionen androhen würde. Seine Lippen zitterten kaum merkbar, als er ihr zur Begrüßung die Hand entgegenstreckte. »Schön, dich zu sehen Miriam, komm herein!«

Miriam ignorierte die ausgestreckte Hand und schob sich an ihm vorbei in sein Zimmer. Der Botschafter folgte ihr, schloss die Tür und schaute Miriam an. »Nimm doch Platz!« Er deutete auf die mit dunklem Leder bezogene Sitzgruppe neben einem der von schweren Vorhängen eingerahmten Fenster.

»Danke. Es wird nicht lange dauern.« Ihr Hals. Miriam wollte schlucken, aber ihre Kehle war einfach zu trocken.

Ihr Vater stand ihr gegenüber, und seine Schultern schienen etwas herabzusinken, als er sprach. »Nun gut, bleiben wir stehen. Vielleicht ...«

»20 Jahre«, unterbrach ihn Miriam.

»Was?«

»20 Jahre hast du dich nicht um Mutter oder mich gekümmert. Und ich hätte es noch weitere 20 Jahre ausgehalten. Aber ich brauche deine Hilfe. Jetzt. Hier. Nur dieses eine Mal.«

»Miriam, ich würde dir gerne erklären ...«

»Warum du uns im Stich gelassen hast?« Hätte sie sich doch nur hingesetzt, dieses Zittern in den Beinen wurde immer stärker. »Versteh doch, die Karriere? Es war doch so besser für uns alle?«

»Miriam, komm, wir setzen uns.« Er nahm sie bei der Hand und ging mit ihr zu den Sesseln.

Die Wärme seiner Berührung. Wie hatte sie die vermisst, als er fort war, sich anlehnen können, Geborgenheit, die ihr so gefehlt hatte, obwohl ihre Mutter doch immer für sie da gewesen war. »Du bist einfach gegangen!«

Der Mann, der ihr da jetzt gegenübersaß, schien mit den Worten zu ringen, er hielt seine Fassade aufrecht, aber seine Stimme ließ sich nicht zwingen. »Miriam, ich ...« Er griff nach dem Krug mit Wasser auf dem Tisch, goss ihnen ein und kippte ein ganzes Glas in einem Zug hinunter. »Miriam, deine Mutter und ich ... also ich meine, wir haben uns einfach nicht mehr ...« Er nahm noch ein Glas Wasser und schaute Miriam direkt in die Augen. »Du hast Recht. Ich habe euch im Stich gelassen. Und ich habe dich im Stich gelassen«, sagte er unvermittelt, und von dem strahlenden Helden war nur noch ein zusammengesunkener Mann übrig. »Sag mir, was ich tun soll.«

Miriam suchte nach Worten, aber alles hätte so leer geklungen, nicht einmal annähernd das ausdrücken können, was sie bewegte. Sie angelte die Passfotos aus ihrer Handtasche. »Drei Pässe für Bürger der Niederlande.«

Ihr Vater betrachtete die Bilder auf dem Tisch. »Drei? Du hast ein Kind, einen Mann, eine Familie?«

»Ja, so kann man es nennen. Ich brauche Pässe für Miriam van Beuteren, Simon van Beuteren und Tim van Beuteren.«

»Was sind das für Namen, Miriam? Was soll das alles?« Die Reste seiner Selbstsicherheit bekamen Risse, Besorgnis mischte sich in seine Worte.

»Du hast 20 Jahre keine Fragen gestellt, also tu es auch jetzt nicht.«

»Aber ich kann doch nicht einfach ...«

»Du konntest meine Mutter schwängern, sie später sitzenlassen, und uns alle ein halbes Leben lang ignorieren. Also erkläre mir nicht, was du kannst und was du nicht kannst.«

»Aber das ist gegen alle Vorschriften.«

»Es ist auch gegen alle Vorschriften, Menschen zu töten.«

Sie musste schlucken, die Ereignisse der letzten Tage von sich wegschieben, schniefte, zog die Nase hoch, fing sich wieder. »Wir werden gejagt, und sie werden uns umbringen, wenn wir uns nicht verstecken können. Und wenn du uns nicht dabei hilfst.«

Der Botschafter schluckte. »Jemand ist hinter euch her? Wer? Warum?« Er nahm das Foto von Simon in die Hand. »Hat er dich da hineingezogen? Sieht gar nicht aus wie ein Gangster.«

»Nein, ich habe ihn da hineingezogen.«

»Du? Und wo rein? Was für eine Geschichte ist das?«

Miriam rang mit sich. »Du willst es wirklich wissen? Mein Vater interessiert sich für mein Leben? Na gut, schau dir das an!« Sie zog ihr Smartphone heraus und startete das Video.

De Jong Senior starrte auf den kleinen Bildschirm, öffnete den Mund, schloss ihn wieder, ratlos wie ein ans Ufer gespülter Fisch. »Was ist das«, stotterte er, »wie ist so etwas möglich?«

»Wirst du uns helfen?«, überging Miriam seine Frage.

»Ja, ich bin dein Vater und bleibe es. Diesmal werde ich nicht davonlaufen. Du kannst übermorgen wiederkommen und die Dokumente abholen.«

Lima

Die dünnen, fast durchscheinenden Häutchen zitterten ein wenig, wogten, da wo sie zusammenstießen, wie Wasserpflanzen in einer milden Strömung. Miriam liebte diesen Anblick, sehnte den Augenblick herbei, wenn sie sich wie zarte Gardinen zur Seite zogen und die großen, tiefschwarzen Augen frei gaben.

So einzigartig dieser Moment, wenn dieses Kind erwachte, wenn sich der kleine Körper nach einer gefühlten

Ewigkeit endlich wie in Zeitlupe zu bewegen begann, nachdem er zuvor die ganze Zeit während des Schlafes vollkommen still, beinahe wie tot dagelegen hatte. Ein Glücksgefühl, das ihr inneres Universum wieder in Balance brachte, wenn sie sich in diesem Schwarz spiegelte, wenn seine Gedanken sie begrüßten, ihr signalisierten, *mir geht es gut und dir?*

Aber diesmal war es anders. Seine Bewegungen wirkten unruhig, sein Kopf schaukelte hin und her, die kleinen Hände krallten sich in die Bettdecke, es zitterte so stark, dass das alte Kinderbettchen, das ihnen die Tante mit in den Raum gestellt hatte, zu wackeln begann. Was ist los? Was hast du, dachte Miriam.

›*Michail, es geht ihm schlecht, wir müssen ihm helfen.*‹ Und dann ließ *es* sie die Bilder sehen, die ihr Wohlbefinden in Trümmer legten.

*

»Um Himmels willen Miriam, was ist denn mit dir passiert?«, rief Simon, als er den Raum betrat. »Du bist ja kreidebleich!«

»Schau, unser Kind!«, sagte sie und schilderte ihm die Bilder, die es ihr geschickt hatte. Das Kleine blickte zu ihm auf und schickte ihm nur einen einzigen Gedanken.

»Knochen, warum Knochen?«, fragte Simon.

Er war sich immer noch nicht sicher, ob das Kind seine Gedanken richtig las und die passenden Ideen aus dem Chaos in seinem Kopf heraus sortierte.

Und deshalb sagte er immer gerade das laut, woran er am intensivsten dachte. Insgeheim hoffte er, dass *es* doch im Stande war, Schallwellen aufzunehmen, zu verarbeiten und vielleicht eines Tages sogar richtig zu deuten.

›*Seiner ist kaputt*‹, formte sich ein Gedanke. Eben genau darin lag die Schwierigkeiten für ihn als Wissenschaftler. Er tauschte sich aus mit einem nur wenige Monate alten Wesen. Was konnte man da an präzisen Antworten erwarten? Einem Menschenbaby durch Scherze ein gut gelauntes Lächeln zu entlocken, wäre auf dieser Entwicklungsstufe wohl das Höchste. *Es* las in den Köpfen der anderen Menschen und schickte ihm Gedanken und Bilder daraus. Moduliert vom Gehirn eines Babys, das so ganz anders war als ein menschliches. Subjektiver ging es nicht.

»Wie kaputt? Ich muss mehr wissen. Was ist kaputt?«

Wenn doch nur der Blick dieser schwarzen Augen nicht so unergründlich wäre! Als würden sich unsichtbare Finger unbeholfen durch sein Gehirn tasten, fühlte sich seine Suche im Kopf an. Das Kind übte, lernte, versuchte zumindest zu lernen, von ihnen, von Menschen, die so anders waren als *es* selbst. Die unsichtbaren Finger tasteten sich jetzt weiter in die hinteren Regionen von Simons Hirn, nach occipital zum Sehzentrum, als würden sie einen Touchscreen bedienen.

Bilder bauten sich auf. Zittrige, schwankende Bilder, wie aufgenommen von jemandem, der zum ersten Mal eine Kamera in die Hand genommen hat.

Ein weiß gestrichener Raum, kahl, spartanisch. Ja natürlich, ein Krankenzimmer. Er sieht eine weiße Bettdecke, das Fußteil des Bettes, die glänzende, gebogene Abschluss-Stange darüber. Simon versteht. Die Bilder aus dem Kopf eines Patienten.

»Ich muss mehr sehen!«

Eine Hand kommt ins Bild mit Haaren darauf. Männlich, Narben darauf und ein dünner Arm. Erschreckend dünn. Da ist jemand zu lange immobilisiert gewesen, denkt Simon. Die Hand zieht die Bettdecke zur Seite.

»Ach du Scheiße«, entfährt es ihm. Ein Fixateur extern. Ein zertrümmerter Unterschenkel. Zusammengeflickte zerbröselte Knochen, gehalten von Drähten, die durch die

Haut nach außen stehen, dort verbunden von einer Art metallenem Rahmen.

Aber etwas stimmt nicht. Das ganze Konstrukt sieht eher aus wie von Picasso entworfen, schief, verbogen, bestimmt nicht geeignet für ein Lehrbuch der Chirurgie. Mein Gott! Wie konnte so etwas geschehen?

Die Hand zieht die Bettdecke wieder hoch. Das Kind sendet ihm einen Gedanken, der Simon erzittern lässt. ›*Sie werden es ihm abschneiden.*‹

›*Wir müssen ihm helfen!*‹, schickte *es* ihm gleich hinterher.

»Das können wir nicht.«

›*Warum nicht?*‹

Simon musste lachen. Kleine Kinder fragten ihre Eltern immer gerne das berühmte Loch in den Bauch, also doch eine große Ähnlichkeit? Leider war das hier nicht wirklich zum Lachen. Der Mann, den jemand in die Forschungsanlage an der Ostsee geschickt hatte, um *es* zu töten, der sich in letzter Sekunde auf ihre Seite geschlagen und sie unter Einsatz seines Lebens gerettet hatte, war zwar am Leben, aber schon bald ein Krüppel. Der stolze Krieger ... und dann das.

Er dachte über den Fixateur extern nach, damit das kleine Wesen quasi mitlesen konnte. Die Knochenbruchstücke mussten eng aneinander gehalten werden, damit sie für die den Knochen aufbauenden Zellen eine Hülle bildeten, die dann mit ihrer Arbeit beginnen konnten. War die Entfernung zu groß, bildete sich ein Abschluss an den Knochenenden, ein so genanntes falsches Gelenk, eine Pseudoarthrose. Am Schienbein eine Katastrophe. Und im schlimmsten Fall wurde die Blutzufuhr unterbrochen, die Knochenstückchen starben ab. Und wenn sich dann noch Bakterien auf dieses Paradies aus Zelltrümmern stürzten, war alles aus. Blutvergiftung, Wundbrand. Amputieren, bis nichts mehr da war.

›Papa, das darf nicht passieren. Denk an etwas, was ich tun kann!‹

Greifswald

»Können wir?«, fragte Oberarzt Dr. Volker Hartwig in die Runde der grün vermummten Gestalten.

»Alles stabil«, murmelte der Anästhesist. »Druck 130 zu 80, Puls 72.« Er thronte auf seinem Drehstuhl am Kopfteil des Operationstisches, verschränkte die Arme vor der Brust und nickte Hartwig lässig zu.

In meinem nächsten Leben werde ich auch Narkosearzt und nicht Chirurg, dachte der Oberarzt beim Blick auf seinen geradezu provokant lässig dasitzenden Kollegen. Er selbst musste stundenlang am Tisch stehen, eingepackt in sterile Kittel, Haube, Mundschutz, eingezwängt in die engen OP-Handschuhe, stehen, bis man glaubt, die Beine stecken schon halb im Bauch. Stehen, stehen, stehen, schwitzen, ohne sich von der sterilen Zwangsjacke namens Kittel befreien zu können, sich nicht einmal kratzen können, wenn es irgendwo juckte. Und der Kollege hier saß ganz relaxt auf seinem Stuhl, betrachtete voller Interesse seine Fingernägel und bewachte so ganz nebenbei seine Monitore.

»Dann wollen wir mal«, riss sich Hartwig von seinen ketzerischen Gedanken los.

Die ebenfalls hinter Hauben, Kitteln und Mundschutz versteckten Ärzte und Schwestern des OP-Teams nickten nur knapp, als wären sie Mitglieder eines skurrilen Balletts, das sich aber ohne die Musik nicht bewegen wollte.

Die erste Assistenz zog das grüne Laken vom Bein ein Stück zurück. Da lag das Trümmerfeld. Der Oberarzt fluchte in sich hinein. Sieben Stunden hatte er an diesem Unterschenkel herumgebastelt, alle Kunst angewendet, improvisiert, gezaubert - und jetzt das hier.

»Volker, er hat mir das Leben gerettet«, hatte Anke ihm am Telefon vorgeheult. »Tu alles, was du kannst. Du darfst ihm das Bein nicht abschneiden.«

Aber selbst wenn sie endlich mal mit ihm ins Bett gehen würde, hier war nichts mehr zu machen. Die Heilkunst am Ende, zurück ins Mittelalter, zu Säge und Messer, alles nur etwas steriler und mit dem Luxus der Narkose.

Er griff mit der Klemme einen keimfreien Wattebausch, tauchte ihn in die orangefarbene Desinfektionsflüssigkeit und malte die Schnittführung auf Michails Oberschenkel. Manche Kollegen belächelten ihn deswegen, das könne man doch abschätzen, aber er überließ nie etwas dem Zufall. Genügend Haut lassen und Muskeln, um dann den Stumpf zu decken. Die dunkle Seite des Chirurgenseins. Nur noch abschneiden, was nicht mehr zu retten war.

»Auch die Säge fertig?«, murmelte er.

Die Instrumentenschwester nickte stumm.

Es klopfte an der OP-Tür. Hinter der länglichen Scheibe tauchte ein Gesicht auf. Anke. Ihre Wangen und die Stirn völlig verschwollen, ein Auge blutunterlaufen, die Haut gerötet und aufgeschürft. Sie öffnete den Mund und rief etwas, was die Metalltür gnadenlos verschluckte. Volker zuckte zusammen. Zwischen ihren herrlichen Zähnen schien eine Lücke mit zwei ausgeschlagenen Zähnen zu klagen: Schaut, was er mit mir gemacht hat.

Dieses Schwein. Was wäre mit ihr geschehen, wenn sich sein Patient beim Angriff ihres Exfreundes nicht dazwischen geworfen hätte?

Er ballte die Faust um den Griff des Skalpells. Und jetzt musste er sein Bein ...

Die Tür wurde aufgeschoben. Anke trat herein, in Straßenkleidung, einfach so, wie sie war. »Stopp. Ihr dürft das nicht tun«, kreischte sie, »er hat mich gerettet.«

»Sei doch vernünftig«, fasste sich Hartwig rasch, »wir tun

nur, was wir müssen. Und jetzt: Raus hier, ehe du alles ...«

In diesem Moment schoss Anke nach vorne, strich mit ihren nackten Händen über die Kittel der wie gelähmt da stehenden Operateure, fasste auf den Instrumententisch und griff zuletzt an seine Hände, strich über die Handschuhe und den Kittel.

»Unsteril«, rief sie, »alles unsteril«, und tanzte ausgelassen durch den Raum.

»Abbruch«, rief Volker. Sie drehte den Kopf zu ihm und sah ihn an. In ihren Augen leuchtete der Triumph, fanatisch und kompromisslos. Dann blieb sie mit einem verklärten Lächeln stehen, als hätte ihr jemand ganz plötzlich den Strom abgestellt.

»Schafft sie bloß raus hier«, blaffte der Oberarzt, »ehe ich mich ...« Und dann sah er in ihren Augen die Erleichterung. Unendlich große Erleichterung. Und eben das, was er an seinem Beruf so liebte. Das Glücksgefühl, jemanden gerettet zu haben.

Lima

Komm schon, fahr endlich hoch. Fredericos alter Rechner machte zwar ein ziemliches Spektakel, ließ sich aber reichlich Zeit, um ein Bild aufzubauen. Na endlich. Simon hackte ungeduldig auf die Tasten ein, ohne dass die Kiste schneller wurde. Das gesammelte Wissen der Menschheit war in Griffweite, wenn er jetzt nur mal ins Internet käme. Er schaute auf das Kind hinunter, das auf seinem Schoss saß. Schade, dass sich dieses kleine, telepathische Gehirn da nicht so einfach einloggen konnte. Konstruktionsfehler? Eine Stufe der Evolution verpasst? Auch irgendwie tröstlich, dass es wenigstens etwas gab, wobei Menschen die Nase vorne hatten.

Die Suchmaske ging auf. Ein Spracherkennungssystem

wäre schön oder noch besser ein Gedankenerkennungssystem. Aber auch besser, dass die Freaks im Silicon-Valley das noch nicht so nebenbei entwickelt hatten. Aber was half es, so musste er selbst durch die Themen scrollen auf der Suche nach einer Lösung für das Unmögliche.

Wundheilungsstörungen, Knochenbrüche, Verschiebungen der Bruchstücke, grässliche Fachbegriffe wie Dislokation und Sepsis. Grässliche Bilder und eine noch viel grässlichere Perspektive für den Betroffenen darin verborgen. Simon rutschte auf dem harten Holzstuhl herum, als gäbe es irgendwo eine bequeme Stelle, mit der er sein Hinterteil beruhigen konnte. Diese Langsamkeit, Simon quälte sich von Link zu Link, trieb auf der Informationswelle, die schon viele Surfer im Internet in das virtuelle Nirwana getragen und dort vergessen hatte. Klassische Therapien auf vielen sich ähnelnden Seiten, und wenn diese medizinischen Karten ausgereizt waren, blieben nur noch Messer und Säge und ein verstümmeltes Bein.

Anders. Der Denkansatz musste ganz anders sein, sonst war alles verloren. Abrupt stoppte er. Das hier, das könnte es sein. Völlig verrückt oder? Am Rande der Medizin, vielleicht nicht mal da. Abgehoben, abgedreht, Spinner oder ernst zu nehmende Wissenschaftler? Er öffnete die Seite und las sie rauf und runter, von links nach rechts und noch einmal.

›*Und?*‹ Ganz behutsam schlich sich sein Sohn wieder in seine Gedanken hinein. ›*Ist das die Lösung?*‹ Die schwarzen mandelförmigen Augen schauten ihn an. Sah so extraterrestrische Neugier aus? Mitgefühl? Erleichterung?

Simon nahm ein Stück Papier, formte seine Gedanken ganz bewusst, verweilte in ihnen, schrieb die Idee dann in möglichst einfachen Begriffen auf und zeichnete noch Skizzen dazu. Möglichst viele seiner Hirnareale aktivieren, Redundanz erzeugen, jetzt vielleicht hilfreich, damit sein

Kind ihn besser verstehen konnte.

»Lass es uns so versuchen!«, sagte Simon und glaubte ein zusätzliches Glänzen im Schwarz der Augen zu erkennen.

Hamburg

Ein greller Piepton ließ Kai aufschrecken und hinüber zu den anderen Monitoren sehen. Mann, ausgerechnet jetzt, wo er bei Battlefield so dicht dran war.

Er stieß sich mit den Füßen ab und rollerte mit seinem ausgeleierten Bürostuhl zu dem anderen Rechner hinüber. Die Rollen ächzten unter seinem Gewicht.

Er schaute auf seinen Bauch hinunter und dann hinüber zu der Batterie ausgetrunkener Cola-Becher und Energiedrinks, die sich wie ein kleiner Palisadenzaun zwischen den Bildschirmen, Rechnern und anderen elektronischen Geräten auf den klapprigen Tapeziertischen schlängelten. Vielleicht mal Zeit für eine Diät, Kai? Wenigstens eine kleine?

Quatsch. Solange seine Finger noch auf die Tasten passten.

Oder mal aufräumen? Was für eine abgefahrene Idee.

Was war das für eine Mail unter dem Alias Speed-Cell? Hey, das war doch Simon. Also gab's den noch.

Er checkte die Nachricht. Nichts. Keine Viren, Würmer oder sonstiges elektronisches Getier. Auch der Anhang war sauber.

Ein Urlaubsgruß, ein harmloser Text und ein Foto im Anhang, ein Strandrestaurant auf Pfählen, ein Stückchen ins Meer hinaus gebaut. Wo das wohl war? In dem Text eine ihrer verabredeten Buchstabenfolgen. Also war der Doc irgendwo in Südamerika angekommen, ah ja, in Lima. Cool.

Kai wusste zwar, dass sie am Leben waren, zumindest vor einigen Wochen noch, denn Klaus hatte ihm alles von der

Rettungsaktion an der Ostsee erzählt. Aber dann waren sie verschwunden mit einem Kreuzfahrtriesen über den Ozean, und seitdem hatte er nichts mehr von ihnen gehört.

Okay, zurück zu den wichtigen Dingen. Er wollte gerade wieder zurückrollern zu seinem Spiel, als er es sich anders überlegte. Ein bisschen Sport vielleicht? Er stemmte sich aus dem Stuhl, schob diesen vor sich her zu dem anderen Rechner und ließ sich wieder hineinfallen. Das musste reichen.

Er nippte an dem nächsten erreichbaren Powerdrink und versank wieder ganz tief in der Spielewelt.

*

Vier Generationen der Familie beobachteten Elisabeth Haydeck aus ihren verschnörkelten Bilderrahmen. Heute schienen sie besonders kritisch auf die Abendtafel herabzuschauen. Männer mit Backenbärten, Männer in Uniformen, Männer in feinem Zwirn, den Reichtum mit Ölfarbe für die Ewigkeit festgehalten. Männer, nur Männer, energisch, misstrauisch und herrisch.

Elisabeth stocherte in ihrer Dorade herum, nahm ein Stück des exzellent zubereiteten Edelfischs und schmeckte doch nur eine labberige, undefinierbare Masse.

Das Dienstmädchen trat zögernd an den mächtigen dunklen Biedermeiertisch, der für zwei Personen geradezu grotesk überdimensioniert war.

»Haben Sie noch einen Wunsch?« Der Satz hing hilflos in der eisigen Luft der Sprachlosigkeit, eher wie eine Bitte, sich sofort zurückziehen zu dürfen, als eine ernsthafte Frage.

»Danke Gerda«, sagte Elisabeth Haydeck, »wir brauchen Sie heute nicht mehr!«

Sie nahm eine Gabel von dem Basmatireis, vermischte ihn mit der Sauce und steckte ihn in den Mund. Flau, lasch, ohne jeden Geschmack.

»Wieso Peru?«, fragte der Mann ihr gegenüber in die Stille hinein und starrte sie über die Goldfassung seiner Halbbrille an.

Die schweren antiken Möbel im Raum schienen noch an Größe zuzunehmen, die Ahnen in ihren Bilderrahmen noch ernstere Mienen aufzusetzen.

»Er brauchte Geld.« Elisabeth schob mit der silbernen Gabel die Reste ihres Abendessens an den Rand des mit einem goldenen Rand verzierten Porzellantellers.

»10000 Euro?« Die Frage stand im Raum wie ein geschäftliches Angebot, das nicht mehr verhandelbar war.

»Er ist schließlich auch dein Sohn.«

Ihr Mann schob die Brille ein Stück nach oben. »Seit fünf Jahren habe ich nicht mehr den Eindruck«, sagte er und betonte jede Silbe einzeln.

Sie schaute ihn an. Starrsinn. Beharrlichkeit. Das, was ihm beim Aufbau des Haydeckschen Wirtschaftsimperiums geholfen hatte, verbunden mit allerlei Annehmlichkeiten für die Familie. Aber auch mit dem ein oder anderen Kollateralschaden. George Bush hatte als amerikanischer Präsident verkündet: »Wer nicht für uns ist, ist gegen uns.« Genau das war die Position ihres Mannes, allerdings schon seit Jahrzehnten. Wer mitspielte, wurde reich und geachtet, wer nicht, musste den Platz verlassen. Wiedereinwechslung nur nach einem Entschuldigungsmarathon und glaubhaft gezeigter Demut. Und so war der unbeugsame Simon vor Jahren aus ihrem Leben verschwunden.

»Ja, das ist er«, versuchte Elisabeth den einfrierenden Gesprächsfaden wieder aufzutauen. »Er hat mich angerufen.«

»Und du schickst ihm eine solche Summe von unserem gemeinsamen Konto ohne mich zu ...«

Elisabeth ließ die Gabel auf den Teller fallen, das Klirren

hallte durch den Raum, zerschnitt die Luft wie ein Schuss, der zur Revolution aufrief.

Wie fremd war ihr das Gesicht gegenüber geworden, viel zu langes Schweigen.

»Und wenn er es braucht, schicke ich ihm nochmal zehn oder mehr«, sagte sie und setzte sich kerzengerade auf. Elisabeth sah Verwirrung hinter der Goldrandbrille. Unglauben. Eine seiner Lieblingsschachfiguren wollte auf einmal nicht dahin ziehen, wo er sie haben wollte.

»Du kannst doch nicht einfach ...«

»Nein?«

Die Fassade gegenüber bekam Risse, begann zu bröckeln.

Elisabeth stand auf. »Wir sind seine Eltern und werden ihm helfen, wenn er in Schwierigkeiten steckt!«

Sie ging zur Tür, blieb stehen und drehte sich zu ihm um. Ihr Mann wich ihrem Blick aus und sah zu den Altvorderen auf den Bildern.

Elisabeth setzte alle Kraft in ihre Stimme. »Überleg es dir sehr genau! Bist du für uns oder ...«

*

Aha, endlich wurde es interessant. Wenn er jetzt ... ey voll easy, na hoffentlich kam da noch mehr, das war ja ... Plötzlich durchzuckte es Kai. Alter, voll der Nullchecker. Simon hatte sich nicht einfach nur so gemeldet, sondern mit einem Rätsel. Geil. Er rollerte wieder zu dem anderen Rechner. Mann, das artete aber wirklich schon in Sport aus. Er starrte auf den Bildschirm.

Das Foto. Musste doch irgendwo in Lima sein. Er startete das Suchprogramm. Bilder rasten über den Bildschirm, dann blieb ein Foto auf dem Monitor stehen. Das Restaurant. Hatte der Doc gar nicht selbst geshootet. Einfach runtergeladen aus dem Internet.

Kai lud das Bild aus der Mail. Krass. Ein bisschen was

hatte Simon doch von ihm gelernt damals im Chaos-Computer-Club, bevor er dann seriös wurde. Kleine Unterschiede in der Datenmenge. Los, das andere Programm starten. Und da waren sie, die versteckten Daten. Eigentlich ganz einfach, wenn man wusste, wie es geht. Steganografie, etwas verstecken in einem scheinbar unauffälligen Foto. Mal sehen, was ...

Auf dem Bildschirm entstand Bewegung. Aha, Kreditkarten brauchten sie. Wo war das Zeug? Er sah sich in seinem verkramten Reich um. Die Chaostheorie bestätigt im Alltag. Stapel von Magazinen, CDs, Programmhüllen, Kleinkram, verstreut um surrende Rechner und Bildschirme. Nur das Genie beherrscht das Chaos, also los. Er machte sich auf die Suche, krempelte alles um, schaute in die Regalfächer. Wo waren die blöden Rohlinge? Zu gut versteckt, falls doch mal die Staatsmacht ihre neugierigen Blicke auf seine Räume lenken sollte. Aha, na endlich fiel es ihm wieder ein. Er bog an der richtigen Stelle die Beschichtung eines der Tische nach oben und angelte die flachen Kunststoffkarten heraus.

So, jetzt die Details. Holländische Namen. Also war Simon mit der Hübschen unterwegs. Geil. Der Doktor hatte es drauf. Und die Anschrift. Krass.

Kai legte die Rohlinge in die Prägemaschine, gab die Namen in die Tastatur. Es surrte und brummte und vier nagelneue Kreditkarten lagen auf der schmuddeligen Tischplatte. Zwei von unterschiedlichen Gesellschaften für jeden. So, und jetzt aufladen. Kai ließ seine Finger über die Tasten rasen, besuchte den Rechner einer geeigneten Bank, richtete die Konten ein, stattete die Karten mit einem großzügigen Geldbetrag aus und schaltete sie frei.

Na, bitte, die Vorteile des Homebanking. Kai grinste in sich hinein. Ob er sich bei der Gelegenheit mal eine Million ...? Nein, Berufsehre. Eine kleine Hilfe für den

Doktor ja, aber nicht klauen. Zumindest nicht für sich selbst. Und jetzt los damit.

Kai stürzte sich in das Chaos, fischte einen gefütterten Umschlag aus einem Stapel und schrieb für den Botendienst die Adresse drauf. Seriöser ging's wohl kaum. Lima. Peru. Holländische Botschaft.

Greifswald

Doktor Hartwig lief den Gang zum Operationssaal hinunter. Das Handy in seiner Kitteltasche meldete sich. Schepperte im Vibrationsmodus mit dem klirrenden Schlüsselbund um die Wette.

Station drei. Was sollte das jetzt? Jetzt gleich musste er zu Ende bringen, was Anke verhindert hatte.

»Schwester Silke, Station drei. Herr Oberarzt, das sollten Sie sich ansehen«, flötete sie, »am besten jetzt gleich.«

»Was denn?«, brummte Hartwig unwirsch, »kann das nicht warten? Ich bin gerade auf dem Weg zum OP.«

»Also das Bein von diesem Herrn Eggimann ...«

»Was? Ist der noch nicht im OP?«, brüllte der Oberarzt. »Den müsstet ihr doch längst ...«

»Am besten, Sie schauen selbst mal nach, hier bei uns«, sagte Silke fröhlich und legte auf.

Diese Trottel. Die würde er sich gleich zur Brust nehmen. Schmissen einfach den OP-Plan durcheinander. Diese vorwitzige Stationsschwester konnte sich schon mal auf etwas gefasst machen. Er bog in den Gang zur Station ein. Der Pflegeschüler mit dem rötlichen Bart drückte sich vor Michails Zimmer herum. Warum war der denn so aufgeregt? Sonst doch ein Phlegmatiker aller erster Ordnung. Er stieß die Tür auf. Jetzt hatten die Spinner auch noch das Röntgengerät hereingerollt. Den alten C-Bogen. Michails Bein lag darunter wie ein kostbarer Diamant, den es von allen Seiten zu durchleuchten galt.

»Kann mir irgendjemand erklären, was dieser Unsinn soll?«, schnarrte Hartwig. »Wir müssen operieren, und zwar bald.«

»Wirklich?«, fasste ausgerechnet Kramer, der jüngste Assistent all seinen Mut zusammen. Der Oberarzt sah Michail an. Vor ein paar Tagen bei der Eröffnung dessen, was mit ihm geschehen sollte, nach außen hin fest, aber innerlich zerbrochen, hatte sofort abgeschaltet, als wäre hinter seinen Augen eine Gardine zugegangen. Und jetzt? Der Mann lächelte ihn an. Seit acht Wochen das erste Lächeln.

Waren jetzt alle hier verrückt geworden? Eine Drogenparty mitten auf der Chirurgie? Hartwig schaute auf das Bein. Der Verband war ein Stück zur Seite geschoben. Eine geschlossene rötliche Wundfläche, glatt, daraus ragten die verbogenen Drähte des Fixateurs aber ziemlich genau in einer Reihe aufgestellt.

»Wer hat denn daran herumgespielt«, fragte der Oberarzt drohend in die Runde.

»Niemand«, sagte die Schwester. »Es sah vorhin so aus, als ich vor der OP den Verband nochmal wechseln wollte.«

»Und was soll der Quatsch mit dem C-Bogen?«

»Das war meine Idee«, sagte Kramer und wuchs scheinbar ein Stück in seinem zu großen Kittel. »Sie werden staunen.«

Kramer verteilte die Bleischürzen und startete den Apparat. Ein Bild baute sich auf. Hartwig war baff. Die Knochenbruchstücke lagen in optimaler Konstellation. Die Knochenränder waren so dicht an Struktur wie Wachstumszonen jugendlicher Knochen, die Spalten zwischen den Bruchstücken deutlich enger geworden.

»Ich will ein CT«, blaffte der Oberarzt, »und Labor, Calcium, und ... ach einfach die ganze Palette! Und vergesst mir dabei die entsprechenden Hormone nicht«, setzte er hinzu und rauschte aus dem Zimmer.

Fort Meade, Maryland, USA

Nur eine kleine Unebenheit. Marvin Smith fuhr mit dem Zeigerfinger nochmals über seinen Daumennagel. Etwas uneben, aber doch deutlich spürbar. Er griff in die Schreibtischschublade, nahm die Nagelfeile heraus und widmete sich der sofortigen Beseitigung dieser Unregelmäßigkeit. Noch ein bisschen korrigieren, noch einmal nachfeilen. Er betrachtete das Ergebnis. Alle Fingernägel wohl gerundet, gleichmäßig geformt, einer wie der andere. Symmetrie, ein Bild der Ordnung, passend zu seinem Leben. Zumindest zu dem vor dem Sommer 2013. Mit Schmutz hatten sie die *Agency* beworfen, sie eingedeckt mit kritischen Fragen, überhäuft mit Unterstellungen, allen voran die Pharisäer aus Europa. Ihre eigenen Politiker waren in Deckung gegangen, statt sie in Schutz zu nehmen. Snowden, dieser feige Schnösel, hatte sie bloßgestellt, der Lächerlichkeit preisgegeben mit tödlichen, kleinen Informationspfeilen, abgefeuert aus dem sicheren Versteck in Moskaus Flughafen. Lange hatte er diese Schlange an seiner Brust genährt - und jetzt?

Überall in der *Agency* jetzt nach außen politisch besonders korrektes Verhalten, die wirklichen Geheimnisse auf einen noch kleineren Kreis besonders ausgewählter Personen begrenzt, ihn aber als ein lästiges Übel im Büro an einem Schreibtisch abgelagert, bis sich vor der Pensionierung noch eine andere Aufbewahrungsmöglichkeit für ihn finden würde. Oder er von Langeweile hinweg gerafft würde, ertränkt in Alkohol oder betäubt von Tabletten.

Mit Albernheiten warfen sie ihn zu, Kinderkram statt Nachrichten, mit denen man etwas anfangen konnte.

Marvin nahm den kurzen Bericht noch einmal zur Hand. Lächerlich. Eine gehackte Email aus der niederländischen Botschaft in Lima. Wie interessant. Die Niederländer auf dem Weg, Onkel Sam auf der weltpolitischen Bühne zu attackieren? Der begründete Verdacht auf terroristische Aktivitäten der Holländer, weil jemand aus ihrer Botschaft ein Urlaubsfoto verschickte?

Er drückte ein paar Tasten auf dem Telefon. Den Berichtschreiber zur Schnecke zu machen, würde an der Situation nichts ändern, aber ganz bestimmt an seiner Laune. Jemand nahm ab.

»Was soll dieser Unsinn?«, polterte Marvin los. »Die Holländer auf dem Kriegspfad? Womöglich ...«

»Wir hatten da so ein Gefühl, weil ...«

»Ein Gefühl? Wir sind doch hier nicht bei irgendwelchen Psychofreaks auf der Couch«, blaffte Marvin in den Hörer, »sondern ...«

»Verzeihung. Wir dachten nur, weil eines unserer Überwachungsprogramme sich gemeldet hat.«

»Und welches?«

»Es gab einen Download von Software für Steganografie. Und zwar kurze Zeit, bevor diese Urlaubsmail rausgegangen ist und auf demselben Rechner.«

»In dem Foto könnte also etwas versteckt sein?«

»Das vermuten wir. Aber Sie wissen ja, wie das jetzt so ist nach dieser Snowden-Geschichte. Vorsicht ist angesagt. Sie müssten schon Ihr persönliches Okay geben, ehe wir den Rechner in der Botschaft knacken.«

Greifswald

Es klopfte und die Tür flog auf, ehe Hartwig auch nur »herein« sagen konnte.

»Hallo Volker!«

Oh nein! Der leutselige Laborarzt hatte ihm gerade noch gefehlt. Warum hatte der Schwätzer nicht einfach die Datenfernübertragung gestartet und ihm die Laborwerte auf seinen PC geschickt?

Der Mann in dem schlecht sitzenden Kittel wedelte fröhlich mit ein paar DIN-A-4 Bögen in der Hand. »Ich darf doch?« Und schon saß er im Oberarztzimmer am Tisch, goss sich einen Kaffee ein und angelte nach einem Stück Konfekt aus der Glasschale, die sich gegen die Stapel von Akten, Befundberichten und Röntgenbildern erfolgreich behauptet hatte.

»Warum hast du nicht ...«

»Also, dass ihr Skalpellschwinger so viel Humor habt«, unterbrach ihn der Mann und kaute schon auf der zweiten Praline herum.

»Wieso Humor? Kannst du mir nicht einfach die Blätter geben, wenn du schon nicht weißt, wie man eine Email verschickt!«

Der Laborarzt setzte eine ernsthafte Miene auf und schaute über seine altmodische Hornbrille. »Also kein Humor? Was dann? Mobbing? Sabotage?«

»Also hör mal, Peter, was soll das hier werden? Es gibt hier auch ein Telefon, mit dem man ...«

»Kleine Prüfung, wie? Ob es der im Verfaulen befindliche Labordoc merkt? Oder nimmst du mich nicht ernst, nur weil ich nicht wie ein Wilder in allen möglichen Bäuchen herumwüte?«

Hartwig musste ob dieser Frustexplosion lachen. »Nein.

Es ist nur die Blutprobe von einem merkwürdigen Patienten mit einem noch merkwürdigeren Heilungsverlauf.«

Der Laborarzt blinzelte durch seine Brille, gab das Bild des eingeschnappten Denkers, der dann gerade noch durch eine weitere Praline besänftigt werden konnte.

»Ach so, Patient? Seid ihr neuerdings denn auch veterinärmedizinisch tätig?«

Jetzt ist er endgültig durchgedreht, dachte der Oberarzt, ein Opfer jahrelanger Exposition mit giftigen Reagenzien und zu intensivem Kontakt mit seinen Analysegeräten.

»Ich habe an einen Hirsch gedacht«, sagte der Mann ganz trocken, »in der Phase der Geweihbildung.«

»Was?«

»Na schau mal hier. Alkalische Phosphatase extrem hoch, Osteocalcin auf das 15-Fache erhöht und Testosteron im Keller. Das sind Werte deutlich jenseits dessen, was ich je bei einem Menschen gesehen habe.«

Das ist zumindest ein Teil der Erklärung, überlegte Hartwig, für ein geradezu explodierendes Knochenwachstum aus dem Nichts.

»Und wieso Hirsch?«

»Neulich hat einer von den Inneren eine ganz brauchbare Idee gehabt, ich glaube, die Erste in den letzten fünf Jahren«, kicherte der andere. »Sie haben endlich einmal wissen wollen, was man gegen Osteoporose tun kann, und haben mir Blut geschickt von einigen Hirschen.«

»Und wieso Hirsche? Wozu das denn?«

»Denk doch mal an das Wachstum von Geweihen, Volker. Bis zu zwei Zentimeter am Tag. Dazu brauchen Menschen Monate.«

»Und wenn schon. Ein osteoporotischer Wirbel ist doch kein Geweih, und wachsen soll er auch nicht.«

»Der Trick der Viecher ist«, grinste sein Gegenüber, »eine

vorübergehende Osteoporose. Sie saugen ihre Rippen und die anderen Knochen, auf denen sie nicht geradestehen, völlig leer von Calcium ...« Er nahm die Kaffeetasse und schlürfte ihren Inhalt durch die Zähne, »bis sie eine knackige Osteoporose haben wie eine hundertjährige Oma und dann ...« Er nahm zwei Pralinen auf einmal, »dann füllen sie alles wieder auf, als sei nichts gewesen.«

»Aber es nützt ihnen nichts bei den Weibchen, oder? So ganz ohne Testosteron?«

»Denkst du«, grinste der Laborfreak anzüglich. »Sie haben da noch Dihydrotestosteron, quasi den kleinen Bruder. Aber mindestens zehnmal so wirkungsvoll. Die können dann pausenlos. Also wenn du ...«

Hirsche, Osteoporose, hundertjährige Omas und superpotente Geweihträger ... Hartwig hatte genug. »Danke, Peter, ich halte dich auf dem Laufenden«, sagte er und schob den sich gerade richtig warm laufenden Labormediziner unter Dreingabe seiner letzten Pralinen aus dem Zimmer.

Er würde mit dem Major reden müssen. »Ein merkwürdiger Patient«, hatte der bei der Einlieferung gesagt, »wir müssen ein Auge auf ihn haben.«

Merkwürdig war ja wohl grandios untertrieben. Ja, er würde mit dem Major reden, aber erst, nachdem er herausgefunden hatte, wer hier auf seiner Station waghalsige Experimente an seinen Patienten durchführte.

Lima

»Frederico wird euch mitnehmen«, sagte die Tante und schaute bedeutungsvoll über ihre silberfarbene Halbbrille.

»Bis wohin?«

»Punta de San Sebastian. Er fährt mit Emilito.«

»Mit wem?«, fragte Simon nach.

»Emilito, seinem Laster.«

»Und da passen wir mit hinein?«

»Wenn ihr euch ganz dünnmacht, möglicherweise ja.«

Ein Brummen dröhnte vom Hof herüber und die Tassen auf dem Tisch klirrten auf ihren Untersetzern.

»Da kommt er ja.«

Simon lief zum Fenster.

Ein altertümlicher Laster quetschte sich durch die schmale Einfahrt, ohne an die steinernen Pfosten zu schrammen, obwohl kaum noch eine Hand breit Platz an jeder Seite war.

»Wow, das muss ich mir anschauen«, rief Simon und lief hinunter in den Hof. Ein junger Mann sprang aus dem Führerhaus und sprach ihn an.

»Soy Frederico. Los alemanes?«

»Sí. Ja.«

»Was für ein Wagen!«

»Sí, claro«, sagte Frederico und drückte seine Brust stolz heraus, wie ein Stierkämpfer, der gerade mit dem Stich der höchsten Schwierigkeit den größten aller Stiere erledigt hatte.

Simon ging näher heran. Ein Kunstwerk auf Rädern. Die lange rote Motorhaube glänzte im Sonnenlicht, dicker alter Lack, poliert, darauf oder genau darin eingelassen hunderte silberfarbene Knöpfe, die ein schlangenartiges Muster an den ausladenden Seitenteilen bildeten.

Der Mercedesstern thronte auf dem blank polierten Kühler. Die ebenfalls rot angemalte Stoßstange ließ mit ihren vielen Unregelmäßigkeiten erkennen, dass sie schon einige Crashs überstanden hatte. Die Seilwinde obendrauf schien nur darauf zu warten, den LKW möglichst bald durch ein schlammiges Flussbett ziehen zu dürfen.

Eine Batterie dicker Scheinwerfer rahmte die Winde von beiden Seiten ein und bildete einen starken Kontrast zu den

Ketten kleiner Lampen, die die in der Mitte geteilte Frontscheibe so verzierte, dass sich Simon trotz der Hitze an Weihnachten erinnert fühlte.

Die gelb und blau gestrichen Holzplanken an der Ladepritsche beulten sich unter der Last der mit dicken Seilen verzurrten Jutesäcke und Fässer.

»Adelante«, rief Frederico fröhlich und öffnete die Beifahrertür. Das Führerhaus wirkte, als befänden sie sich noch in den fünfziger Jahren. Klobige Armaturen, ein Fahrersitz wie ein Sessel und eine plüschige Bank anstelle des Beifahrersitzes.

»Siéntese«, sagte Frederico und deutete auf die Bank.

»Und der Kleine?«

»Hier hinter dem Fahrersitz hat Frederico ein Lager gebaut«, schaltete sich die Tante ein, »und das Gepäck tut ihr in die Metallkästen neben dem Tank.«

Sie gab ihnen noch eine Tasche mit Wasserflaschen und Proviant.

»1600 Kilometer auf unseren Straßen sind schon eine Herausforderung«, übersetzte sie Fredericos Kommentar, als der sich ins Führerhaus schwang.

»Treinta horas, mas o menos.«

30 Stunden! Simon seufzte und nahm Miriam in den Arm. Gut, dass ihr Kind doch ein wenig anders war als menschliche Babys. Es schaltete sich einfach in eine Art Trance, fuhr seine Körperfunktionen herunter, und nur das wilde Spiel seiner Augen unter den dünnen Häutchen seiner Lider zeigte noch, dass es ein lebendes Wesen war.

Fort Meade, Maryland, USA

Wieder einer dieser Tage, von denen man hoffte, sie hätten nie begonnen. Der Regen klatschte draußen gegen die Scheiben, dunkle, fast schwarze Wolken trieben vorbei und das Neonlicht ließ sein Büro noch langweiliger wirken. Marvin legte den Hörer auf. Toll. Ein Kongressabgeordneter, der sich auf einmal große Sorgen um die Bürgerrechte machte, und den es galt mit irgendwelchem Informationsmüll zu beschwichtigen. Müll, den er würde zusammenstellen müssen und dann devot genug und als reinste aller Wahrheiten präsentieren. Die Blitze draußen wurden durch das getönte Glas in bizarre Luftschlangen verwandelt und das dicke Glas verschluckte den Donner gleich mit.

Seine Sekretärin kam herein und packte ihm eine dicke Akte auf den Tisch. Wichtig! Eilig! Marvin quälte sich ein Dankeschön ab und ordnete die Unterlagen. Mit jeder Seite des Berichts störten ihn die Blitze weniger, beim Weiterlesen verschwanden die Gedanken an den Abgeordneten und ihm war, als würde eine kleine Sonne in seinem Büro aufgehen. Er las den Bericht noch einmal und prägte sich alle wichtigen Details ein. Man würde sich freuen, von ihm zu hören. Heute Abend noch. Da, wo seine Arbeit geschätzt wurde, und auch angemessen honoriert. Dann verschloss er die Akte wieder und kennzeichnete den Deckel.

Ablage Archiv. Keine weiteren Aktivitäten.

Gefährdungsgruppe null. Keine Gefahr für die nationale Sicherheit.

Miriam kletterte aus dem Führerhaus und sprang auf die staubige Straße. Konnte man das Knacken hören, oder fühlten sich ihre Knie nur an wie eingerostete Zahnräder? Ein Kribbeln, als wären Legionen kleiner Insekten unter ihrer Haut unterwegs, kroch ihr vom Po den Rücken hinauf. War das ein Zeichen für das baldige Absterben ganzer Körperteile?

Frederico schwang sich locker von seinem Sitz, als käme er gerade von einer Wellness-Massage. »Veintiocho horas«, jubelte er und streichelte zärtlich über Emilitos von angetrocknetem Schlamm bedeckten Kotflügel.

Gerade mal 28 Stunden! Miriam vergaß für einen Moment ihren rebellierenden Körper und bedachte Frederico mit einem Schwall anerkennender Worte.

Der erklärte Emilito zum wahren Helden dieser Fahrt.

Simon quälte sich mit der Eleganz eines Hundertjährigen von der Sitzbank hinunter und hielt den Kleinen dabei auf dem Arm. Die ständige Auseinandersetzung mit Schlaglöchern, ruppeligen Sandstraßen, schlammigen Flussdurchquerungen und dem chaotischen Verkehr in den kleinen Städten auf der Strecke machte eben jeden Menschen mürbe. Abgesehen von Frederico. Wie schön, dachte Miriam, dass ihre Heimat in der Karibik eine kleine Insel war, die man in ein paar Stunden schon umrundet hatte.

Und jetzt erst mal in eine kleine Pension, sich ausstrecken, schlafen und Kräfte sammeln für morgen. Dann nochmal etliche Stunden in einem Bus, wahrscheinlich so voll wie eine U-Bahn in Tokyo morgens um halb acht.

Greifswald

Doktor Hartwig griff zur Kaffeetasse. Uiih, ganz schön heiß. Aber Lippen, Gaumen und Speiseröhre eines Chirurgen waren daran gewöhnt, konsequent trainiert im jahrelangen Schichtdienst, niemals Zeit, das Getränk abkühlen zu lassen. Er nahm einen Schluck und sah auf die Uhr. Gleich acht Uhr abends. Und die wievielte Tasse? Weniger als zehn waren es jedenfalls nicht.

Er schob die weißen Latschen von seinen Füßen und legte die Beine auf den übervollen Schreibtisch. Ein Hauch von Gemütlichkeit im sterilen Arztzimmer. Noch ein Schluck Kaffee. Er nahm die Füße herunter und griff nach den Papierstapeln. Weg mit Diagnosen, Anordnungen, noch zu verfassenden OP-Berichten, runter damit vom Tisch und weg mit Patienten. Außer diesem einen. Eggimann.

Ein Albtraum als frisch eingelieferter Notfall, zwischenzeitlich unauffälliger Verlauf im Koma, dann dieser Rückfall in der Reha nach seiner Attacke und die jetzt folgende Wunderheilung.

Was ging hier vor? Ein verloren geglaubtes Bein heilte von selbst? Und in einem unmenschlichen Tempo. Wer war dafür verantwortlich? Die Videos waren lückenlos. Niemand außer dem Pflegepersonal hatte Zugang gehabt. Protokolle, Kurven, Infusionspläne ... alles okay. Die Schwestern und Pfleger über jeden Zweifel erhaben, ebenso die Kollegen. Und schließlich die gentechnische Analyse. Hartwig angelte auf dem obersten Stapel nach dem Analysebogen. Die Daten und Buchstaben schienen ihn verspotten zu wollen: alle Hormone körpereigen.

Grenzgebiet Peru Brasilien

Der klapperige Überlandbus quälte sich die letzten Kurven der lehmigen Piste herauf und stoppte vor dem Schlagbaum. Ignacio rückte seine Uniform zurecht und verließ sein Wachhäuschen. Mit energischen Schritten ging er auf das Fahrzeug zu, vermied die trübe Brühe der Pfützen, balancierte über ein schmales Brett. Geschafft, nicht ein einziger Fleck auf den glänzenden Stiefeln. Hier war er die höchste Autorität, hier am Ende der Welt oder an deren Anfang? Zumindest dem Anfang des Amazonasgebiets. Ohne seine Zustimmung würde niemand dieser peruanischen Tagelöhner seine Fahrt fortsetzen und seine brasilianischen Landsleute wussten ohnehin, wie viele dieser kleinen Scheine einen Pass erst zu einem brauchbaren Reisedokument machten. Und ab und zu fand sich ja auch ein Gringo mit reichlich grünen Banknoten in der Tasche.

Die vordere Tür des Busses schlug auf, er nickte dem Fahrer zu und stieg ein. Eine Wolke aus Schweiß kam ihm entgegen, muffige stickige Luft mit einem Hauch von Koka. Die kleinen Indios in ihren bunt bestickten Ponchos saßen dicht zusammengedrängt in den engen Reihen, kauten teilnahmslos auf ihren Kokablättern herum. Verschlossene Gesichter und dunkle Augen ins Nichts gerichtet. Ignacio begann seine übliche Routine, die Papiere nehmen, die privaten Gebühren für sich in die Tasche stecken, Papiere zurück und dann die nächste Reihe. Einige Frauen hatten ihre großen bunten Stofftaschen mitten in den Gang gestellt, überall quollen Stücke von Textilien heraus. Wohl unterwegs zum Markt in der nächsten Kleinstadt dachte Ignacio.

Er stakste über die Hindernisse hinweg, nicht ohne die

Frauen mit einem Schwall abwertender Bemerkungen zu überschütten.

In der nächsten Reihe ein paar Brasilianer. Ein paar kurze Sätze, Amtsperson und Zivilisten, immer schön die Distanz wahren und kassieren. Ignacio setzte seinen Slalom um Körbe und Taschen im Gang fort. Jetzt wurde es interessant. Da hinten, in der letzten Reihe eine dunkelhaarige Schönheit mit einem Baby im Arm und ein großer blonder Mann daneben, der seine Beine kaum hinter die Sitze bekam. Ein Brasilianer aus dem Süden vielleicht, von wo aus die europäischen Einwanderer das Land erobert hatten? Mal sehen. Er baute sich vor dem Pärchen auf und schleuderte dem Mann eine Wortsalve zu. Ein ratloses Gesicht schaute ihn an. Ein Gringo also. Die Frau antwortete mit einem merkwürdig singenden Akzent und zeigte die Pässe. Niederlande, wo war das denn? Niederlande. Kaum zu glauben, wann hatte er zum letzten Mal hier so einen Pass gesehen? Egal. Er fischte die Dollarnote heraus und ließ sie in seiner Uniformtasche verschwinden. Jetzt noch ein Blick auf das Baby, das die Frau so eng an sich presste. Irgendwie merkwürdig. So klein? Hier stimmte etwas nicht, der Instinkt eines langjährigen Grenzbeamten war erwacht.

»Bitte, es schläft ganz tief«, sagte die Frau und sah ihn treuherzig an. Das Misstrauen in Ignacio verstärkte sich, ein Gefühl, das er in 20 Jahren Dienst zur Perfektion entwickelt hatte. »Ich muss darauf bestehen«, verkündete er mit der passenden Autorität. Mit einem Finger zog er die Kapuze vom Kopf des Babys zurück. Ein blasses schmales Gesicht, aus dem ihn große Augen anschauten. Tiefschwarz und mandelförmig. Was zum Teufel ...

Ignacio Gedanken gerieten ins Trudeln. *›Ich bin dein Freund, wir wollen dir nichts Böses.‹*

Ignacio vergaß sein Misstrauen, empfand nur noch liebevolle Zuneigung und Vertrauen. ›*Bitte deck mich zu, ich bin so müde.*‹

Ignacio schob sorgfältig die Kapuze zurück und gab der Frau die Pässe zurück. »Gute Reise«, rief er dem Pärchen zu und verließ den Bus. Leicht waren seine Schritte, er hatte das Gefühl zu schweben, sah überall Kinder. Er öffnete den Schlagbaum. In eine dicke Wolke schwarzen Dieselqualms gehüllt rollte der Bus los. Ignacio sah ihm lange nach, bis er im dichten Regenwald verschwand. Wohin sie wohl wollten? Nur einige Dörfer und Plantagen, Stunden bis zur nächsten Kleinstadt und dann nur noch der Regenwald, die Geburtsstätte des Amazonas.

Ignacio schlenderte zurück in sein Wachhäuschen, ging hinein und setzte sich an den schmalen Holztisch. Seine Augenlider wurden schwer, er drückte den Rücken tiefer in die Lehne und versank in tiefem Schlaf. Ignacio träumte von lila Landschaften, bizarren Flüssen und zwei Sonnen, die auf eine fremde Weltherabschienen.

›*Wir bleiben Freunde*‹, manifestierte sich ein Gedanke in seinem Kopf, ›*aber trotzdem besser, du vergisst mich.*‹

Die Sonnen umhüllten ihn mit Wärme, er fühlte die Geborgenheit und Zuneigung. ›*Am besten, du vergisst uns alle!*‹

Die Farben wurden schwächer, der Traum begann zu verblassen, Ignacio öffnete die Augen. Er betrachtete den Stapel Geldscheine auf dem Tisch. Einige Nuevo Sol aus Peru, einige Real aus Brasilien und eine Zehn-Dollar-Note.

Merkwürdig, wo doch heute gar keine Ausländer im Bus gewesen waren.

Amazonasgebiet

Miriam schaukelte in sanftem Rhythmus in ihrer Hängematte, die Simon immer wieder anschubste. Der dichte Regenwald streckte sich nur wenige Meter hinter der schmalen Holzterrasse wie eine grüne Wand zum Himmel. Millionen verschiedener Lebewesen darin verteilt, aber glücklicherweise nur ganz wenige Menschen, die in den acht Hütten der Mission lebten, und noch ein paar Indio-Stämme in weit entfernten Dörfern. Der Regenwald, in der Mittagshitze still wie eine Leichenhalle, verwandelte sich jetzt vor der herannahenden Nacht in ein Tollhaus. Der Wettstreit der Stimmen von Affen, Vögeln und anderen Tieren, die mit irgendeinem Körperteil bizarre Geräusche machen konnten, hatte begonnen. Alle stimmten in den Kampf um die akustische Vorherrschaft im undurchdringlichen Grün ein. Vereinzelt wagten sich schon Fledermäuse in die beginnende Dämmerung. Die lautlosen Jäger zogen ihren Weg durch die rasch einfallende Dunkelheit. Miriam schaute auf das trübe Licht der Petroleumlampe, um die Myriaden von Insekten kreisten. Simon saß entspannt in seinem Korbstuhl, das Kind erholte sich von seinen telepathischen Ausflügen wie ein menschliches Baby und schlief in ihrem Arm.

»Das tut so gut«, begann Simon die Unterhaltung, »einfach nur hier liegen und auf die Geräusche im Wald horchen. Ich wusste gar nicht, wie schön es sein kann, nichts zu tun und einfach nur zu fühlen, wie mir der Schweiß aus allen Poren läuft.«

»Was einen sonst mächtig stört, ist auf einmal nicht mehr schlimm«, sagte Miriam, »wenn man gerettet ist, sich in Sicherheit fühlt. Ich habe dir nicht zu viel versprochen, oder? Du wolltest doch immer wissen, woher ich diesen

Platz kenne? In den ersten Wochen, in denen ich mit Greyson zusammen war, machten wir eine Reise nach Manaus.«

»Manaus«, sagte Simon, »diese Millionenstadt mitten im brasilianischen Regenwald, die da eigentlich nicht hingehört.«

»Stimmt, an die 1500 Kilometer im Landesinneren, fernab von allen Verkehrswegen außer dem Wasser, haben die vor mehr als 100 Jahren eine Stadt aus dem Boden gestampft, als der Kautschuk so wertvoll war wie Öl heute, und dann ein prunkvolles Opernhaus gebaut mitten im Nirgendwo. Egal, von Manaus aus sind wir noch weitere 800 Kilometer stromaufwärts gefahren bis in das Grenzgebiet zu Peru. Greyson glaubte, wieder eines seiner besonderen Dinge aufgespürt zu haben, das er gut verkaufen könnte.«

»Ja, ich erinnere mich«, sagte Simon, »als Greyson mich damals ins Team holte, sagte er nur geheimnisvoll, er lebe vom Verkauf besonderer Dinge.«

»Und so etwas hatte er da auch im Auge. Irgendein mysteriöses Heilmittel, das ein Indiostamm hier in der Gegend verwendete. Kurzum, wir hatten einen Motorschaden, verloren in der Dunkelheit das zweite Kanu und wurden schließlich hierher in die Mission getrieben. Ich war gerettet am Ende der Welt in einem winzigen Seitenarm des Amazonas, mit einem Mann, von dem ich damals nur seine Sonnenseite sehen wollte, seinen unerschütterlichen Optimismus, seine Tatkraft, seinen Charme und sein attraktives Äußeres, obwohl er so viel älter war als ich.«

»Und wie ist das mit meinen Sonnenseiten?«, wollte Simon wissen.

»Es ist unglaublich schwierig, welche zu finden« schmunzelte Miriam. »Aber gut, im Ernst.« Sie richtete sich ein wenig auf. »Ich mag, dass du nicht gleich auftrumpfst mit dem, was du kannst und was du weißt. Dass du immer versucht hast, mir alles von deinen Experimenten zu erklären, mich mitzunehmen in eine fremde Welt, mich teilhaben zu lassen an deinen Gefühlen, auch dann, wenn es dir nicht so gut geht. Und wie du dich für deine Überzeugung einsetzt gegen alle Widerstände, wenn andere nicht das Richtige tun.«

»Das ist alles?«

»Und dass du vollkommen humorlos bist und uneitel«, setzte Miriam nach und schien große Mühe zu haben, ihr Lachen zu unterdrücken. »Und ... und, dass du gut küssen kannst ... und, dass ich einfach glücklich bin, wenn wir zusammen sind.«

Brandenburg

Missmutig schaufelte Greyson sein Abendbrot ein. Wozu hatte er einen Koch, wenn doch alles so lasch schmeckte wie eine Tütensuppe? Vielleicht sollte er doch lieber ...

Greyson zuckte zusammen. Der kleine Pieper in seiner Jackentasche meldete sich. Eingang einer Nachricht. Auf diesem ganz speziellen Wege. Eine gefühlte Ewigkeit trug er dieses Ding bei sich, immer nur Stille, keine Reaktion, enttäuschte Hoffnungen. Und jetzt ein Signal.

Er ließ die Gabel achtlos auf den Tisch fallen, wendete seinen Rollstuhl und steuerte den Funkraum an. Mails, SMS, WhatsApp und was ihn nicht sonst alles zuschüttete mit so vielen Nachrichten. Nur eben nicht mit der, auf die er so sehnsüchtig gewartet hatte.

Kurzwelle, sein Empfangsteil war erwacht.

Ob sich sonst noch jemand in diesen Tagen wirklich dafür interessierte? Die NSA, die ihre elektronischen Finger sonst in jedem Kabel hatte?

Kurzwelle, früher ein Spielfeld für Spione hinter den

feindlichen Linien, denn kein anderer Frequenzbereich hat eine solch große Reichweite anzubieten. Eine kleine Sendeeinrichtung, irgendwo versteckt, die Wellen hinaufgeschleudert bis in die Ionosphäre und mit dem richtigen Winkel reflektiert zurück zum Erdboden. Und von dort wieder in den Raum reflektiert, um so um die ganze Erde zu wandern. Und die Quelle quasi unauffindbar, ganz anders als bei Computern.

Er hörte die Nachricht ab. Verrauscht und verzerrt, als käme sie vom Mars. Aber kein Fehler möglich. Die Frequenz, die Kennung, der Absender: Pedro, der Kreuzritter. Er hatte sogar an ihren geheimen Code gedacht. Zahlen, scheinbar wirr und ohne jeden Sinn. Aber wer die Stellen in dem alten Buch kannte, konnte ihn entziffern.

Da lag es im Regal, für den alten Greyson nur ein Griff nach oben, für diesen Greyson äußerste Anstrengung. Sich hochziehen an den Griffen an der Wand, weil ihn diese Beine nicht mehr trugen. Scheinbar eine Kleinigkeit, tatsächlich aber ein Kraftakt sondergleichen.

Ein Funkspruch aus dem Regenwald, eine Explosion der Freude in seinem Kopf.

Greyson bekam das Buch zu fassen und ließ sich wieder auf seinen Sitz gleiten.

So leset die Worte des Herrn.

Das erste Zitat. Apostelgeschichte 27,43 f.: ... *und entrinnen an das Land, die andern aber etliche auf Brettern, etliche auf dem, das vom Schiff war. Und also geschah es, dass sie alle gerettet zu Lande kamen.*

Sie hatten es also geschafft. Das zweite Zitat. Jesaja 9,5: *Denn uns ist ein Kind geboren, ein Sohn ist uns gegeben, und die Herrschaft ist auf seiner Schulter.* Und *es* auch.

Greyson ließ sich nach hinten fallen, drückte sich in die Lehne seines Rollstuhls. Sie waren dem Inferno entkommen, hatten den Einsturz der Forschungsanlage überlebt.

Gedanken tollten in seinem Kopf umher, kreuzten sich, wurden immer mehr, verschlangen sich umeinander wie wild in einen Korb geworfene Wollknäuel.

Wie hatten sie das geschafft? Mit dem Kind? Und wie waren sie nach Brasilien gekommen? Wie zum Teufel hatten sie ...? Egal. Antworten würde es später geben. Wichtig war nur eines: Sie waren am Leben.

Greyson schloss die Augen und ließ sich treiben, sah die grüne Wand des Regenwaldes vor sich, erinnerte sich an ihren Lieblingsplatz auf der hölzernen Terrasse, sah Miriams schwarze Locken, wild wie ein Stück Dickicht des Regenwaldes.

Was war er doch für ein Idiot gewesen. Bleiben hätte er sollen, damals mit dieser wunderschönen Frau, zu zweit, am Ende der Welt und dann vielleicht eines Tages zu dritt. Aber er wollte ja immer weiter, die Evolution verbessern, die ganze Welt verändern. Greyson, der Große, auf dem Weg nach ganz oben.

Amazonasgebiet

Miriam kam auf die Terrasse und setzte sich neben Simon.

»Eingeschlafen?«

»Ja«, sagte Miriam. »Er war ziemlich müde. Ich glaube, es kostet ihn viel Kraft, unsere Welt zu begreifen und das, was bisher mit uns passiert ist.«

»Er. Tim. Du bist dir da ganz sicher?«, fragte Simon.

»Ja. Sie scheinen sich später als Menschenbabys in eine Richtung zu entwickeln, aber ich habe da keine Zweifel«, lachte sie.

Simon starrte auf den Regenwald und schien nach Worten für etwas zu suchen.

»Was willst du mir sagen, Simon?«

»Wieso?«

»Ich brauche keine telepathischen Fähigkeiten, um zu sehen, wie es hinter deiner Stirn tobt«, seufzte Miriam.

»Weibliche Intuition?«

»Es geht um unsere Zukunft, stimmt's? Hier in der Mission sind wir sicher, für den Moment, aber dann?«

»Ja, dann. Das ist es«, fuhr Simon fort, »wir brauchen eine Perspektive, ein Land, in das wir gehen können mit unserem Kind, wo es aufwachsen kann, ohne dass es in einem zweifelhaften Labor landet und gewissenlosen Wissenschaftlern in die Hände fällt.«

»Oder Militärs«, ergänzte Miriam. »Ich wünschte, wir könnten wie eine normale Familie leben, etwas aufbauen und du dafür sorgen, dass wir die einzigartigen Fähigkeiten dieses kleinen Wesens für die Menschheit nutzbar machen, ohne es gleichzeitig in Gefahr zu bringen.«

»Ein hoher Anspruch. Aber konkret: Wohin könnten wir denn gehen? In die USA? Zurück nach Deutschland? Auf deine Heimatinsel, Miriam? Es gibt einfach zu viele offene Fragen, zu viele Spekulationen und zu wenig Fakten.«

»Ja, Simon, leider wissen wir nicht, wem wir noch vertrauen können. Es muss einen Verräter gegeben haben, mitten unter uns. Jemand, den wir zu kennen glaubten, aber nicht wirklich kannten. Und dahinter steht noch jemand mit sehr langem Arm, der sogar bis auf das Schiff und nach Peru gereicht hat. Jemand, der bereit ist, ohne jeden Skrupel zu töten, um sein Ziel zu erreichen.«

»Der uns finden wird, überall auf der Welt, egal, wo wir uns zu verstecken versuchen.«

Miriam setzte sich plötzlich ganz gerade auf. »Es gibt nur einen Ausweg Simon. Wir müssen es der ganzen Welt geben, nur dann ist unser Kind in Sicherheit.«

Das altertümliche Funkgerät in der Hütte knackte. Simon sprang aus seinem Korbsessel und lief nach drinnen.

»Simon, wer ist das?«, rief Miriam.

»Pedro, der Missionar. Er scheint in der kleinen Siedlung flussabwärts zu sein. Wahrscheinlich möchte er nur wissen, wie es uns geht.«

Simon setzte sich den Kopfhörer auf und betätigte die Empfangstaste. Die sonore Stimme des Missionars kam so dünn und verzerrt aus dem Lautsprecher, als wäre er tausende von Kilometern entfernt. »Ich habe eine Nachricht für Frau de Jong«, sagte der Mann.

»Dann schießen Sie mal los«, sagte Simon. »Es ist für sie ganz persönlich«, sagte der Missionar und überließ Simon dem Knattern des Lautsprechers.

»Was soll das?«, brauste Simon auf. »Gibt es hier irgendwelche Geheimnisse?«

»Keine Ahnung«, sagte Miriam, »gib ihn mir.« Sie übernahm die Kopfhörer und lauschte.

Innerhalb von Sekunden konnte Simon den Wandel zu ungläubigem Staunen in ihrem Gesicht verfolgen. Sie verabschiedete ihren Gesprächspartner und wandte sich Simon zu. »Greyson ist am Leben.«

Brandenburg

Greyson riss die Augen auf, der Amazonas verschwand, der dichte Regenwald wich den weiten Feldern Brandenburgs. Und er saß hier mit Beinen, die nicht mehr machten, was sie sollten, nur taube Anhängsel, nutzlos und vielleicht für immer an diesen verdammten Stuhl gebunden. Das halbe Internet voll von fantastischen Ideen, der Einsatz von Stammzellen, diesen kleinen Dingern, die zu allem werden konnten, was man wollte.

Die Geheimwaffe der modernen Medizin, Leukämie und

andere Geißeln der Menschheit kurz vor der Exekution. Aber die ethischen Bedenken. Vorsicht. Kein Einsatz am Rückenmark. Wer weiß, was dabei herauskam. Bullshit. Seine Situation war doch beschissen genug. Und er hatte damals die Geheimwaffe der Geheimwaffen schon gehabt, ohne zu wissen, dass sie einmal seine einzige Hoffnung sein würde. Das einzigartige biologische Material, aufbereitet und weiter entwickelt zum perfekten Organismus. Und dann alles verloren unter Tonnen von Beton, als jemand es stehlen wollte.

Er kniff sich in den Oberschenkel, immer wieder, bis die Kraft in seinen Fingern nachließ. Wenn er doch wenigstens Schmerz empfinden könnte!

Greyson lenkte den Rollstuhl hinüber zum Fenster und schaute auf den Horizont. Die Sonne leuchtete mit der letzten Kraft des Tages durch die flachen Wolken, die bereits mit dem Dunst zu einer grauen Masse zu verschwimmen begannen. Die Silhouette einiger kahler Bäume auf dem Feld wirkte wie die Kontur eines Dreimasters.

Majestätisch, aufrecht, den Elementen trotzend.

Greyson nahm die Fernbedienung und startete seine Lieblingsmusik. Wagner. Düster, mächtig, fundamental. Er ließ die Bässe dröhnen, unterlegte den geheimnisvollen Segler da draußen mit dem *Fliegenden Holländer*, Mystik und Musik, Gewaltigkeit und Macht der Kunst.

Das Syndikat hatte ihn benutzt, gesteuert, eingelullt, so sanft und vorsichtig, dass nicht einmal seine Paranoia rechtzeitig Alarm geschlagen hatte. Und jetzt überwachten sie ihn weiter, aber ganz offen, Heimlichtuerei nicht mehr nötig, viele gesunde Beine und massenhaft Elektronik gegen einen Rollstuhlfahrer.

Er drehte Wagner noch lauter. Der *Fliegende Holländer. The Flying Dutchman.*

Rätselhaft. Und verflucht. So wie er.

Aber es gab ja noch eine *Flying Dutchman*. Die Rivalin der *Black Pearl*. Eine scheinbar unbesiegbare Übermacht gegen deren *Captain Jack Sparrow*, den unkonventionellsten Piraten aller Zeiten, unberechenbar, chaotisch und verrückt. Aber letztlich trotzdem immer siegreich, wenn es darum ging, den Kopf aus der Schlinge zu ziehen..

Greyson stoppte Wagner und ließ die Hymne aus dem *Fluch der Karibik* durch sein Haus donnern. Er dachte an eine Szene im dritten Teil. Wie vom Totenreich in die Welt der Lebenden zurückkehren? Schier aussichtslos. *Jack Sparrow* über die geheimnisvolle Seekarte gebeugt, unten ist oben, oben ist unten?

Greyson hielt den letzten Gedanken fest und summte die nächsten Takte mit. Das Offensichtliche war am leichtesten zu übersehen. Er würde verreisen. Ganz offiziell. Seine Insel in der Karibik. Schon mal 8000 Kilometer näher dran an ihnen. Und dann verschwinden. Spurlos. Unauffindbar. Und erst wieder auftauchen, wenn der *Heilige Gral* sicher in seinem Besitz war. Sein Geschöpf war da draußen im Regenwald, bei Miriam und dem Deutschen. Er war sicher nicht der Einzige, der *es* haben wollte, aber der Einzige, dem *es* zustand.

Amazonasgebiet

Der Missionar starrte noch auf das Moskitogitter vor der Tür, als Miriam den Raum schon längst verlassen hatte. Fast täglich kamen Menschen zu ihm, um sich Rat zu holen oder ihm ihre kleinen Geheimnisse anzuvertrauen. Zu ihm, der sich ihr Vertrauen über Jahrzehnte mühsam erarbeitet hatte. Und der auch immer einen Rat wissen musste. Und jetzt saß er hier mit dem größten Geheimnis, das ihm je anvertraut worden war, und suchte selbst nach einem Rat.

Er musste jemanden finden, der dieser Aufgabe gewachsen war, dessen Integrität außer Zweifel stand, und der sich genug Gehör verschaffen konnte im riesigen Apparat der katholischen Kirche. Vernetzt und globalisiert war die Welt, von kleinen Ausnahmen wie der Mission mal abgesehen. An wen sollte er sich wenden, ohne vernetzt zu sein, als ein Niemand ganz am Rande des kirchlichen Imperiums? Was mochte aus dem jungen Mann aus Rom geworden sein, der vor einigen Jahren zu einem Seminar nach Manaus herübergekommen war?

Der Missionar erinnerte sich noch genau an ihn, der Einzige, der die richtigen Fragen gestellt hatte, der sich von der Arroganz der Ämter noch nicht hatte anstecken lassen. In einer Pause hatten sie auf der Terrasse gesessen, auf den Fluss geschaut und über die Schöpfung diskutiert. Eine große Spinne war über ihren Tisch gelaufen. »Schau, ist sie nicht wunderschön«, hatte der Mann gesagt, »so ganz anders als wir, aber ein genialer Organismus, geschaffen für ganz andere Aufgaben, perfekt in der Symmetrie und doch für so viele Menschen ein Abbild des Ekels. Wenn doch alle die Herrlichkeit der Schöpfung sehen und erkennen könnten!«

Hier draußen im Regenwald galten Tatkraft und Mut mehr als Quellensicherheit im Bibelstudium, und ihm waren schon so einige genaue Zuordnungen im Kampf mit den Widrigkeiten des Lebens hier verloren gegangen. Aber Lukas 11,9 war einprägsam und allgegenwärtig. *Bittet, so wird euch gegeben, suchet, so werdet ihr finden, klopfet an, so wird euch aufgetan.*

Er packte einige Unterlagen in seinen Jutebeutel und ging hinunter zu dem klapperigen Bootssteg, der sich einige Meter in das dunkelbraune Wasser hineinstreckte. Er stieg in das Kanu, ließ den Außenborder herunter und machte sich auf den Weg.

Greifswald

Anke warf die Einmal-Handschuhe in den Kunststoffeimer neben der Tür des Krankenzimmers und trat hinaus in den Gang. Im Schein des Neonlichts wirkte der Klinikflur noch steriler als sonst, ein fahles Weiß wie von schon lange ausgeblichenen Tischtüchern.

Zum ersten Mal nach dem Angriff wieder im Dienst, ihre Schicht neigte sich dem Ende zu. Nur noch zwei Zimmer, noch zwei Patienten. Sie klopfte an die Tür zur Linken und ging hinein. Ihre Beine müde und schwer wie nach einer durchtanzten Nacht, ihre Füße in Schuhen, die sich mittlerweile zwei Nummern zu klein anfühlten.

Die Patientin schlief friedlich, atmete ganz ruhig. Alles in Ordnung. Glücklicherweise lag da eine Frau im Bett, die schon alle Klippen meisterte, die sich nach dem Aufstehen selbst waschen konnte, alleine essen und sonst alles tun, was Erwachsene von einem Baby unterscheidet. Gleich würde das anders sein, viel anstrengender aber auch aufregend und spannend.

Anke machte die obligatorischen Einträge in die am Fußende des Bettes hängende Krankenakte und verließ leise den Raum.

Der Wachposten vor dem Raum gegenüber hatte es sich auf dem Kunststoffstuhl neben der Tür so bequem wie möglich gemacht und ließ seine Automatikwaffe einfach über der Lehne baumeln. Die Mündung, jederzeit bereit den Tod in kleinen Portionen herauszuschleudern, zeigte genau in ihre Richtung. Anke verharrte einen Moment. Sie lächelte ihm zu, er nickte zurück und murmelte etwas wie: »Na, bald haben wir's ja geschafft.«

Eine müde Solidaritätsbekundung am Ende eines langen Dienstes? Ja, die Nachtschicht verbindet Menschen, dachte

Anke, gibt ihnen das Gefühl der Gemeinschaft, wenn sie als Einzige wachen, während alle anderen schlafen.

Ob es besser war, sich wie sie zum Ende der Nacht noch durch die Zimmer zu quälen, die Bettlägerigen von ihren Ausscheidungen zu befreien und danach den Waschlappen zu schwingen, als herum zu hocken und auf imaginäre Eindringlinge zu warten? Aber hier ging es wohl nicht um Eindringlinge, sondern darum, was geschehen würde, wenn ihr letzter Patient sein Zimmer verlassen würde.

Eine Welle frischer Energie durchflutete sie, als sie an dieses letzte Zimmer dachte und besonders an seinen Bewohner, ihren Retter.

Aufregung und Neugierde drängten die Müdigkeit zurück, die Muskeln in ihren Armen wurden ganz leicht, sie reckte den Hals, spürte das Kribbeln, das sich auf ihrem Rücken ausbreitete und schwungvoll öffnete sie die Tür.

»Guten Morgen«, sagte sie. »Obwohl gute Nacht doch viel besser passen würde, oder was meinen Sie?«

Der Mann nickte stumm. Strenge Bettruhe. Für zwei Wochen wie eine lebende Leiche an das Bett gefesselt. »In dieser Phase auch nicht das kleinste Risiko eingehen«, hatte der Oberarzt gesagt. Und dieser Mann hatte ja wirklich kein Risiko für sie gescheut.

Und jetzt lag er hier, sein rechtes Bein verdrahtet, überall Kabel, Schläuche, Elektroden, alles, was die moderne Medizin zu bieten hatte.

Anke prüfte die Geräte, trug die Werte in die Kurve ein. Der Mann deutete ein Lächeln an, seine Augen schienen in diesem Moment das Schreckliche vergessen zu haben, was sie sonst darin sehen konnte.

»Alles okay«, sagte sie fröhlich, »dann wollen wir mal.«

Ihr Patient zuckte zusammen, als Anke die Bettdecke zurückzog.

Aus dem weißen Flügelhemd, das aus jedem Menschen

sofort einen Patienten macht, ragte ein Arm geschient heraus, der andere wirkte trotz der geschrumpften Muskeln sehnig und kräftig. Was für ein Anblick. Viele kleine und große Narben umschlossen dort die Adern wie ein zerschlissenes Fischernetz. Ein Mann, der gekämpft hatte, wo auch immer und mit wem auch immer, ein Mann, der immer gesiegt und überlebt hatte.

Sie holte die Waschschüssel, prüfte die Temperatur des Wassers noch sorgfältiger als sonst und warf den Lappen hinein.

Vorsichtig zog sie ihm das Krankenhemd aus. Seine Brust hob und senkte sich leicht im Rhythmus der Atmung, im Gleichklang mit seiner Bauchdecke, die ebenfalls von Narben durchsetzt war. Runde, ausgefranste Löcher, am Rand verbrannt, wie kleine Krater willkürlich verteilt ... Schusswunden, und nicht gerade von kleinen Kalibern.

Dieser Mann barg so viele Geheimnisse, faszinierend und beängstigend, scheu und gefährlich zugleich, lag unbeweglich da. Doch sie hatte gesehen, er konnte im Angriff so schnell sein wie eine Schlange und genauso tödlich.

Anke nahm den Lappen aus der Schüssel, wrang ihn aus und begann, langsam seinen Oberkörper zu waschen, merkte, wie er sich entspannte, nur etwas, aber mit jeder ihrer Bewegungen noch ein bisschen mehr.

Sie spürte sein Herz unter ihrer Hand schlagen, gleichmäßig und kräftig. Wer war dieser Mann, dass er sein Bein oder sogar sein Leben für sie aufs Spiel gesetzt hatte?

Sie wusch seinen Unterleib, die Beine, nahm das Handtuch, trocknete ihn ab und richtete sein Kopfkissen.

Warum war es nur so schwer, etwas wie *danke* zu zeigen und nicht nur einfach dahin zu sagen? Zärtlich strich sie über das Narbenfeld an seinem Oberarm. Kein totes Gewebe wie zu erwarten, sie spürte Leben, gefesselt und eingesperrt. Andere Männer hatten sie angefasst, grob oder zärtlich, und Anke hatte sie angefasst, zart oder eher mechanisch, aber niemals so etwas gespürt.

Sie ließ ihre Hand weiter über seine Brust wandern, fühlte die aufgestaute Energie, die Raubkatze im Käfig. Was, wenn das Raubtier freikäme? Jetzt, in diesem Moment? Was, wenn es sich auf sie stürzen würde, stark und geschmeidig, scheinbar vertraut und doch so unberechenbar?

Ein Schauder durchlief ihren Körper, ein Frösteln, das trotzdem wärmte.

Es gab genug Männer, die nicht nur ihren Verstand, sondern die aufgestauten Hormone der letzten Wochen in nur in einem einzigen Organ angesammelt hatten. Und Hände, die ungefragt ihren Po streichelten, die erst nach einem heftigen Kommentar wieder losließen. Und der hier? Dessen Hand sie jetzt so gerne auf sich gespürt hätte? Der schaute zur Decke, musterte das Aluminiumgitter der Lampe mit scheinbar größtem Interesse, als sie ihre Hand weiter nach unten bewegte, wusste nicht wohin mit sich, rührte sich nicht, wäre wohl am liebsten davongelaufen.

Sie ließ ihre Hand über seinen Bauch gleiten, umfuhr die narbigen Krater, verweilte dort, wollte erfühlen, was dort geschehen war, die Geschichten dahinter, die Geschichten vom äußersten Rand des Lebens oder sogar jenseits davon. Sie würde sie alle hören wollen, wenn er sie ihr nur erzählte, und ihm helfen, wenn er sie lieber vergessen würde.

Hitze stieg in ihre Finger, als brannte seine Haut noch immer, erfasste ihre Arme, ihre Brüste, floss hinab in ihren Bauch.

Der Mann schloss die Augen und seufzte tief.

Sie spürte seine zunehmende Erregung, einen Körper in Aufruhr, atmete den Geruch von Wildheit, den er verströmte.

Anke wünschte sich weg von hier mit ihm zusammen,

irgendwohin ohne Kabel, Schläuche und Geräte. Sie ergab sich der Wärme in ihrem Bauch, der Lust, sie vergaß die Vorschriften und den Wachposten vor der Tür, die Scheu, ihre Gefühle Michail zu offenbaren, beugte sich über ihn und legte all ihr Verlangen in ihren Kuss.

Greifswald

»Wo ist der Beschuldigte?«, fragte Richter Schröder in die Runde.

»Im Bett, bei uns in der Klinik«, sagte der Verteidiger gelassen und machte ein Dann-können-wir-jetzt-wohl-gehen-Gesicht.

»Hmm«, brummte der Richter. Mal was anderes, meistens waren es die Opfer, die auf irgendeiner Intensivstation einem ungewissen Schicksal entgegen schliefen.

»Herr Staatsanwalt?«

»Ich beantrage Haftbefehl wegen des Verdachts der vorsätzlichen Tötung ...«

»Vorsätzlich?«, ereiferte sich der Verteidiger, »vorsätzlich? Also da ...«

»Bitte, Herr Rechtsanwalt, bitte«, ging Schröder sofort dazwischen. Dies war sein kleines Reich und hier bestimmte er die Regeln. Ordnung, Regeln und Respekt vor dem Richter, das, was er an amerikanischen Gerichtsfilmen so liebte, wo Richter noch etwas Besonderes waren. Der ehrenwerte Richter Schröder, bitte erheben Sie sich ... Schröder zwang sich zurück in die graue Realität der spartanisch ausgestatteten Gerichtsstube.

»Herr Staatsanwalt, wenn ich die Akte richtig lese, saß dieser Herr Eggimann unbewaffnet in einem Rollstuhl, als er mit einem gefährlichen Werkzeug, nämlich einer abgeschlagenen Bierflasche, bedroht wurde?«

»Er hat ihm die Halsschlagader aufgerissen«, stöhnte der

Staatsanwalt, »ein vorsätzlich ausgeführter Angriff gegen den Hals. Also kein strafloser Notwehrexzess im Sinne des Paragrafen ...«

»33 StGB, vielen Dank für den Hinweis, Herr Staatsanwalt. Ich bin durchaus mit der Materie vertraut«, unterbrach Schröder die Ausführung energisch. Eine Belehrung, hier in seinem Allerheiligsten. Er wünschte sich einen dieser mahagonifarbenen Hämmer, mit denen ein Filmrichter einen derartigen Frevel durch einen Schlag auf die spezielle Unterlage auf seinem Pult schon im Keim ersticken konnte.

»Also ein Angriff gegen den Hals mit Tötungsvorsatz?«

Den Hals kenne ich, dachte er. Mindestens einmal im Monat hatte er das höhnische Grinsen des tätowierten Totenkopfs ertragen müssen, während das plumpe Gesicht darüber das Unschuldslamm gab. Meistens Körperverletzung, drei Zeugen, die Stein und Bein schworen, mit der Glatze zum vermeintlichen Tatzeitpunkt Karten gespielt zu haben, ein Opfer, das für die nächsten Wochen mindestens einen guten Zahnarzt brauchte.

»Die Zeugin hat ausgesagt, bedroht und geschlagen worden zu sein, und dann habe sich der Angreifer unter Ausstoßen massiver Drohungen auf den Mann im Rollstuhl gestürzt. Ist das richtig?«

»Ja«, murmelte der Staatsanwalt.

»Ladungsfähige Adresse des Herrn Eggimann ist die Klinik?«, wandte sich Schröder an den Verteidiger.

»Jawohl.«

»Aber die Präzision, mit der der Beschuldigte die Halsschlagader attackiert hat«, wagte der Staatsanwalt den nächsten Versuch, »lässt auf ...«

»Notwehr schließen, Paragraf 32«, konterte Schröder.

»Ein krasser Notwehrexzess«, kreischte der Staatsanwalt, »eine Überschreitung des Notwehrrechts ...«

»100 Kilo gegen 65«, donnerte Schröder, »zwei Meter

gegen eins achtzig, eine abgeschlagene Bierflasche gegen ein geschientes Bein. Eine wohl durchaus angemessene Verteidigung!«

Schröder blickte in die kleine Runde, genoss den Moment der Herrschaft, holte aus zum richterlichen Machtwort.

»Ich habe mich davon überzeugt«, fuhr er mit der Gelassenheit des Unwiderlegbaren fort, »dass ein gegenwärtiger rechtswidriger Angriff im Sinne des Paragraf 32 Absatz zwei StGB vorlag, der zur Notwehr berechtigte.«

Der Staatsanwalt kaute missmutig auf seiner Unterlippe herum.

Schröder beschloss, dem Mann noch eine rechte Gerade zu verpassen. »Und selbst wenn, Herr Staatsanwalt, hier der Angegriffene in Überschreitung seiner Notwehrbefugnisse den Angreifer getötet hat, würde nach Paragraf 32 Furcht oder Schrecken eine Straffreiheit begründen. Ihr Antrag ist abgelehnt.«

Ein Raunen von den gut besetzten Zuschauerbänken? Nein, ein kleiner deutscher Gerichtsraum, kein Publikum. Aber trotz allem ein gelungener Auftritt. Gut gelaunt stürzte sich Schröder auf den Papierkram.

Der Staatsanwalt und der Verteidiger packten ihre Aktenkoffer zusammen und verließen den Raum. Der eine brummelte noch einige Laute des Unverständnisses vor sich her, der Rechtsanwalt konnte sein zufriedenes Grinsen kaum verbergen.

Indessen betrachtete Schröder das Foto einer altertümlichen Justitia-Statue an der Wand. 15. Jahrhundert. Die Frau noch ohne Augenbinde, die Waage in der einen, das Schwert in der anderen Hand. Abwägen und mit dem Schwert dann die Härte des Gesetzes mit Entschlossenheit durchsetzen.

Wie auch immer es zu dieser Tat gekommen war, in diesem Fall hatte der Mann das Richtige getan. Auf jeden

Fall das Richtige für die Herzkranzgefäße eines leidgeprüften Ermittlungsrichters, dachte Schröder und legte die Akte in das Ausgangsfach.

Karibik

Das schwarz glänzende Speedboot tanzte über die türkisfarbene Wasserfläche, der Bug hob sich aus dem Wasser, als wollte es gleich abheben. Der warme Seewind trug sein Motorgeräusch in kleinen Fetzen in Catherines Paradies.

»Männer und ihre Spielzeuge«, seufzte sie und streichelte das Fell des weißen Tigers etwas intensiver. »Schön weiterschlafen, mein Liebling, nicht aufwachen«, murmelte sie und ließ ihre Finger in den dichten Haaren den Hals emporklettern. Sie spürte die plötzliche Anspannung der mächtigen Muskeln, deren Bereitschaft, sofort in Aktion zu treten. Die große Katze lag wie eine Fleisch gewordene Skulptur zu Catherines Füßen, hatte ihre Augen geschlossen, das Maul mit den riesigen Eckzähnen leicht geöffnet. Ihr Atem wehte Catherine den Geruch von Wildnis und Weite in die Nase. Sie kraulte noch ein bisschen hinter den Ohren, und das Tier entspannte sich wieder und schien zurück in die Welt der Träume zu gleiten.

Catherine lauschte den tiefen Atemzügen, dic Entspannung und Kraft gleichermaßen signalisierten. Von der Voliere gegenüber hörte sie die Gesänge der exotischen Vögel, während ein pfeifendes Zischen aus dem Park wie beim Anfahren einer Dampflokomotive ihr zeigte, dass die Nashörner im Gehege munter wurden. Die Pandas, all die anderen Tiere, die auf dem Index standen, die tollen Pferde, die er ihr neulich geschickt hatte ... hübsch, aber auch irgendwie langweilig.

Und ihr neuer Liebling? Das einzigartige Spielzeug, auf das sie sich so gefreut hatte? Verschwunden, irgendwo da drüben in Europa. Und der Mann, der es verbockt hatte, saß ihr gegenüber, schaute auf das Meer hinaus, gelassen wie ein Angler, der noch Stunden Zeit hat, um auf den Biss eines Fisches zu warten.

»Nun, Greyson, wie geht es meinem Baby?«, fragte sie in übertrieben ironischem Tonfall.

»Schwer zu sagen. Nach meinen Informationen scheint es gesund zu sein«, sagte Greyson und zeigte mit seinem Arm auf den Horizont. »Schläft wahrscheinlich irgendwo da drüben im Regenwald.«

»Wie schön! Fred, Darling, darf ich dich daran erinnern, wie viele Millionen ich schon für diesen Schlaf bezahlt habe? Ich will es hier haben, und zwar schnell. Ein Baby braucht schließlich seine Mutter.«

*

Der Satan war zurückgekehrt, dachte Enrique, während er das Tablett mit den Cocktails an den Pool brachte. Wie es sich für einen Butler der alten Schule gehörte, bewahrte er Haltung und versteckte seinen Abscheu hinter der Maske der Korrektheit. Er stellte die Gläser auf das Tischchen neben der Liege, auf der sich Catherine in ihrem knappen Bikini rekelte und den Worten des Amis lauschte. Der Mann redete pausenlos auf sie ein, fuchtelte mit den Armen in der Luft herum, seine Augen weit aufgerissen.

Die Strafe Gottes. Wie hatte Pater Morales das nur gemacht, den Zorn des Herrn in die richtigen Bahnen zu lenken? Sein Pferdefuß schien ihn nicht mehr zu tragen, sondern er musste jetzt einen Rollstuhl benutzen. Aber sein böser Geist war ungebrochen. Warum hatten ihn die himmlischen Kräfte nicht direkt dorthin verfrachtet, wo er hingehörte, nämlich an die brodelnden Feuer der Hölle?

»Haben Madame noch einen Wunsch?«, zwang sich Enrique zurück in seine Welt.

Sie schüttelte nur den Kopf und schickte ihn mit einer knappen Geste fort.

Er schlug den Weg zum Dienstbotenzimmer ein, vorbei an den gruseligen Käfigen mit den exotischen Tieren, blieb stehen bei dem Panda, der an einem dicken Knochen nagte. Den Vegetarier in einen gierigen Fleischfresser verwandelt, die Sünde in vielerlei Gestalt, immer präsent der Frevel an der Natur.

Wie sollte er bei diesem Anblick nicht an seinem Glauben zweifeln? Aber noch zwei Tage und er würde wieder zur Beichte auf die große Insel fahren, damit ihm Pater Morales wenigstens ein Stückchen der Last von seinen Schultern nehmen konnte.

Rom

»Haben Sie das?«

»Wie bitte? Ja, natürlich.« Er war einfach nicht bei der Sache. Lateinische Wörter schwirrten in seinem Kopf herum, warteten darauf, in der richtigen Reihenfolge zu Papier gebracht zu werden, korrekt und perfekt formuliert, wie es sich für das Protokoll der Kongregationssitzung gehörte. Hier im Vatikan, wo über die Bedeutung jedes Wortes ausgiebig gesprochen wurde, in einem Sitzungsraum, der keinerlei Ablenkungen zulassen sollte. Mehrere Augenpaare fixierten ihn streng. Reiß dich zusammen, was hatten sie gerade gesagt?

Ergraute Herrschaften, Bischöfe, Männer der Kirche, die bei ihrem Kampf um die Reinheit des Glaubens uneingeschränkte Aufmerksamkeit erwarteten.

»Ich dachte nur noch über die Formulierung nach«, sagte Diamino zögerlich. Waren so kleine Lügen auch schon ein Bruch des achten Gebots? Egal. Die spanischen Wörter vorhin am Telefon überlagerten alles.

»Formulierung? Haben wir uns etwa nicht klar genug ausgedrückt?«

»Doch, natürlich! Perfekt formuliert. Wie dumm von mir.«

Perfekt formuliert war das wirklich nicht, was ihm Pater Morales von der Beichte dieses komischen Dieners so alles erzählt hatte. Aber interessant und geradezu unglaublich. Dieser Greyson war wieder aufgetaucht. Zwar im Rollstuhl, aber er hatte überlebt. Und wenn ...

»Was ist nur los mit Ihnen? Warum schreiben Sie denn nicht?« Dunkle Wölkchen des Zorns schwebten durch den Raum, sammelten sich wie Weihrauch unter der hohen mit Heiligenbildern verzierten Decke. Zorn, den man fast greifen konnte.

»Nur eine kleine Unpässlichkeit, gleich werde ich wieder ...« Etwas krampfte sich zusammen, da wo die Rippen endeten und der Bauch anfing. Abgekanzelt wie ein Schuljunge. Von alten Männern, die bestimmten, was Glauben hieß. Wenn *es* am Leben war, und er *es* in geeigneter Weise würde präsentieren können? Und den neuen Glauben gleich dazu, an der Seite des Heiligen Vaters, als seine rechte Hand, als derjenige, der vom Herrn auserwählt war, der Welt ein Wunder zu offenbaren?

Keinen brennenden Dornbusch wie im 2. Buch Mose, sondern eine Sensation, die sogar die Twitter-und-Facebook-Generation beeindrucken würde und ihn endlich dazu ...

»Diamino!« Zornesfalten tief in die Stirnen der heiligen Männer geschnitten unterstrichen die ganz und gar nicht christlichen Worte, die auf ihn einprasselten.

Er legte langsam den Stift beiseite und blickte auf. »Bitte entschuldigen Sie mich, meine Migräne.«

Insel Usedom

Hatte ihre Großtante eigentlich schon immer so alt auf sie gewirkt, fragte sich Anke, als sie das Gesicht der Frau betrachtete, die ihr gegenüber an dem groben Holztisch vor der Scheune saß. Sonne und Wind hatten tiefe Rinnen in ihre Haut gegraben, das Gesicht zerfurcht und gefärbt, ein Braun, das sich dort eingebrannt hatte und nach dem langen Sommer besonders dunkel wirkte.

»Sag, stimmt es, dass du nie woanders warst als auf der Insel?«, fragte Anke und nippte an dem mächtig starken Kräutertee. Früher hatte er ihr immer so bitter geschmeckt, aber jetzt spürt sie die Kraft, die er verleihen konnte.

»Ja, im Krieg waren wir als kleine Kinder hier sicher, Peenemünde, wo die Bomben fielen, war weit weg. Nach dem Krieg gaben uns die Felder, was wir brauchten, obwohl es schwere Jahre waren.

Deine Großmutter war die Unternehmungslustige, heute Anklam, morgen Greifswald, übermorgen Berlin. Und später nach Rom und in die Südsee. Ich war immer hier, habe nach den Tieren geschaut und mich um den Hof gekümmert. So ist es geblieben und ich bin zufrieden damit.«

Sie nahm das breite Messer und tat Anke noch ein Stück Apfelkuchen auf.

»Danke, Tantchen, aber ich muss ein bisschen auf ...«

»Deine Figur achten? Dass ich nicht lache. Und außerdem wird es ihm gefallen, wenn du etwas mehr auf den Rippen hast.«

Anke verschluckte sich und setzte die Teetasse ab. »Ihm? Welchem ihm?«

»Ihr Kinder habt euch früher viel über mich lustig gemacht, über meine Ahnungen.« Sie runzelte die Stirn und schüttelte den Kopf wie eine nachsichtige Lehrerin. »Meine Augen sind auch nicht mehr so gut wie einst, aber hiermit«, sagte sie und legte eine Hand auf ihr Herz, »hiermit sehe ich alles.«

»Und du denkst ...?«

»Ja, verliebt war meine kleine Anke ja schon oft, aber nie so richtig. Bis jetzt.«

»Tante, ich ...« Der Rest ihrer Worte ging in Schluchzen unter.

»Komm her zu mir«, sagte die alte Frau und hob ihren Arm, damit Anke sich einkuscheln konnte.

Schon als kleines Mädchen hatte sie manchmal bei ihr Trost gefunden. Auch wenn der Arm, der sie heute hielt, knochiger und dünner war als früher, fühlte sie diese Geborgenheit, dieses unbedingte Vertrauen und erzählte ihrer Großtante alles, was sie mit Michail erlebt hatte und was sie für ihn empfand.

»Und jetzt schwirren meiner kleinen Anke so viele Gedanken und Fragen im Kopf herum«, sagte die Tante, »dass sie gar nicht weiß, was sie tun soll und glaubt, niemanden zu haben, der ihr helfen kann.«

Anke löste sich von ihr und sah in das faltige und doch so liebevolle Gesicht der alten Frau. »Doch, ich habe jemanden. Du bist doch da.«

Rom

Diamino ging in den Medienraum, zappte durch die Programme, bis er gefunden hatte, was er suchte. NDR, das regionale Fernsehen für Norddeutschland, klar und deutlich hier in Rom. Sendung verpasst? Kein Problem. Rein ins Internet und im Archiv gestöbert. Und da war der Bericht. Explosion in einem im Bau befindlichen Hotelkomplex in Mecklenburg-Vorpommern. Eine aufgeregte junge Reporterin sprang vor der Kamera hin und her, untermalte ihre Ausführungen mit rudernden Armbewegungen. So hätte sie auch gut auf einen römischen Wochenmarkt gepasst, dachte er, mit einem imposanten Fisch in der Hand oder einem Strauß frisch geernteter Kräuter.

Er verstand nicht jede Kleinigkeit, aber sein Deutsch war gut genug, um zu erkennen, dass hier einiges nicht stimmte. Keine Rede von einer Forschungseinrichtung. Bauarbeiten für einen Hotelkomplex. Unachtsamkeit. Ein versehentlich ausgelöster Brand.

Die Kamera schwenkte von der Absperrung aus über das Areal. Ein zusammengestürztes Gebäude. Drei Tote hätte es gegeben, wohl Bauarbeiter, die noch nicht identifiziert seien. Ein dicklicher Mann drängelte sich zum Mikrofon durch. Ja, er, Reimers, der Mecklenburg-Vorpommern seit der Wende quasi im Alleingang aufgebaut habe, sei persönlich sehr betroffen über die Schicksale. Fremdfirmen. Immer das Gleiche. Seine Leute konnten eben ihre Augen nicht überall haben. Ja, man würde nach den offiziellen Untersuchungen das Ausmaß der Gebäudeschäden ermitteln und sobald wie möglich an den Wiederaufbau gehen. Arbeitsplätze, Tourismus, bla, bla, bla.

Die Reporterin bedankte sich artig und gab an das Studio zurück.

Diamino sah sich den Bericht noch mehrmals an. Alles war also vorbei? Sein Kopf und sein Bauch rebellierten gleichzeitig, Logik und Gefühl im Einklang des Protests. Glauben war der Mittelpunkt seines Lebens, aber der Drang nach Wissen war das, was ihn in der Hierarchie des Vatikans so weit gebracht hatte.

Dieser Greyson hatte überlebt, und wenn er, vielleicht auch *es*? Und wenn ja, würde er *es* suchen müssen ... und finden.

*

Die Nadel im Heuhaufen war noch eine grandiose Untertreibung. Wie sollte er *es* finden, irgendwo auf der Welt, wenn *es* überhaupt noch am Leben war? Ohne Aufmerksamkeit zu erregen in einer Umgebung, in der man niemandem trauen konnte, wo jeder seine eigene Karriere oder andere verborgene Ziele verfolgte? Wo eventuell noch nicht einmal ein Beichtstuhl sicher war? Bischof Giovanni war eingebunden gewesen in das *Werk Gottes*, hatte Helfer und Verbündete gehabt in Kreisen, deren Distanz zur Hölle deutlich kleiner war als die zum Vatikan. Und er? Allein mit sich und seinem Glauben. Und gepackt von einer Vision.

Er rang mit sich, ging zurück in sein Zimmer, schloss sorgfältig die Tür hinter sich ab und öffnete die Schublade in seinem Nachttisch. Mit spitzen Fingern nahm er die Liste heraus, die zu bekommen ihn zum Übertreten weiterer Gebote gezwungen hatte.

Diamino drehte sich zu dem Kreuz an der Wand. »Ich muss es tun, nicht wahr?« Wenn der Herr doch nur mit ihm spräche! »Ich brauche doch Hilfe von außen, weltliche Unterstützung. Ja, schon richtig, diese sind eigentlich nicht die Bundesgenossen, die ein Mann des Glaubens sich wünscht.«

Diamino nahm die Liste in die Hand. Bischoff Giovannis Anrufe in der letzten Woche vor seinem Tod. Diamino fröstelte, als er daran dachte, wie er ihm gegenübergesessen hatte, als Giovanni gestorben war, während er noch versucht hatte, seine Häscher zurückzupfeifen.

Diamino blickte noch einmal zu dem Kreuz, holte tief Luft und wählte die letzte Nummer auf der Liste.

Karibik

Der braun gebrannte junge Mann warf sich das Netz mit den Fischen über die Schulter, sprang von dem schnittigen Motorboot auf die Holzplanken des Stegs und steuerte auf Greysons Haus zu.

»Hi Joey, komm auf die Terrasse«, rief der ihm laut von oben zu und winkte mit den Armen. »Was hast du gefangen?«

»Mehrere Kleine und einen Schwertfisch«, antwortete der Fischer und lief den Weg zu Greysons Villa hinauf.

»Komm rüber und setz dich«, sagte Greyson, »leg die Fische hier in die große Schale!«

Der junge Mann nahm Platz. »Zufrieden?«

»Und wie! Sieht gut aus! Danke«, sagte Greyson und schob ihm einen Zettel über den Tisch. *Hast du die Maße?* stand darauf.

Der Fischer nahm den Stift und schrieb nur ein paar Worte. *Ja! Die Luke misst 58 cm.*

Sehr gut. Etwas knapp, aber das würde reichen. Greyson winkte ihn näher heran und drückte ihm ein zusammengefaltetes Blatt Papier in die Hand. »Darauf steht genau, wie wir's machen«, flüsterte er ihm ins Ohr.

»Danke Joey, grüß deine Mutter und nimm ihr bitte schon mal diese Tasche mit«, sagte Greyson, als der junge Mann sich erhob.

Rom

Sein Hals fühlte sich so eng an, dass Diamino nach dem Knopf suchte, um sich den Kollar weiter zu machen. So ein Quatsch, seine Nerven spielten ihm einen Streich. Er trug ja gar keine Soutane und deswegen auch nicht den dazu gehörigen weißen Kragen, wenngleich es sich so anfühlte, als hätte er mehrere davon an. Ruhig. Ganz ruhig bleiben. Er drängte seine Nervosität zurück. Diamino, so hast du dich seit Kinderzeiten nicht mehr gekleidet. Er zog das Sweatshirt über die schlabberige Hose und stieß die Tür der Pizzeria auf.

Da hinten saß der Mann. Unverwechselbar. Auf einen Ellenbogen aufgestützt schlürfte er eine große Portion Spaghetti in sich hinein. Diamino ging zu dem Tisch hinüber, der Mann blickte kurz auf, bedeutete mit einer übertriebenen Geste Platz zu nehmen und streckte ihm die Hand entgegen.

Diamino zuckte innerlich zusammen. Schleimig und wabbelig, als hätte er eine zum Menschen gewordene Schnecke angefasst. Der Geistliche bemühte sich, die Fassung zu bewahren und zwang sich zu einem freundlichen Lächeln. »Sie haben für den Bischof ... nun ... einen sehr delikaten Auftrag übernommen?«

»Oh ja. Und auch einige andere davor«, schmatzte die Halbglatze. Der Mann produzierte ein schiefes Lächeln und sah ihn mit seinen Schweinsäuglein erwartungsvoll an.

»Nun ja ...« Diaminos Hals war trocken wie nach einem Sandsturm. Als Bittsteller vor dieser Kreatur zu sitzen und dann mit so einem heiklen Auftrag.

»Also, Sie könnten mir behilflich sein, etwas zu finden.«

»Etwas?«

»Etwas, das ihre Freunde schon einmal für die Kirche

gefunden haben.«

»Und es töten?«

»Nein. Ganz im Gegenteil. Ich brauche es unversehrt.«

Der Mann stocherte in seinen Spaghetti herum und stopfte sich eine Gabel voller Nudeln in den Mund. »Sie kennen die Modalitäten?«, nuschelte er, und einige Nudeln hingen wie ein roter Bart an seinem Mundwinkel herunter.

Diamino sehnte sich in den Vatikan zurück, spießig und alt, aber wenigstens Esskultur und Manieren. »Ja«, sagte er knapp und legte den Koffer auf den Tisch.

Die Halbglatze sog die letzten Nudelreste ein, griff nach dem Koffer und ließ das Schloss aufschnappen. »Eccellente! Die andere Hälfte bei Lieferung. Ich brauche alle Informationen. Schießen Sie los!«

Und Diamino begann, zu erzählen. Sein Gegenüber ließ die Gabel sinken, seine auf einmal hellwachen Augen fixierten ihn, und er sah in ihnen plötzlich eine unerwartete Konzentration. Diamino sprach weiter, als diktierte er einen Text, und sein Gegenüber speicherte diese Informationen mit höchster Aufmerksamkeit.

»Noch etwas?«, fragte der Mann, als Diamino geendet hatte. »No? Magnifico! Ich komme auf Sie zu«, sagte er und stürzte sich wieder auf seine Nudeln. »Arrivederci, Monsignore.«

Moskau

Die Amerikaner waren nicht nur arrogant, sondern auch ausgesprochen lästig. Die vielen Satelliten, die NSA, das Geschwafel von Freiheitsrechten überall und Geld ohne Ende. Aber sie hatten wenigstens ein Gutes gebracht. Poker. Ein Spiel für richtige Männer. Mit Taktik, Glück und Bluff. Machte auch mehr Spaß, als mit Dimitri dieses blöde Gespräch von neulich fortzusetzen.

Komisch, dass der ihn gleich an den Spieltisch gebeten hatte; auch seine Scheißlaune schien verschwunden. Die hatte ihm seine Nutte wohl gleich mit ausgesaugt. Egal. Es sah gut aus, was da in seiner Hand lag. Zwei Könige. Und einer auf dem Tisch, daneben ein Bube, eine Fünf und eine Acht. Alle von einer unterschiedlichen Farbe. Igor schielte auf den Stapel Geld in der Mitte zwischen ihm und Dimitri. Der würde gleich noch höher werden und dann zu ihm wandern. Er griff ein ganzes Bündel der grünen Scheine. Noch etwas Gutes aus Amerika. Dollars. Grünes labberiges Papier, aber wenn man es richtig einsetzte, härter als alle Waffen.

»Erhöhe, gehst du mit?« Er schaute auf das deutlich kleinere Häufchen Scheine vor Dimitri.

Der zog an seiner Zigarre, blies Igor eine dicke Rauchwolke ins Gesicht und legte ganz locker eines seiner letzten Bündel in die Mitte. Jetzt war fast nichts mehr übrig. »Gehe mit.«

Die letzte Karte kam. Kreuz sieben. Igor nahm einen kräftigen Schluck Wodka und ließ sich den selbst gebrannten Stoff die Kehle hinunter rinnen. Scharf wie flüssige Rasierklingen, etwas für richtige Männer. Er schob noch mehrere Stapel Dollarnoten dazu. »Na? Und nun?«

Der Schnauzbart zog wieder an seiner Zigarre, blies ein paar kleinere Wolken in die Luft und packte den Rest seines Geldes zum Einsatz. »All in.«

Ja, so war es gut. Ein Showdown nach seinem Geschmack und gleich würde der General pleite sein. »Zeigen«, donnerte Igor.

Dimitri drehte sein Blatt um. Zwei Siebenen. Mit der auf dem Tisch ein kleiner Drilling. Igor bremste sich und beschloss, seinen Triumph ein wenig auszukosten. Er fischte eine seiner Lieblingszigarren aus der Holzkiste auf dem Tisch, ließ sich alle Zeit der Welt, die Spitze abzuschneiden, zündete sie an und sah genüsslich zu, wie sich die Flamme in das braune Papier und den Tabak fraß. Dann blätterte er die zwei Könige auf den Tisch, direkt neben den, der da schon lag. »Drei Könige«, kommentierte er das Offensichtliche und griff nach dem Geld.

»Einen Moment.« Dimitri nestelte an seiner Brusttasche, zog ein Foto heraus und legte es neben seine Karten. Eine klapprige Gestalt in einem Rollstuhl vor einem Krankenhausgebäude mit einem deutschen Schriftzug über der Tür.

»Was soll das? Willst du mich ...«

Dimitri zog aus der anderen Brusttasche noch ein Foto und legte es neben das erste. Eine Frau. Starrte irgendwo aus dem Fenster. Ein maskenhaftes Gesicht, nicht einmal traurig oder entspannt, ganz einfach nur ohne Leben. Das Mobiliar, die Tapeten ... irgendwo in Russland oder in einer seiner ehemaligen Republiken. Das Foto fing an, in Igors Händen hin und her zu rutschen, als seine Fingerspitzen feucht wurden. Mal angenommen, sie hätte einen kurzen Haarschnitt und diese Entschlossenheit im Blick ... ja, dann sähe sie aus wie er! Igor legte die Fotos zurück zu den drei Siebenen. Er schob Dimitri den dicken Haufen Dollarnoten aus der Mitte des Tisches zu. »Du hast Recht. Sieht aus wie Full House.«

San Francisco

»Er ist verschwunden.« Die Stimme am Telefon war eher ein Hauch, ängstlich und dünn. Ross atmete tief durch und zwang sich zur Ruhe.

»Verschwunden?«

»Ja. Er ist mit dem Boot rausgefahren und dann tauchen gegangen.«

»Tauchen? Ein gelähmter Mann geht tauchen? Und ihr schaut zu?«

»Wir haben ihn von unserem Boot aus beobachtet und dann ...«

»Wann ist er runter?«

»So etwa zehn nach zwei.«

»Und er ist nicht wieder aufgetaucht?«

»Nein, Sir. Wir haben ein paar Minuten gewartet und sind dann hinausgefahren.

Sein Rollstuhl steht noch immer auf der Pier und sein Boot liegt draußen vor Anker. Ein junger Fischer hat ihm an Bord geholfen, und drinnen hangelt er sich immer an den gespannten Seilen entlang.«

»Habt ihr ihn gesucht?«

»Ja, Sir. Wir waren unten.«

»Wie tief ist es da?«

»Über 20 Meter. Und starke Strömungen an den Riffs. Von da kommt er nicht mehr wieder, zumindest nicht lebendig.«

Moskau

Wieder eine von diesen Moskauer Nächten, in denen sich Igor ganz weit wegwünschte, mindestens aber auf seine Yacht am Mittelmeer. Im Himmel brachen alle Dämme, und der Regen prasselte herunter, als wollte er selbst die Steine davonspülen. Die silbrig glänzenden Felgen seines monströsen Geländewagens standen schon ein Stück in dem schlammigen Wasser auf dem Kasernenhof.

Das kühle Trommeln der Regentropfen auf seinem kahlen Schädel und das über sein Gesicht fließende Wasser schoben die Nebel des Wodkas in seinem Kopf beiseite und schufen Platz für Gedanken, die er den Abend hinweg ganz weit nach hinten getrunken hatte.

Er drehte sich zu Dimitri um, der ihm vom Regen geschützt von der Tür aus zuwinkte.

»Wir müssen vorsichtig sein. Dieser Mann ist Fleisch gewordenes Dynamit, eine Ein-Mann-Armee, mit herkömmlichen Mitteln nicht aufzuhalten.«

»Igorjok, ich kenne seine Akte, ich habe ihn dir empfohlen. Schon vergessen?«

Dieser uniformierte Klugscheißer. Einen Dreck wusste der. »Michail ist ein Raubtier, eines, das von seinen Instinkten geleitet wird. Den können wir nicht so einfach führen, der zeigt keine Schwächen.«

Der General lächelte böse. »Keine Schwäche? Und Swetlana? Für sie wird er alles geben ... und wenn es darauf ankommt, sogar sein Leben.«

»Aber wir können sie nicht wegbringen. Sie ist wie eine lebendige Tote, die nur stumpf in die Gegend starrt.«

Ein Blitz erleuchtete Dimitris Gesicht für einen grellen Moment und ließ ihn wie einen Abgesandten des Bösen erscheinen. »Wir warten, bis er uns bringt, was wir wollen. Und dann helfen wir ihr, endlich richtig tot zu sein.«

San Francisco

Ross Fletcher legte auf. Sie hatten es verpatzt. Zum zweiten Mal. War er denn nur von Idioten umgeben?

Er schaute auf die Uhr. 35 Minuten, maximal 45.

Tauchen! Greyson, dieser ruhelose Geist, erfreute sich an bunten Fischen? Und der Einsamkeit unter Wasser? Niemals. Eine clevere Inszenierung. Und die beiden Trottel da unten waren darauf hereingefallen.

Ein ausgeklügelter Plan und ein hohes Risiko. Warum hatte Greyson das gewagt? Er musste ihn finden und heraus bekommen, was er wusste.

Ross drückte die eingespeicherte Nummer. »Nick, hör zu, Greyson ist weg. Geht mit dem Hubschrauber raus. Schaut, ob ihr irgendetwas finden könnt. Und setz alle Leute in

Marsch, die wir da unten haben, sie sollen sich umhören. Jede Kleinigkeit ist wichtig.«

»Okay Boss, bin schon weg.«

»Ach Nick?«

»Ja?«

»Die beiden von der Insel streichen wir von der Payroll.«

»Für immer?«

»Ja!«

»Wird gemacht.«

Rom

Heute konnte sich Diamino besonders gut vorstellen, wie sich die höllischen Feuer anfühlten. Die Sonne brannte so gnadenlos auf Rom herunter, dass das Thermometer schon mittags fast 40 Grad anzeigte. Er brach den Versuch ab, sein stickiges Arbeitszimmer zu lüften, als es durch das kleine Fenster so heiß hereinwehte, als hielte jemand einen gigantischen Fön davor. Diamino tupfte sich den Schweiß von der Stirn und setzte sich wieder an seinen Schreibtisch. Stapel von Papieren, alle Unterlagen zur Vorbereitung der nächsten Kongregationssitzung. Die Verwaltung des Glaubens, Formalien, Rituale, die starre Vergangenheit für die Zukunft fortgeschrieben mit blumigen Worten.

Es klopfte. Ein junger Mann trat herein und blieb im Türrahmen stehen. Pechschwarze Haare, das stoische Gesicht eines Indios, unter dem Arm ein großer, brauner Umschlag, so festgeklemmt, als wollte er ihn nie wieder hergeben.

Diamino bat ihn näher zu kommen, doch der Mann blieb wie festgewurzelt stehen und begann, ihm in erbärmlichem Italienisch Fragen zu stellen, um dann übergangslos ins Lateinische zu wechseln, als Diamino ihm die Antworten schuldig blieb. Er setzte seine Befragung fort, als gelte es,

Diamino zweifelsfrei zu identifizieren, bis er zu dem Schluss gekommen zu sein schien, den Richtigen vor sich zu haben und gab ihm den Brief.

Diamino bedankte sich und verabschiedete seinen merkwürdigen Besucher, der aber keinerlei Anstalten machte zu gehen. Der Indio stand in der Tür, als wolle er den Raum sicher vom Rest der Welt abschirmen.

»Ist noch etwas?«, fragte Diamino.

»Er hat gesagt, ich soll beim Öffnen dabeisein«, sagte der Mann ohne eine Miene zu verziehen, »und auf eine Antwort warten.«

Wie zu Zeiten der frühen Päpste, dachte Diamino, Brief-und-Siegel und der passende Bote dazu. Er öffnete den Umschlag. Ein Handy darin und einige eng beschriebene Blätter Papier. Eine sehr feine Handschrift strahlte ihm entgegen, ein fehlerhaftes aber sehr bemühtes Italienisch. Diamino begann zu lesen, blätterte um, las weiter, er spürte die Hitze im Raum nicht mehr, seine Gedanken schwebten zum Amazonas, als könnte er fliegen wie ein tropischer Schmetterling.

Es war geschehen. Der Herr hatte seine Gebete erhört, ihn auserwählt, um ihm die wichtigste Aufgabe der Neuzeit zu übertragen.

Karibik

»Ganz schön zerkratzt«, maulte Joey und betrachtete das kleine Unterseeboot, das im Schein der aufgehenden Sonne neben dem Bootssteg schaukelte. Unter einer der beiden Plexiglaskuppeln waren tiefe Rillen in dem gelben Lack zu sehen, die sich bis unter die Wasserlinie zogen.

»Ich konnte doch die Sauerstoff-Flaschen nicht einfach dort schon ins Wasser werfen«, sagte Greyson, der neben ihm auf dem Steg hockte. »Die hätten sie doch finden können, als sie nach mir gesucht haben.«

»Aber mein Onkel reißt mir den Kopf ab, wenn ich ihm sein Boot so zurückbringe«, setzte Joey nach.

»Relax, ich kaufe ihm ein Neues, wenn ich wieder zurückkomme«, sagte Greyson, »und deine Prämie ist ja auch nicht gerade klein. Ich bin jedenfalls erst einmal froh, dass wir es geschafft haben.«

»Ja, war wirklich nicht einfach, Sie in die Luke zu ziehen, dabei ständig aufzupassen, immer im Sichtschatten Ihres Bootes zu bleiben«, sagte Joey, dessen Laune sich bei dem Gedanken an seinen Scheck deutlich gebessert hatte.

»Stimmt«, antwortete Greyson. »Ich dachte schon, du reißt mir die Arme dabei aus, aber ich bin eben hart im Nehmen. Außerdem habe ich nicht einen einzigen Kratzer.«

Rom

Diamino griff in den Umschlag, nahm das Handy heraus. Eine vierstellige Codeziffer. Der Pater war ein sehr vorsichtiger Mann. Diamino erinnerte sich an ein gemeinsames Seminar, als er von der Arbeit in der Mission erzählt hatte. Nicht der Kampf gegen Naturgottheiten oder Aberglauben war für ihn das Schwierigste, sondern der Schutz der versprengten Indio-Stämme vor Explorationstrupps und Landnahme.

Und der Mann hatte es geschafft, diese ganz eigene Welt zu beschützen. Und so wachte er auch jetzt über das kostbare Gut, das ihm anvertraut war.

Vier Ziffern. Diamino überlegte hin und her. Vier Ziffern. Worüber hatten sie damals noch gesprochen? Über so vieles. Aber zu einem Thema waren sie immer wieder zurückgekehrt. Die Vielseitigkeit und das Wunder der Schöpfung.

Also die Schöpfungsgeschichte, die Genesis 1,1 bis 2,4?

Diamino gab die Zahlen ein und das Display erwachte zum Leben. Neun Uhr zeigte die Uhr auf dem kleinen Bildschirm, Diamino sah auf seine Wanduhr. Sechzehn Uhr. Sieben Stunden Zeitverschiebung zum Amazonasgebiet. Die Mission selbst war per Telefon nicht erreichbar, aber 30 Kilometer entfernt sei ein kleines Dorf, hatte der Missionar geschrieben, in dem die Möglichkeit bestünde, per Satellit zu telefonieren. 30 Kilometer. In Europa eine Kleinigkeit, aber am Amazonas? Stunden brauchte man, hatte der Missionar erzählt, um per Boot die geschlängelten Flussläufe zu bewältigen, die Untiefen zu überwinden und den plötzlich einsetzenden Regenfällen zu trotzen.

Diamino nahm das letzte Blatt zur Hand. Eine Liste mit Begriffen, die sie am Telefon nicht benutzen durften, und deren Umschreibung mit religiösen Formulierungen.

Er drückte auf die Anruftaste. Nur eine Nummer war eingespeichert. Nach dem fünften Klingeln hörte er die unverwechselbare Stimme. Der kräftige Tenor und sein deutsch klingendes Italienisch kamen ihm vertraut vor, hatte er doch lange genug einem deutschen Papst gedient.

Greifswald

49 ... und 50. Michail ließ die Hantelstange auf die metallene Auffangvorrichtung herunter und setzte sich auf. Er schaute in die Spiegel an den Wänden des Fitnessraumes. Anke hatte Recht. Der Mann, der dort auf der Hantelbank saß, hatte nichts mehr mit dem Wrack zu tun, das vor Wochen aus dem Koma erwacht war. Schweiß glänzte auf seinem Oberkörper, lief in kleinen Rinnsalen an den Muskeln herunter, bis er sich an den Narbensträngen einen anderen Weg suchen musste. Muskeln, die endlich wieder da waren, noch nicht ganz so wie früher, aber doch stark und belastbar.

Michail legte sich wieder auf den Rücken. Noch eine Einheit, noch einmal 50 Stück. Er drückte das Gewicht nach oben und senkte es wieder bis kurz vor seiner Brust herab, präzise wie ein Uhrwerk, immer im Rhythmus. Und 30. Ein Ziehen im ganzen Oberkörper, Schmerzen, die Leben und Wachstum bedeuteten. Muskeln, auf die er sich verlassen konnte. Nicht aufgepumpt wie die der Bodybuilder, sondern kräftig und ausdauernd. Wie eine Maschine spulte er sein Pensum herunter. 48 ... 49 ... 50.

Michail legte die Stange ab und stand auf. Lockern, durchatmen. Und jetzt die Beine. Er schaute an sich hinunter. Das eine immer noch ein wenig dünner als das andere. Die Haut am rechten Unterschenkel wie eine Kraterlandschaft. Die Narben der Operation zur Entfernung des Fixateur externe. Der Knochen darunter zeichnete sich unregelmäßig unter der straff gespannten Haut ab. Zusammengewachsen aus lauter Trümmern. Jetzt alles fest und hart, fast wie aus Beton. Der Arzt beim Röntgen letzte Woche hatte nur verwundert den Kopf geschüttelt und etwas von unerklärbar gemurmelt, als er das aktuelle Bild neben die alten vor den Betrachtungsschirm gehängt hatte.

Michail wechselte zur Beinpresse und stellte die Gewichtslast höher. Kraft. Ausdauer. Und Stabilität. Genau das, was er brauchte. Beine, die einen Aufprall nach einem Fallschirmsprung locker wegfedern würden, Beine, die rennen und klettern konnten, wenn den Verfolgern schon die Luft ausging. Er machte noch zwei Sätze mit der Beinpresse, erhob sich und ging zum Umkleideraum. Jetzt duschen, nach der Massage dann noch die Physiotherapie. Bald würde er das alles hier hinter sich lassen können und zurückkehren in ein eigenes Leben.

Er drückte die Klinke und blieb im Türrahmen stehen. Sein Instinkt meldete sich, diese feine Antenne dafür, dass etwas anders war, ohne zu wissen, was es war. Etwas, das man nicht erklären konnte und das doch da war, auch nach Wochen im Koma noch präsent und scharf. Niemand außer ihm war im Raum, seine Sachen hingen genauso am Kleiderhaken, wie er sie vorhin aufgehängt hatte. Beinahe jedenfalls. Die rechte Tasche seiner Trainingshose hing etwas tiefer nach unten, als die linke. Jemand hatte ihm etwas in die Tasche geschmuggelt. Einen Sprengsatz?

Zwei helle Pieptöne unterbrachen seine Gedanken. Ein Handy. Michail nahm es vorsichtig heraus. Eine neue Nachricht. Eine seltsame Art der Übermittlung, seine Finger begannen zu kribbeln. Er öffnete die Mitteilung und betrachtete den Text. Kyrillische Buchstaben. Etwas griff aus der Vergangenheit nach ihm. Er las die Nachricht. Seine Beine wurden weich und fingen an zu zittern. Im Anhang noch ein Foto. Michail lud die Datei hoch. Er starrte auf das Bild. Seine Beine, die eben noch schwere Gewichte dutzendfach in die Luft gestemmt hatten, versagten vollends ihren Dienst und er sank auf die Bank zurück.

Nur zwei Personen auf dem Foto, scheinbar in inniger Umarmung. Swetlana mit ihrem toten Blick. Und der bullige Glatzkopf mit hämischem Grinsen. Michail rappelte sich hoch. Er nahm sein Handtuch und schleppte sich zurück in den Geräteraum. Ab jetzt würde er noch viel härter trainieren.

Amazonasgebiet

»Puh, das müssen wir erst mal verdauen«, sagte Simon und schaute zu Miriam hinüber, »oder was sagst du dazu?«

Sie saß neben dem Missionar an dem kleinen Holztisch und starrte den Mann fassungslos an. »Ich ... also ich ... Simon, das bedeutet doch, wir werden ... also, wenn wir das Angebot annehmen, dann ...« Tränen rollten über ihr

Gesicht. »Ich bin so unfassbar glücklich, Simon, dieser böse Fluch hat ein Ende, wir werden eine sichere Bleibe haben, in der uns niemand etwas anhaben kann.«

»Gewiss«, schaltete der Missionar sich ein, »man hat noch nie gehört, dass der Vatikan Opfer einer ausländischen Aggression geworden wäre. Dieser Diamino hat mir versichert, dass ihr dort Asyl findet und in Ruhe überlegen könnt, wie alles weitergehen soll. Euer Kind ist dem Zugriff der Großmächte entzogen, die nur auf ihren eigenen Vorteil bedacht sind, niemand wird sich an ihm vergreifen und es in finstere Forschungslabore verschleppen können.«

»Und wie soll das Ganze jetzt praktisch ablaufen?«, fragte Simon.

»Diamino braucht noch etwas Zeit. Einiges hat sich in dem starren Apparat des Vatikans geändert, seit ein neuer Papst dort die Dinge lenkt. Trotzdem muss eine Aktion wie diese sorgfältig vorbereitet werden, angesichts der Gefahren, die auf euch lauern könnten, wenn ihr eure Zuflucht hier in der Mission verlasst«, sagte der Missionar und goss sich einen Schluck Wasser aus der Karaffe ein.

»Da ist aber noch etwas, nicht wahr?«, fragte Miriam.

»Ja«, sagte der Missionar, »Greyson ist in Manaus.«

Greifswald

Michail schloss die Tür seines Zimmers hinter sich, hängte das Handtuch neben den Bademantel an den freien Haken in dem kleinen Bad und warf sich auf sein Bett. Sein Körper brannte wie Feuer, die zusätzlichen Übungseinheiten an den Geräten schienen seine Muskeln an ihre Grenze gebracht zu haben. Ausstrecken, entspannen, Zeit für die Regeneration. Training und Erholung, ein unverzichtbares Duett auf dem Weg zur maximalen Stärke.

Ohne ein Klopfen wurde die Tür geöffnet. Major

Schneider polterte herein, und während er die Tür hinter sich schloss, konnte Michail den Wachposten erkennen, der vor der Tür Position bezogen hatte. Alles bereit für ein Vier-Augen-Gespräch, das von niemandem gestört werden sollte. Und bestimmt ein ganz Besonderes, denn sonst war er für seine Befragungen stets in das Büro des Majors gebracht worden.

Schneider nahm sich einen Stuhl und setzte sich in Kopfhöhe neben das Bett. »Besonders viel trainiert in den letzten Tagen?«, fragte er fast beiläufig.

Sei auf der Hut. Michail nickte nur stumm und wartete ab.

»Scheint bald loszugehen«, legte Schneider nach und fixierte ihn mit unbeweglichem Blick.

»Losgehen? Sie meinen, ich werde bald entlassen?«

»Nun, so könnte man es nennen.« Schneider entwickelte plötzlich ein vermehrtes Interesse an seinen Fingerkuppen. »Es ist doch merkwürdig. Da tobt eine Schlacht um ein im Bau befindliches Hotelareal in Mecklenburg-Vorpommern. Mit internationalen Akteuren. Asiaten in bester Ninja-Tradition, Amerikaner, ein paar Deutsche und ein russischer Elitekämpfer. Aber warum?« Schneider blickte auf. »So hart ist doch der Wettbewerb im Beherbergungsgewerbe nun wirklich nicht, oder?« Jetzt zeigte er wieder sein typisches Haifischlächeln und lehnte sich ein wenig in seinem Stuhl zurück.

Heute würde er alle Kraft brauchen, um seine gewohnten Ausredestrategien durchzuhalten, dachte Michail und holte Luft.

»Wir haben leider keine Kamera in den Umkleideräumen«, setzte Schneider nach, ehe Michail etwas sagen konnte. »Aber wir sind ganz gut im Zuhören. Und das auch, wenn eine Information einfach nur durch die Luft fliegt.« Er zog ein Smartphone aus der Tasche und zeigte

Michail das Bild.

Das zweite Mal innerhalb kurzer Zeit, dass ihn das Gesicht seiner Schwester von einem kleinen Bildschirm aus ansah. Jetzt gab es nichts mehr herumzureden. »Was wollen Sie, Major?«

»Endlich meldet sich jemand und gibt zu verstehen, das ist unser Junge.« Schneider machte eine Pause. Er war dabei, Michails Verteidigungslinie zu knacken und kostete es aus. »Zwei Personen auf dem Bild. Und wer von den beiden dieser jemand wohl ist? Eine Frau, die mehr tot als lebendig aussieht? Oder dieser Glatzkopf?«

»Igor. Er heißt Igor.«

»Na bitte, unser guter Michail hat den Weg zur Wahrheit gefunden. Ja, ein Igor, Ex-Militär, Gangster, Händler, Verbindungen zur russischen Mafia und ins russische Militär. Viele Gerüchte, wenig Greifbares. Er hat unseren Michail als braven Schweizer losgeschickt, um hier in Mecklenburg-Vorpommern etwas sehr Wichtiges zu erledigen. Etwas, das aber nicht zu Ende gebracht wurde. Und jetzt hat er einen neuen Auftrag. Oder doch noch den Alten?«

»Ich habe nur das Handy gefunden und das Bild gesehen«, begann Michail, »und ich weiß selbst nicht ...«

»Was ich jetzt tun soll?«, fiel ihm Schneider ins Wort. »Oder warum unserer jeden Tag ein Stückchen stärker werdenden Kampfmaschine auf einmal die Angst ins Gesicht geschrieben steht, wenn ich ihr ein Handyfoto zeige? Jemandem, der so wirkt, als wüsste er gar nicht, was Angst ist? Jemandem, der aus dem Rollstuhl heraus sein eigenes Leben riskiert, ohne groß nachzudenken? Und der jetzt aussieht wie ein in die Enge getriebenes Wildtier?«

Michails Gedanken rasten wie Flipperkugeln in seinem Kopf umher. Igor. Swetlana. Der Auftrag. Hier raus. Der Major. Er musste ...

»Es ist Zeit, die Rechnung zu bezahlen, Michail«, setzte Schneider nach. »Für Ihre Behandlung und all das Gute, das wir für Sie getan haben. Und jetzt werde ich Ihnen sagen wie!«

Amazonasgebiet

Ein fernes Grummeln ließ Miriam aufschrecken. Sie zog das Moskitonetz zur Seite, sprang aus dem Bett und lief auf die Terrasse. Am Himmel zeigten sich einige harmlose Wolken, zwischen denen die Sonne hervorlugte. »Keine Anzeichen für ein Gewitter«, sagte Simon von der Tür her.

Das Geräusch schwoll an und jetzt sah sie den Grund. Ein Wasserflugzeug flog so dicht über den Regenwald, dass seine Schwimmkufen fast die Spitzen der Bäume berührten. Es machte einen Bogen und passierte die Mission noch einmal. »Simon«, schrie Miriam, »sie haben uns gefunden. Oh Gott, es geht wieder los.«

»Langsam, langsam«, sagte Simon und legte den Arm um sie, »ich glaube, ich habe erkennen können, wer neben dem Piloten saß. Es war Greyson.«

»Greyson? Bist du dir sicher?«

»Die Nase, das Profil? Sicher nicht, aber denke schon, dass er es war.«

»Was will der hier? Meinst du, er will mich wieder zurück? Oder gar unser Kind?«

»Beruhige dich, Miriam, wir sind jetzt zusammen und Tim geben wir nie wieder her, auch ihm nicht.«

»Vergiss nicht, Simon, Greyson ist ein Getriebener und ziemlich verrückt.«

»Allerdings«, sagte Simon zögernd, »noch verrückter, als ich dachte. Hier gibt es doch nirgends eine Stelle, an der das Wasser breit genug wäre, um zu landen.«

»Verrückt ist er schon«, antwortete Miriam, »aber nicht

lebensmüde. Weiter flussabwärts könnte eine Landung möglich sein, bei der kleinen Siedlung, die der Missionar regelmäßig besucht.«

*

Schon zwei Stunden waren sie jetzt mit dem schmalen Boot in dem Gewirr der kleinen Flussläufe unterwegs, die Pflanzen hingen fast überall seitlich bis in das bräunliche Wasser hinab wie grüne Vorhänge. Manchmal mussten sie die Vegetation mit den Händen auseinanderdrücken, damit sich der Bug durch die Lücke schieben konnte. »Wie können Sie sich hier orientieren?«, sagte Simon zu dem Missionar, der den Außenbordmotor bediente.

»Wie können Sie ein Auto durch den Betondschungel einer Großstadt lenken?«, fragte der Mann zurück. »Erfahrung? Instinkt? Überlebenswille?«

Miriam hielt Tim auf ihrem Schoß, der aufmerksam die Umgebung beobachtete. Es herrschte so eine Art Sendepause, keine Gedanken, die sich unter die ihren mischten. Das kleine Wesen schien mit sich und dieser fremden Umwelt beschäftigt. Was es wohl für Schlüsse daraus zog? Etwas Geduld, das würde sie schon noch herausbekommen. »Wie lange brauchen wir noch?«, fragte sie.

»Nur ein paar Minuten, dann sind wir da. Ich kann mir vorstellen, euch kommt das sehr lange vor, aber hier hat Zeit einen anderen Stellenwert. Wir haben genug davon. Und wann man ans Ziel kommt, ist nicht so wichtig. Hauptsache, man erreicht es.«

»Stimmt«, sagte Simon, »die Tage hier waren ganz besonders für uns. Nicht Uhren bestimmten unser Leben, sondern der Lauf der Sonne. Aber wenn wir das Telefonat mit Rom nicht verpassen wollen, müssen wir die Zeit wieder mit weltlichen Maßstäben messen. Dafür ist es zu wichtig. Immerhin werden wir hoffentlich gleich erfahren, wie es weitergeht, und wie wir wieder unser Schicksal in die eigenen Hände nehmen können.«

*

»Noch um die Flussbiegung, dann sind wir da«, sagte Pedro und verlangsamte die Fahrt. Der Außenborder wechselte vom hohen Kreischen in ein tieferes Surren und dann konnten sie die Siedlung sehen. Hütten aus Bambusrohr verteilt im satten Grün des Waldes, auf einer kleinen, gerodeten Fläche ein größeres Holzhaus mit einem roten Dach, ein recht stabil scheinender Steg, der einige Meter in das bräunliche Wasser hineinragte und neben einigen Kanus das weißlackierte Wasserflugzeug, dessen Schwimmer fast so groß waren wie die Boote. Ein groß gewachsener hellhäutiger Mann stand umringt von Indiokindern daneben, die mit weit aufgerissenen Augen das Wunderding anstarrten.

Unfassbar, dachte Miriam. Der Abstand zum anderen Ufer schien kleiner zu sein als die Spannweite der Tragflächen. Wie hatte der den Vogel hier sicher runter gebracht? Und wie viel musste Greyson ihm für dieses Wagnis gezahlt haben?

»Aha, der große Überflieger ist also gelandet«, kommentierte Simon das Bild mit reichlich Zynismus. »Hat aber nicht die Traute, uns hier zu begrüßen.«

»Simon, du bist ja ganz rot im Gesicht«, lachte Miriam. »Vielleicht ist der Überflieger ja inzwischen auf Normalmaß geschrumpft? Es war wirklich nicht schön, was er in den letzten Tagen in der Forschungseinrichtung an der Ostsee mit uns veranstaltet hat, aber jetzt sind die Dinge klar zwischen uns. Ich bin mit ihm fertig. Wir sind zusammen und das werden wir ihm auch zeigen.«

»Ich kann dir sagen, was er will«, brauste Simon weiter auf, »unser Kind und dann wieder seinen verqueren Zielen nachjagen.«

»Wollen wir abwarten, was sich ergibt?«, fragte der Missionar und lenkte das Kanu an den Steg. »Jetzt erst einmal aussteigen und zu dem Haus. Dort kann ich das Satellitentelefon benutzen. Und Rom ist im Moment das Wichtigste.«

Die Kinder kamen angelaufen. Die Faszination des fliegenden Wasserfahrzeugs schien erloschen, als sie das Kleine auf Miriams Arm erblickten.

»Bitte wartet hier draußen«, sagte der Missionar in ihrem Dialekt zu den Kindern, »ihr könnt mich nachher alles fragen.

Sie gingen in das kleine Haus, durchquerten einen spärlich möblierten Vorraum und betraten ein größeres Zimmer, in dem ein langer Holztisch umringt von Stühlen stand. Miriam erstarrte. Da saß Greyson, das energische Kinn vorgestreckt und mit einem breiten Grinsen, aber es sah aus, als wüchsen Griffe aus seiner Rückenlehne. Ein Rollstuhl! »Fred, was ist ...« Sie brach ab.

»Hat sich entwickelt, nachdem man mich aus den Trümmern der Anlage gezogen hatte. Aber das wird bald wieder wie früher, wenn der Herr Doktor und das, was wir erschaffen haben, sich darum kümmern.«

»Greyson, Sie arroganter Egoist, wie wär's erst mal mit einem *Guten Tag* oder etwas Ähnlichem?«, platzte Simon dazwischen. »Sie tauchen einfach hier auf und glauben, uns wieder für Ihre Ziele einspannen zu können! Das ist vorbei. Ich bin nicht mehr der Leiter Ihres Forschungsteams! Wir haben unser eigenes Leben gerade so retten können und jetzt ...«

Das Satellitentelefon in der Ecke meldete sich. »Rom«, sagte Pedro. »Was ist mit ihm?«, fragte er und deutete auf Greyson.

»Er kann ruhig mithören«, sagte Simon. »Dann kann er

gleich seine Fantasien begraben, er könnte hier wieder den Chef geben.«

»Ja, Fred«, setzte Miriam nach, »ich weiß nicht, was du hier willst, wir haben jedenfalls unsere eigenen Pläne.«

Der Missionar nickte und schaltete auf Raumklang. Diaminos Stimme schallte aus dem krächzigen Lautsprecher, aber was er zu sagen hatte, war klar und deutlich zu verstehen. Bibelverse, Sprüche und Zitate in Latein. Er verabschiedete sich mit einem Gebet, und die Leitung war tot.

»Das war alles?«, fragte Miriam entgeistert.

Pedro lächelte. »Ich habe ihm eine Liste geschickt mit Hilfen zur Verständigung, um unliebsame Mithörer im Unklaren zu lassen. Er hat gesagt, er würde in die Schweiz kommen, euch dort für einige Tage in einem Kloster unterbringen und von dort eure Weiterreise nach Rom organisieren. Es bliebe noch zu überlegen, wie ihr angesichts der vorangegangenen Verfolgungen sicher dorthin gelangen könntet.«

Eine atemlose Stille breitete sich aus, die Gedanken auf der Suche nach einer praktikablen Lösung schienen durch alle Köpfe zu rasen.

»Die Schweiz?«, platzte Greyson los, »da habe ich doch sofort eine Idee.«

Greifswald

Michail öffnete die Augen. Er lag mitten auf seinem Bett, genau so, wie er sich gestern Abend hingelegt hatte. Sonst waren Decke und Laken zerwühlt, zeigten ein Abbild seiner Träume, die Spuren seiner imaginären Kämpfe und dessen, was in seinen Erinnerungen wühlte. Jetzt sah es aus, als hätte er sich erst Sekunden zuvor dort hingelegt.

Endlich sprach Swetlana wieder mit ihm in seinen

Träumen. Wie oft hatte er an sie gedacht, sie gefragt, wie es ihr ginge, sich Sorgen gemacht, wann er endlich so weit wäre, dieses Krankenzimmer zu verlassen und zu ihr zu fahren.

Und dann dieses Foto. Igor hielt sie in seiner Gewalt, würde sie töten, wenn er nicht täte, was er von ihm verlangte. Ihm dieses Wesen zu bringen, und so die zu verraten, denen er damals seinen Schutz versprochen hatte, und damit auch seine Seele.

Er wollte nicht mehr töten, nicht mehr das tun, was er als Einziges gelernt hatte.

Jetzt sprach sie wieder mit ihm, sagte ihm, wohin er gehen musste, damit alles gut würde.

Florida

In Momenten wie diesem, wenn der Kragen des weißen Hemdes überall am Hals drückte, die Hosen an der Bügelfalte kniffen und die eleganten Lederschuhe die Füße einzwängten, wünschte er sich so sehr Gummilatschen und T-Shirt zurück. Aber das war eben der Preis für ein neues Leben, doch das alte wollte er auf keinen Fall mehr.

Hoch oben im Management einer Cargo-Airline war das Leben zwar langweilig, aber sehr einträglich ohne mit dem Risiko behaftet zu sein, auf unabsehbare Zeit im Knast zu verschwinden.

Das Telefon blinkte, seine Sekretärin.

»Ich wollte doch nicht gestört werden«, blaffte er in den Hörer.

»Hier ist ein Herr für Sie, der sich einfach nicht abwimmeln lässt.«

»Ich bin nicht da.«

»Er meinte, ich sollte Ihnen nur *Swimming-Pool* sagen, und dann würden Sie bestimmt mit ihm sprechen wollen.«

Swimming-Pool? Ein Schuss ins Blaue? Wohl kaum, eher jemand der sich an die Zeit erinnerte, als er die Pools der Reichen in Ordnung gehalten und ihnen die Mädchen und das weiße Pulver besorgt hatte, ohne die eine Party keine Party war. Da war also plötzlich ein Stückchen seines alten Lebens auf der anderen Seite der Leitung. »Stellen Sie durch!«

Es piepte zweimal, dann hörte er die Stimme, die nicht zu verkennen war.

»Fred, was soll das? Wir hatten doch ausgemacht, dass du niemals mehr ...«

»Ich möchte verreisen.«

»Was? Dann geh ins Internet und buch dir ...«

»Es gibt Flüge, die kann man nicht im Internet buchen.«

Eine tonlose Pause, beklemmende Stille.

»Ich kann dir nicht helfen. Lass mich in Ruhe und verschwinde wieder aus meinem Leben!«

»Schade. Ich dachte nur, weil ...«

Die nächste Pause, unterbrochen von tiefen Atemzügen.

»Weil?«

»Ich noch eines dieser kleinen weißen Päckchen habe, auf dessen Folie neben deinen Fingerabdrücken bestimmt noch massenhaft von deiner DNA klebt.«

»Du bist ein Arschloch, Fred!«

»Kann sein, aber ein sehr Reiselustiges. Und jetzt nimm dir was zu schreiben und hör mir genau zu.«

Greifswald

»Und? Wohin soll die Reise gehen?« Wie aus dem Boden gewachsen stand Schneider plötzlich im Türrahmen von Michails Zimmer. Anklopfen schien eine Geste zu sein, die in seinem Repertoire nicht vorkam.

»Schweiz. Genaueres erfahre ich, wenn ich unterwegs

bin«, sagte Michail.

»Schwieriges Terrain«, brummte der Major.

»Schwierig?«

»Diplomatisch gesehen. Ein wehrhaftes Völkchen. Jeder Schweizer geht in regelmäßigen Abständen zu Reserveübungen und hat sein Gewehr zuhause im Schrank. Trotzdem immer diszipliniert, keine Amokläufe, wie sie in den Staaten fast an der Tagesordnung sind. Aber sehr empfindlich, wenn Deutsche ihre Großmachtfantasien ausleben wollen. Und noch empfindlicher, wenn falsche Schweizer dort mit einem Waffenarsenal herumlaufen und es benutzen.«

»Und was soll das bedeuten?«

»Es bedeutet, dass unserer Michail an sich halten wird und das, was wir suchen, unauffällig mitbringt, ohne wieder ein Blutbad anzurichten.«

Peking

Endlich lag auf seinem Schreibtisch, worauf er so lange gewartet hatte. Der General öffnete die Kopie einer Akte, die es offiziell gar nicht gab. Geld und gute Beziehungen machten alles möglich.

GSG 9. Die deutsche Erfindung, die den General am meisten beeindruckte. Als Terroristen 1977 ein deutsches Flugzeug nach Somalia entführt hatten, war eine bis dahin vollkommen unbekannte Spezialeinheit nachts auf dem Flughafen von Mogadischu gelandet und hatte innerhalb weniger Minuten dem tödlichen Spuk ein Ende bereitet.

Schnell, präzise und sehr nachhaltig. Und einer der Kämpfer von damals lag jetzt in Form von Fotos und Aktennotizen auf seinem Schreibtisch. Erheblich mehr Haare auf dem Kopf und in dunklerer Farbe, aber ohne jeden Zweifel, das war der Mann.

Wi Feng las weiter. Als Präzisionsschütze selbst in dieser Spezialeinheit eine Legende. Jetzt war alles klar. Ihr Team war überrascht worden von einem Gegner, den niemand auf der Rechnung haben konnte. Und dieser Mann hatte gerettet und herausgeschmuggelt, was sie unbedingt haben wollten.

Er las weiter, das Private, scheinbare Kleinigkeiten. *Beobachte, wie er handelt, betrachte seine Motive und untersuche, worin er seine Ruhe findet. Wie könnte ein Mensch dir dann noch etwas verbergen?* Tja, sie stimmten, die Gedanken des großen Konfuzius. Sie würden ihn finden und damit auch das, was sie suchten.

Aber es kribbelte und kniff wieder in seiner Kniekehle, die Uniformhose setzte ihm zu, wie schon so oft in letzter Zeit. Der Druck und die vielen offenen Fragen.

Denn da war noch dieser andere Mann, der auf dem Dach, wer auch immer ihn geschickt hatte. Ein Zweifrontenkrieg war schon schwierig, aber dann waren auch noch die Hubschrauber gekommen und jemand hatte alles aufgeräumt, ehe die Deutschen selbst das Terrain betreten konnten.

Viele ungeklärte Fragen. Zu viele im Augenblick. Er musste sich auf das konzentrieren, was sie hatten. Und das war der Schütze aus der Akte vor ihm. In seinem alten Wohnmobil unterwegs irgendwo im Schwarzwald, rechtzeitig verschwunden, als sie in Berlin nach ihm gesucht hatten. Im Schwarzwald. In der Nähe des Elsass und der Schweiz. Zufall? Nur ein harmloser Urlauber?

Die neutrale Schweiz, seit Jahrhunderten das Ziel für Flüchtlinge aller Art. Vielleicht auch diesmal?

Sobald sich das alte Wohnmobil wieder auf die deutsche Autobahn wagte, hätte die Kleine es auf ihrem Computerbildschirm. Ihre Leute würden auf ihn warten, gleich hinter der Grenze und ihn nicht mehr aus den Augen lassen, bis er sie zu ihrem Ziel geführt hatte.

Greifswald

Michail klopfte und wartete auf die raue Stimme, die ihn gleich zum Hereinkommen auffordern würde. Fast schon ein Ritual dieser Gang zu Major Schneider. Und jetzt das letzte Mal, die letzten Instruktionen. Ein Abschied für immer?

»Herein!«, dröhnte Schneiders Stimme durch die Tür.

Michail trat ein, der Major stand mitten im Raum. »Schauen Sie mal aus dem Fenster!«

Michail ging hinüber und schaute hinunter in den Hof. Ein großer Mercedes Geländewagen stand da, der schwarze Lack glänzte in der Sonne.

»Damit sollten Sie überall hinkommen, wo es nötig ist«, grinste der Major.

»Und die Dinge, die ich sonst so brauche?«

»Alles Notwendige ist schon drin, zumindest das, was einen schweizer Zöllner nicht irritieren wird.«

»Und das andere?«

Schneider drückte ihm einen Zettel in die Hand mit der Adresse eines Eisenwarenladens in Basel.

»Sie bestellen einen schönen Gruß von mir«, sagte Schneider, »und bekommen Ihre Lieblingsspielzeuge wieder, die dort schon auf Sie warten.«

Schneider hielt also Wort, zumindest, was Michails einkassierte Sachen betraf.

»Verstanden«, sagte Michail und wendete sich zum Gehen.

»Nicht so hastig. Undankbarkeit ist leider weit verbreitet«, sagte Schneider mit seinem üblichen Haifischgrinsen. »Deswegen neigen wir dazu, eine sehr enge Bindung zu unseren besonderen Mitarbeitern einzugehen.«

Eine enge Bindung? Was meinte der Kerl damit? Michail sah in Schneiders Augen, ohne etwas Anderes als Kälte darin zu entdecken.

»Damit Sie uns nicht verloren gehen, haben wir Ihnen einen Chip eingepflanzt, eine Art GPS. Ein Knopfdruck und da ist er auf unserem Bildschirm, unser geschätzter Michail. Ein roter blinkender Punkt auf der Landkarte.«

Es ratterte in Michaels Kopf. GPS. Angebunden an Schneiders unsichtbare Leine, wo auch immer er war. Einfach nur ein Spielzeug für den Major, es fehlte nur noch die Fernbedienung. Aber nicht mit ihm. Rein in irgendeinen tiefen Keller oder Bunker, kein Signal und raus mit dem Ding.

»Nein. So leicht geht das nicht«, sagte der Major, als könne er Gedanken lesen. »Der Sender ist gekoppelt mit einer kleinen Kapsel. Ich verstehe nicht viel von Anatomie, aber wenn ich den Doktor richtig verstanden habe, liegt sie direkt neben Ihrer Bauchschlagader. Durch diese fließen etwa fünf Liter Blut pro Minute, also die Gesamtmenge dessen, was Sie im Körper haben.« Schneider lehnte sich in seinem Stuhl zurück und sah Michail lauernd an.

Den traf die Erkenntnis wie ein Blitz. »Ich muss nicht raten, was in der Kapsel ist?«

»Nein. Sie wissen es schon. In Ihrem Inneren. Und auch was passieren wird, wenn unser braver Junge nicht mehr brav sein will. Wenn er sich irgendwo verstecken und das Zeug herauspulen möchte. Aber Vorsicht: Jemand trennt Sender und Kapsel und ... Bumm. Ein Loch von etwa einem Zentimeter in der Gefäßwand, die umstehenden Personen hören nicht einmal einen Knall. Eine nur auf engstem Raum stattfindende Explosion, denn wir wollen doch keine Unbeteiligten gefährden, oder? Und alle fünf Liter Blut fließen in Sekundenschnelle in die Bauchhöhle und dann: Gute Nacht Michail! Schlaf gut. Für immer!«

»Ich darf also nicht einmal durch einen Tunnel fahren?«

»Doch, doch, so lange Sie nie länger fünf Stunden außerhalb unseres Kontaktes bleiben, oder Sie melden sich vorher ab.«

»Und wie muss ich das machen?«

»Der Sender in Ihrem Bauch erledigt das, Sie bestätigen, indem Sie auf das bewegliche Teil drücken, das Sie unter Ihrer Haut am Bauch fühlen.«

»Schlafen?«

»Die Sensoren nehmen bestimmte schlaftypische Rhythmen auf, der Doc hat mir versichert, dass das funktioniert.«

»Und wenn Sie kein Signal bekommen?«

»Dann müssen wir annehmen, dass Sie irgendwo gegen Ihren Willen festgehalten werden und zu einem unkalkulierbaren Risiko geworden sind. Oder, was noch schlimmer wäre, einfach vergessen haben, was Sie uns verdanken.«

Schweiz

Schweizer Autobahnen. 120 Stundenkilometer Maximum. Disziplin, nur wenige, die es wagen, das Limit um fünf oder zehn Kilometer zu übertreten.

Klaus steuerte den zum Wohnmobil umgebauten alten Setra-Bus gemächlich zwischen zwei Lastzügen auf dem rechten Fahrstreifen. In Deutschland hätte er sich schon einem Gewitter aus Lichthupen ausgesetzt gesehen als eine der letzten Spezies auf der Bahn, für die die Hundertkilometermarke unerreichbar war. Der Laster hinter ihm scherte aus, als die zweite Spur frei war, und schob sich vorbei.

Die Nachrichten waren gerade vorüber, aus dem Autoradio tönte der Wetterbericht. Oder das, was man hier dafür hielt. *Für diä nöchschte Täg zieht es Tüüfdruckgebiet über d'Schwiiz, es bringt vill Räge und es isch ä windigi Aaglägeheit. D'Temperature ligged tagsüber bi öppe 17 bis 21 Grad, früeh am Morge nume no grad bi sibe bis nüün Grad. A exponierte Lage chas sogar scho Bodefroscht gäh …*

»Hast du irgendetwas verstanden?«, fragte Irene.

»Nee Schätzchen, wat mit Frost in de Berje sonst nüscht. Aber kiek raus, allet jut, bleibt bestimmt ooch so.«

Eine der riesigen grünen Hinweistafeln tauchte auf. Die Ortsnamen jetzt in Französisch, sie hatten die unsichtbare Grenze zur Suisse Romande überquert.

»Sag mal Klaus«, begann Irene, »du weißt, wo wir hinwollen?«

»Na klar«, sagte Klaus und setzte den Blinker, »kennst ma doch.«

»Also Richtung Lausanne?«

»Jenau!«

»Und dann?«

»Weeß ick noch nich.«

»Was soll das heißen, du weißt es noch nicht?«

»Kai hat ma jesacht, dat die nach da unten komm, Genfer See. Hier sind wa richtich.«

»Ein bisschen genauer der Herr?«

»Wirste sehn, wenn ick's selba weeß. Vertrau ma einfach, wie sonst ooch.

Maryland

Die Sonnenstrahlen, die es geschafft hatten, sich durch die Ritzen des Rollos zu zwängen, tauchten den Raum in ein diffuses Licht. 10:04 Uhr zeigten die roten Leuchtziffern des Digitalweckers neben dem Bett. Marvin schaute hinüber zu seiner Frau. Sie hatte sich eine Schlafmaske aufgesetzt und atmete ruhig vor sich hin. Einer unbefriedigenden Woche würde jetzt ein unbefriedigender Samstagmorgen folgen. Vielleicht sollte er hinüber in das Fernsehzimmer gehen und sich ein Video reinziehen?

Sein Handy vibrierte auf dem Nachttisch. »Ja?«

»Drei Pässe sind gerade in Manaus gescannt worden«, sagte der Diensthabende in der Agency. »Zwei davon mit den Namen, die wir aus der geknackten Mail kennen. Und der dritte Pass lautet auf ein Kind.«

Marvin war schlagartig hellwach. »In Manaus? Wo genau?«

»Aeroporto Internacional – Eduardo Gomes.«

Marvin erschauerte. Das Leben fühlte sich auf einmal viel schöner an. »Und auf welchem Flug sind sie?«

»Tja, das ist komisch. Wir checken es gerade noch, aber sie stehen auf keiner Passagierliste.«

Marvin überlegte. Warum zum Teufel sollte jemand am Flugplatz durch die Passkontrolle gehen, ohne fliegen zu wollen? Ein Trick, um sie zu bluffen? Wohl kaum, sie konnten ja nicht wissen, dass sie sie gefunden hatten. »Was fliegt sonst noch von dort?«

»Drei Cargos gehen raus. Chicago, Madrid und Genf.«

»Wissen wir Genaueres?«

»Nein, Chef. Sorry. Die führen keine Listen, in die wir uns einhacken könnten.«

»Okay, bleibt dran. Ach und ... gut gemacht!«

Marvins Verlangen nach einem Porno hatte sich in den Wunsch nach Champagner gewandelt. Er wusste, was diese Informationen gewissen Leuten Wert sein würden, und das musste begossen werden. Er schlich aus dem Zimmer, holte zwei Gläser und die Flasche aus dem Kühlschrank, ließ den Korken an die Schlafzimmerdecke knallen und erstickte die schwachen Proteste seiner Frau mit einem intensiven Kuss.

Greifswald

»Lass uns noch ein bisschen da drüben auf die Bank setzen«, sagte Anke und ließ seine Hand los. »Dahin, wo alles angefangen hat.«

Die Spaziergänge im Park nach ihrer Frühschicht waren das, was Michail am meisten vermissen würde. Ihre Nähe, ein Streicheln, eine Berührung, ein inniger Kuss, Umarmungen, heimlich, nur kurz, wenn sie sich unbeobachtet wähnten, die aber trotzdem nicht enden wollten. Anke, der einzige Mensch, der es schaffte, in ihm schon durch sein Erscheinen innere Wärme zu erzeugen, nein, sogar allein schon bei dem Gedanken an sie.

Michail folgte ihr und setzte sich neben sie.

»Du wirst also entlassen?«

»Ja. Sie sagen, meine Behandlung ist abgeschlossen.«

»Aber sie sind nicht mit dir fertig, oder?«

Er war allein gewesen, seit sie ihn damals weggeholt hatten von Swetlana und seiner Familie. Swetik hatte ihn begleitet, in seinem Kopf, aber niemals hatte er sich seitdem jemandem anvertraut, über das geredet, was in ihm vorging. Und jetzt gab es Anke in seinem Leben. Er hätte zustimmend genickt, früher und allen anderen gegenüber, sich mit vagen Äußerungen aus der Situation befreit. Aber er wollte nicht mehr lügen, keine Ausreden mehr, keine Ausflüchte, nicht bei dieser Frau. »Nein«, sagte er zögerlich, »sie sind nicht mit mir fertig. Ich habe einen Auftrag zu erfüllen. Erst dann werden sie mich gehen lassen.«

Anke sah ihn an mit einer seltsamen Art von Verwunderung im Blick.

»Und wohin wirst du dann gehen?«, fragte sie. »Zu einer Frau?«

»Ja«, sagte Michail und zog das Handy aus der Tasche.

Anke betrachtete das Foto auf dem kleinen Display.

Michail sah sie weinen, bevor sie sich von ihm wegdrehte. Als würden ihre Tränen die Dämme der Schweigsamkeit davonspülen, sprudelten die Worte aus ihm heraus, die er seit Jahren so fest in sich verborgen gehalten hatte. Er erzählte ihr alles. Wie er den Vater hatte töten müssen, vom Verlust der Schwester, über die Leben, die er seitdem genommen hatte und zuletzt von dem Auftrag, der ihn in dieses Krankenhaus gebracht hatte, und der noch nicht erledigt war.

Anke sah ihn noch lange an, nachdem er geendet hatte, dann nahm sie seinen Kopf in beide Hände, zog ihn zu sich heran und küsste ihn heftig. »Und danach kommst du zurück? Zurück zu mir?«

Michail kämpfte mit den Tränen. »Ja. Wenn ich es schaffe.«

Florida

Nick lief zur Straße, wuchtete die Sporttasche in seinen Van und warf dann noch den Sack mit den Segeln hinein. Ein sonniger Vormittag, endlich die Gelegenheit, das neue Boot auszuprobieren. Das Telefon schallte vom Haus herüber. Mist. Doch hoffentlich nicht der Alte? Nick stapfte durch die offene Garage in den Flur und nahm den Hörer ab.

»Ja? Moment, ich brauche was zum Schreiben. Ich hab's. Ja, okay, Chicago, Madrid, Genf. Observationsteams an allen Plätzen, ja, verstanden. Wie bitte? Eingreifteams? Ja, kein Problem in Chicago. Europa? Ja, lässt sich machen, in spätestens zwölf Stunden sind die Jungs vor Ort. Was? Die sollen wirklich ...? Wollen wir nicht erst mal ...? Gut, okay, ich kümmere mich darum.«

Er legte auf, lief zum Wagen, holte die Tasche wieder

zurück und knallte sie in die Ecke der Garage. Es wurde ernst. Schneller, als er erwartet hatte.

Genf

Die Reinigungsfrau drehte ihren mit verschiedenen Flaschen, Kanistern und offenen Müllbehältern beladenen Wagen noch ein Stück, nahm den Wischmob herunter und schob ihn über den glänzenden Boden. So ein Blödsinn, in diesem Teil des Genfer Flughafens andauernd herumzuwischen, in dem nur die Besatzungen der Cargo-Flieger ankamen, ordentliche Leute, keine Touristen, die überall ihre Burger aßen und alles vollkrümelten und auch keine Kinder, die herumkleckerten und nicht einmal wussten, wozu Mülleimer überhaupt da waren. Und an diesem sehr frühen Morgen war sowieso nicht viel los.

Dahinten kam gerade ein Team angelaufen. Müde sahen sie aus wie alle, die die Nacht über geflogen waren. Drei Männer liefen neben einer Frau, deren wilde Locken sich kaum von der Pilotenmütze bändigen ließen. Sie schob einen Rollstuhl vor sich her, in dem ein älterer Pilot mit einem Bein in Gips saß. Die Drei zogen ihre Trolleys hinter sich her, der eine Mann zusätzlich noch einen etwas größeren.

Die Reinigungsfrau drückte ihren Wischmob in dem Sieb über dem Schmutzwasserbehälter aus. Das Wasser blieb ganz klar. Wo sollte der Schmutz auch herkommen? Egal, Hauptsache jemand überwies am Monatsende ihren Lohn. Sie schaute auf die Uhr über der Passkontrolle. Die zwei Beamten dort schienen auch den Schichtwechsel herbeizusehnen.

Ein kurzer Blick auf die Papiere, kurz auf den Scanner, Papiere retour und die Besatzung war durch.

Es klapperte, als sie den Putzwagen über eine Gummimatte vor dem Abstellraum schob, und sie schaute noch einmal den Piloten hinterher.

Merkwürdig. Sonst steuerten die Crews immer gemeinsam auf einen Ausgang zu und teilten sich dann einen Wagen zu ihrem Hotel.

Doch während die drei Männer das Schild *Exit* auf der rechten Seite ansteuerten, schob die Frau den Mann im Rollstuhl auf einen anderen Ausgang zu und zog zusätzlich noch den großen Trolley hinter sich her.

In der Nähe von Vevey

»Gut, dass du den großen Wagen genommen hast«, sagte Greyson zu dem Mann am Steuer, »und den Allradantrieb werden wir auch bald brauchen.«

»Stimmt, die Fahrt auf der Autobahn ist ja kein Problem. Wir haben ja auch nicht die Entfernungen wie ihr in Amerika, von Genf bis Lausanne eine halbe Stunde und dann die paar Kilometer bis Vevey. Aber das letzte Stück hinauf zu den Häusern ist immer noch eine Katastrophe. Neulich hätte ich fast den Hänger verloren, als ich die Pferde hinaufgebracht habe. Prächtige Tiere übrigens. Du hast mir nicht zu viel versprochen. Diese Laila. Nie habe ich eine Stute gesehen, die Anmut und Kraft derartig perfekt verkörpert.«

»Der Hengst gefällt dir also nicht so gut?«

»Fred, du alter Stänker. Ein tolles Tier, aber dass Ihr ihn Agamemnon nennen musstet!«

»Wenn du alter Banause einen Namen für ihn hättest finden sollen, hieße er jetzt vielleicht Matteo oder Berni.«

»Sehr witzig«, sagte der Schweizer. »Aber egal. Nicht mehr lange, und wir sind oben. Ihr wolltet ja möglichst weit weg von der Stadt.«

»Dein Landgut ist wie geschaffen dafür. Nur 20 Minuten

weg vom Genfer See, noch ein bisschen weiter bis Montreux und trotzdem rund um die Gebäude nur Felder und dann keine Straßen mehr. Und auch keine neugierigen Nachbarn.«

»Schade, dass deine Mitreisenden von der Landschaft gar nichts mitbekommen«, grinste der Fahrer bei einem Blick in den Rückspiegel, »schlafen tief und fest. Vielleicht abgesehen von dem Blonden, der ab und zu mal mit den Augen blinzelt.«

»Die sind platt von der Reise. Mir macht so was nichts aus. Drei Stunden Schlaf und ich bin fit«, sagte Greyson und musste gleich danach gähnen.

»Das sehe ich«, lachte der Schweizer, »du willst doch bestimmt wieder in dem Häuschen über dem Weinkeller schlafen?«

»Ja, gerne«, sagte Greyson. Und die Drei können im Haupthaus bleiben?«

»Na klar, kein Problem. Ich habe dir ja gesagt, dass ich noch ein paar Tage weg muss. Da habt ihr genug Platz für euch, bis ihr dann abgeholt werdet.«

Oberhalb von Vevey

»Ich wusste gar nicht, wie lang dieser Genfer See ist«, schmatzte Simon, biss noch einmal von seinem Brötchen ab und ließ seinen Blick von der Terrasse über die Landschaft schweifen.

»Und wie schön. Besonders wenn die Mittagsonne hier unten auf unserer Seite die Weinberge in ein helles Licht taucht, und der See im Schatten der Berge noch aussieht, als wäre sein Wasser ganz schwarz«, sagte Miriam. »Ganz dahinten bei Genf ist das Land noch recht flach, fast langweilig, und dann werden die Berge immer höher. Und da, auf der französischen Seite ist am Ufer kaum Platz für

Häuser.«

»Das haben die Schweizer clever geplant«, schaltete Greyson sich ein und griff nach seiner Kaffeetasse, »die haben ihre Städte vom Ufer aus überall in die Berghänge hineingebaut, und damit auch Platz für Industriestandorte geschaffen. Nestlé zum Beispiel hat seinen Umsatz gerade um ...«

»Fred, komm wieder runter, wir sitzen hier ein paar hundert Meter oberhalb des Sees beim Essen, und du hast wieder nur Geschäfte im Kopf«, würgte Miriam ihn ab.

»Immerhin haben uns meine geschäftlichen Verbindungen die Reise in dieses Quartier hier ermöglicht«, nörgelte Greyson, »während dieser Diamino und seine Klosterbrüder noch nicht so weit waren, euch aufzunehmen. Schon vergessen?«

»Schon gut«, sagte Simon, »das Landgut ist toll. Was ich bisher so gesehen habe, das Haupthaus, in dem wir wohnen, daneben die ausgedehnten Stallungen, der kleine Fluss, der sich mitten durch das Grundstück schlängelt, und so dichter Bewuchs überall, dass man gar nicht darauf kommt, dass sich ganz weit hinten noch die Weinkeller befinden.«

»Ja«, sagte Greyson, »und die ziehen sich ganz tief in den Berg hinein. Wir schauen uns das heute Abend mal an, es gibt sogar eine Rampe für die Fässer. Sehr praktisch für meinen Rollstuhl.«

»Das wird auch unsere kleine Schlafmütze interessieren«, sagte Simon, »dieses Kind schläft wirklich eine Menge.«

»Ist es nicht bei Menschen auch so, dass sich das Gehirn im Schlaf generiert?«, warf Miriam ein.

»Ja«, sagte Simon, »und ich bin auch ganz froh, wenn ich meine Gedanken mal ganz für mich habe.«

In der Nähe von Vevey

Nur noch etwa fünf Kilometer bis zu ihrem Haus. Er hörte die Stimme ganz deutlich in seinem Kopf. *Da musst du hinauf, es ist nicht mehr weit.* Die schmale Asphaltstraße führte noch an ein paar weiter hinten gelegenen Gehöften vorbei und wandelte sich dann in eine Schotterpiste. Michail fuhr ein Stück weiter und lenkte den Wagen dann in das dichte Buschwerk. Besser jetzt das Rad nehmen, Scheinwerfer konnten verräterisch sein in der dunklen Einsamkeit.

Er lud sein Mountain-Bike aus, schulterte den Rucksack, steckte das Messer in die Tasche am Gürtel und schwang sich auf den Sattel. Weiter vorne sah er mehrere Lichter durch die Bäume. Das musste das Haus sein. Alles ruhig, kein Grund zur Eile.

Der Weg war wirklich eine Katastrophe. Das Rad schleuderte auf dem Gemisch aus Kies und unterschiedlich großen Steinen hin und her, zwischendrin auch noch Sand. Er näherte sich einer Steinbrücke über einen schmalen Fluss, trat kräftig in die Pedale und beschleunigte.

Ein Krachen, sein Vorderrad blockierte, er flog über den Lenker, schlitterte über den kaum gesicherten Rand der Brücke, stürzte ein paar Meter durch die Luft und landete kopfüber im Wasser.

*

Miriam spürte den Druck der Waffe auf ihrer Wirbelsäule. Aus dem Nichts waren diese Männer aus der Dunkelheit aufgetaucht, hatten das Haus durchsucht, sie ausgequetscht und nun schob ein besonders brutaler Typ sie aus dem Haus.

»Warum ...?«

»Geh weiter«, sagte eine Stimme eiskalt und abgeklärt.

»Bitte, ich habe doch ...«

»Sei still, geh.«

»Aber ich habe euch doch alles gesagt und ...«

»Eben drum. Halt die Schnauze und geh endlich. Bringen wir's hinter uns!«

Der Mann schob sie weiter hinaus in die Stallungen. Da hindurch, noch ein paar Schritte, auf die Wiese und dann Ende.

*

Ihr Geruch, wie der der Herde, ihr folgen, und noch ein anderer, so fremd. Gefahr, nicht näher, doch, folge ihr. Der Geruch voller Angst, geh, vorsichtig, schau.

*

Ganz leise und doch unglaublich vertraut schwebte ein Geräusch durch die vom fahlen Licht der schwachen Lampen beleuchteten Stallungen, nur ein vorsichtiges Schnauben. Oh, wenn sie es doch wäre! Miriam täuschte ein Stolpern vor und schaute kurz über die Schulter. War da ein Schatten? Hinter ihnen am Ende des Stallganges?

Laila? Irgendwo da ein Hauch von Hoffnung?

»Los, geh endlich weiter.« Er drückte ihr die Pistole noch fester in den Rücken. »Mein Fuß«, jammerte sie. »Ich kann nicht ...«

»Den brauchst du gleich sowieso nicht mehr. Dann eben hier«, schnarrte der Killer. Er hob den Arm, und Miriam spürte ihren Herzschlag nicht mehr, als er den Lauf der Waffe neben ihr Ohr hielt.

*

Leise, kein Geräusch machen, die Hufe vorsichtig aufsetzen, näher ran, sie hat solche Angst, gleich kannst du ihr helfen.

*

Miriam drehte sich um und sah dem Mann in die Augen. Der hatte keine Skrupel. Genoss seine Macht. Und ein Glitzern war darin, die Lust auf Gewalt. Und auf mehr? Vorhin beim Verhör hatte er sie schon ausgezogen mit seinen Blicken, hätte sich wohl am liebsten gleich auf sie gestürzt. Sie schaute an ihm vorbei. Der Schatten wurde größer.

Sie musste versuchen, noch mehr Zeit zu gewinnen. Miriam leckte sich mit der Zunge über die Unterlippe und zwang sich zu einem verführerischen Lächeln.

»Ach so ist das, du brauchst die harte Nummer? So etwas macht dich geil? Ich hab nichts gegen ein bisschen Spaß«, grinste der Mann böse. »Los, knie dich hin, du Schlampe.«

Miriam folgte dem Druck des kalten Metalls an ihrer Schläfe und ließ sich langsam auf die Knie hinab.

Der Killer schaute auf sie herab und öffnete mit der freien Hand den Reißverschluss seiner Hose.

*

Dunkel, aber ich kann alles sehen, sie macht sich klein, er hält etwas an ihren Kopf, sie hat solche Angst davor, ich werde ihr helfen, jetzt.

*

»Na los«, sagte der Killer mit einem schmierigen Grinsen, »fang endlich an, er wartet schon auf dich«, und griff nach Miriams Kopf.

In diesem Moment wird der Schatten riesengroß, Lailas Vorderhufe knallen auf den Boden, ihre dolchartigen Zähne graben sich in die Schulter des Mannes, ein Schuss löst sich und kracht in den Boden, sein Arm sackt schlaff herunter, als hätte ein Marionettenspieler seiner Puppe die Fäden gekappt, und die Waffe fällt zu Boden.

Das Pferd löst seinen Biss und hebt den Kopf, der Mann schreit wie irrsinnig und sackt auf die Knie. »Du Ausgeburt der Hölle«, brüllt er.

*

Warm, saftig, so fremd, aufregend, schmeckt gut.

*

»Ich mache euch fertig«, schreit der Killer. Miriam ist wie gelähmt, hockt auf ihren Knien, erstarrt zu einem Eisblock, eingefroren von unbändiger Furcht. Das Blut spritzt aus der Wunde des Mannes und der Geruch des Todes verteilt sich überall.

Er hangelt mit seinem unverletzten Arm mühsam nach der Waffe. Wie in Zeitlupe beugt sich das Pferd über ihn, neigt seinen Kopf zur Seite, öffnet sein Maul, nimmt den Hals des Mannes zwischen die Kiefer und beißt zu. Es kracht, als träte man auf trockene Äste, Laila lässt los und der Torso des Killers kippt nach hinten über.

Das riesige Pferd steht vor ihr, Miriam rappelt sich hoch und umfasst Lailas kräftigen Hals. Tränen schießen ihr in die Augen. Sie presst ihr Gesicht in das warme Fell des Tieres. »Es war so knapp, danke, Laila, danke.«

Sie bedeckt das Fell mit Küssen, drückt sich so fest an das Tier, wie sie nur kann. Plötzlich hört Miriam Stimmengewirr vom Haus her.

*

»Schnell, Laila, wir müssen weg von hier.«

Miriam schwingt sich auf den Rücken des Pferdes. »Los, Laila, lauf! Lauf!

Hastige Schritte auf dem Boden des Stalls, abgehackte Sätze, Wortfetzen gebrüllter Kommandos. »Da. Da vorne sind sie! Ziel auf den Gaul!«

Schüsse peitschen durch die Stallungen, hallen mehrfach

wider, Querschläger zischen durch die Luft, Einschüsse krachen ins splitternde Holz. Mündungsfeuer blitzt auf in der Dunkelheit, Irrlichter der Hölle überall.

Laila rast los, sie erreichen die Wiese beim Haus. Das Pferd durchpflügt die Dunkelheit, sicher, ohne Zeichen von Angst.

Das Knattern von Motorrädern. Miriam klammert sich noch fester an Laila, deren Fell immer feuchter und rutschiger wird. Die kräftigen Muskeln des Pferdes arbeiten wie Maschinen, schleudern sie hin und her. Sie findet kaum noch Halt, dahinten das Flüsschen, gleich, sie krallt sich in Lailas Mähne.

Wie gierige Finger tasten Scheinwerfer nach ihr, berühren sie kurz, verlieren sie wieder, kommen wieder näher.

Hufe klatschen auf Morast, jetzt. Das Pferd springt ab, kommt ins Trudeln, landet drüben am Rand, rutscht weg, fängt sich gerade noch. Miriam stürzt zu Boden, rollt sich zur Seite ab, schaut nach hinten.

Ein Motorrad rast in das Wasser hinein, kippt um und begräbt seinen Fahrer unter sich. Die Schreie des Mannes verstummen, als die Maschine seinen Kopf unter Wasser drückt. Das Zweite hebt auf einer Bodenwelle ab, als sein Fahrer den Lenker nach oben reißt, und landet am anderen Rand des Flüsschens, kracht gegen das Ufer. Der Gangster fliegt nach vorne, kommt nur ein Stück von ihnen entfernt auf und überschlägt sich mehrfach. Der Scheinwerfer des Motorrades leuchtet drohend nach oben wie ein gespenstisches Theaterlicht.

Der Mann rappelt sich hoch, steht auf, als wäre nichts gewesen, und zieht eine Waffe.

*

Er hebt die Pistole. Da liegt es ja, das verdammte Luder. Keine zehn Meter von ihm entfernt. Das Pferd hat sie abgeworfen, steht jetzt da, weiß nicht, was es tun soll. Erst den Gaul erschießen und dann genug Zeit für das Weibsbild, das sich gerade mühsam hochstemmt.

Das Pferd bleckt seine Zähne, angestrahlt vom grellen Licht des Scheinwerfers. Was ist das denn? Unglaublich, ein prachtvolles Raubtiergebiss im Maul eines Pferdes. Wird dir aber nichts nützen gegen das hier. Er hebt seine Pistole. Das Pferd wiehert drohend und geht auf die Hinterbeine. Ja, tanz ruhig noch ein bisschen für mich, du Mistvieh, komm wieder runter und dann blase ich dir das Hirn weg. Er legt an. Gleich, wenn der Kopf wieder richtig in den Lichtkegel eintaucht.

Sein Finger krümmt sich um den Abzug. Unvermittelt dreht sich das Pferd zur Seite, schwingt seine Vorderhufe schräg nach vorne, dreht sich auf ihnen weiter und schleudert ihm die Hinterbeine entgegen. Mit Urgewalt trifft einer der Hufe seine Hand, ein helles scharfes Knacken, als die Knochen brechen und ein ganz dumpfes, als der andere Huf auf seinem Brustkorb aufkommt und seinen Körper nach hinten geschleudert. Eine Salve von Schmerzen schießt durch seinen Körper, als die Trümmer der Rippen sich in seine Lunge bohren, und nur noch Dunkelheit, als sie auch sein Herz zerfetzen.

In der Nähe von Vevey

Michail rappelte sich hoch, tastete seinen Körper ab. Alles okay, wenigstens nichts gebrochen, die Sachen klitschnass. Er griff nach dem Gurt. Oh nein, wo war der verdammte Rucksack? Wohl abgerissen beim Sturz und jetzt vom Wasser davongetragen. Mist. Die Waffen, das Handy. Das Wasser ging ihm ja nur bis zum Bauch, wenn er einfach dem Fluss folgte? Vielleicht war er ja an irgendwelchen Steinen hängen geblieben und ...

Schüsse! Das waren Schüsse! Ganze Salven. Aus Richtung des Hauses.

Tschjert wosmji! Verdammt! Michail kletterte die Böschung hoch, griff nach dem Rad, das quer auf der Brücke lag. Ein Ast hatte sich in der Vorderbremse verfangen und die ganze Aufhängung zerrissen. Er warf das Fahrrad von der Brücke und rannte los.

*

Mit nassen Schuhen auf diesem Boden. Als würde er auf Eisklumpen rennen, glitschige Steine, die ihm an die Knöchel schlugen. Jetzt, da vorne, eine Grundstücksmauer und ein geöffnetes Eisentor, der Zugang zum Haus.

Djermo! Scheiße! Er kam zu spät. Männer stürmten aus dem Haus, zwei von ihnen rannten auf einen der beiden davorstehenden Landrover zu. Michail hechtete hinter ein Gebüsch kurz neben dem Einfahrtstor. Sprachfetzen drangen an sein Ohr. »Sie ist mit dem Gaul weg.« »Wo sind sie hin?« »Hinauf zur Schlucht. Sitzen in der Falle.« »Los wir schnappen sie uns. Ihr zwei bleibt beim Haus.«

Ein Motor dröhnte auf, das metallene Knallen von Türen, die ins Schloss fielen, und Scheinwerfer begannen, sich in die Dunkelheit zu bohren.

Die beiden anderen Männer gingen ins Haus zurück und schlossen die Tür hinter sich.

Um die würde er sich später kümmern müssen, jetzt musste er irgendwie hinter dem Fahrzeug her. Nur kein Geräusch verursachen und die Zwei im Haus auf sich aufmerksam machen. Er schlich seitlich am Gebäude vorbei und erreichte die Stallungen. Das fahle Licht einer Lampe an einem Mast fiel auf ein paar alte Fahrräder. Mist. Nicht zu gebrauchen. Vielleicht war hinter dem Gebäude irgendein Fahrzeug? Michail inspizierte die Rückseite. Nichts. Ein leises Zischen ließ ihn herumfahren.

Ein riesiges schwarzes Pferd stand hinter ihm und zog seinen Atem durch die Nüstern. Wie hatte sich das Tier so geräuschlos an ihn heranschleichen können? Konnte er eigentlich seinen Sinnen noch trauen?

Das Pferd beugte seinen Kopf herunter und erwiderte seinen Blick. Michail wurde schwindlig, als er spürte, wie sich ganz fremdartige Gedanken mit den seinen mischten. War das so etwas wie *Steig auf, ich weiß, wo sie sind*?

*

Laila trottete auf Miriam zu, sie lehnte sich an das dampfende Tier, froh, einen Halt zu haben, während ihre Beine nur noch ein zitternder Schmerz waren. Laila stupste sie mit dem Kopf an. Ja, wir müssen weiter, du hast Recht, weg von dem Flussufer. Erst im dritten Anlauf schaffte sie es, sich auf das Pferd zu schwingen und sah sich kurz um. Der Motorradscheinwerfer schickte immer noch sein bizarres Licht in den Himmel, die Spuren des Kampfes lagen unsichtbar im Dunkel. Nur weg von hier, weg vom Haus, wo noch mehr von den Kerlen lauerten, den Weg hinauf, steinig und rau, aber selbst im fahlen Mondlicht für Laila kein Problem.

Weiter, immer weiter hinauf, ein paar Minuten und sie gelangten an eine kleine Lichtung. Miriam rutschte vom Rücken herunter und ließ sich in das feuchte Gras fallen. Sie musste schlucken und unterdrückte einen Würgereiz. Diese Bilder. Das Pferd hatte ihn zerfetzt, in Stücke gerissen wie ein Raubtier im Blutrausch. Und Lailas Augen. In diesen großen, sonst so friedlichen Augen hatte sie etwas Fremdes aufblitzen sehen, etwas Bedrohliches. Mordlust? Hass? Oder Wahn? Die von allen Fesseln befreite Wut, der Genuss des Tötens. Auch eben unten am Fluss etwas so Wildes und Unberechenbares, wie sie es bei ihrer Laila noch nie erlebt hatte.

Und nachdem das Pferd den Brustkorb des Motorradfahrers mit seinen Hufen zertrümmert hatte, strahlte es da etwas wie Triumph oder Befriedigung aus? Der Sieg eines Jägers? Oder der eines Rächers?

Miriam schaute hinüber zu dem Tier, das jetzt ein Stückchen weiter graste, als seien sie nicht gerade eben dem Kugelhagel der Killertruppe entkommen.

Ein paar Strahlen des Mondlichts kämpften sich durch die Wolkendecke und beleuchteten Laila wie ein Spot auf der Bühne. Miriam betrachtete die Silhouette der Stute, die starken Muskeln, die sich deutlich abzeichneten, obwohl das Tier einfach nur anmutig dastand. Welche Kraft. Die Rundung ihres Bauches ... Miriams Magen verkrampfte sich. Dieser Bauch war größer als noch vor Wochen. Zögernd ging Miriam zu dem Pferd hinüber, streichelte es, fühlte das warme straffe Fell. Leila drehte den Kopf und schien sie direkt anzusehen. Stolz? Miriam befühlte die Flanke des Tieres. Wie konnte das sein? Die Forscher hatten doch versichert, die entsprechenden Gene inaktiviert zu haben. Ein Pochen, ja sogar eine Bewegung? Kein Zweifel, in Lailas Bauch wuchs neues Leben heran.

*

Michail umfasste den Hals des Hengstes und schwang sich auf den Rücken. Kaum hatte er die Mähne gefasst, schoss das Tier los, hinaus in die Schwärze der Nacht. Er konnte nur einzelne Schemen erkennen, da, wo dicke Äste herabhingen und das spärliche Licht der Sterne ganz verschluckten.

Der Rappe raste durch die Nacht, als hätte er ein Nachtsichtgerät vor seinen Augen, vermied sicher alle Hindernisse und schien auch genau zu wissen, was ihr Ziel war. Seine kräftigen Muskeln arbeiteten im Gleichklang wie eine perfekt synchronisierte Maschine, ohne irgendwelche

Anzeichen der Ermüdung.

Michail hatte schon auf Pferden vielerlei Rassen gesessen, aber keines hatte sich so vollkommen angefühlt. Es schien so viel Energie zu haben, dass er glaubte, spüren zu können, wie ein Teil davon in seinen eigenen Körper floss.

Trotz der Unebenheiten und der vielen Steine auf dem Weg setzte der Hengst seine Hufe ganz sicher und verursachte trotzdem kaum Geräusche. An einer Biegung verlangsamte er das Tempo.

Und jetzt sah Michail weiter vorne Lichter aufblitzen, die Scheinwerfer des Rover, die sich in die Dunkelheit schnitten. Das Pferd hatte ihn fast eingeholt. Der Geländewagen reduzierte seine Geschwindigkeit, um dann ganz zu stoppen. Der befahrbare Weg war zu Ende, nur noch ein schmaler Pfad führte weiter hinauf. Zwei Männer stiegen aus und betrachteten das Gelände, das ihnen die voll aufgeblendeten Scheinwerfer zeigten.

*

Ein Motorengeräusch hier oben? Es kam aus dem Tal herauf und wurde immer lauter. Nur dieser Weg hier herein und nur dieser auch wieder hinaus. Soweit sie es erkennen konnte, lag vor ihnen Dickicht, an den Seiten und dahinter ragten Felsen steil auf. Die Welt war hier zu Ende.

Laila wurde unruhig, witterte, stellte ihre Ohren auf und horchte weiter, obwohl in diesem Moment das Motorengeräusch verstummte. Die Häscher waren nicht mehr weit, nur die kurze Strecke, die der Weg nicht mehr breit genug für ein Fahrzeug war. Aus und vorbei, keine Chance mehr zur Verteidigung, zumal auch das Überraschungsmoment nicht mehr auf ihrer Seite war.

*

Michail beugte sich vor und legte seinen Kopf ganz dicht an den des Hengstes. »Du verstehst mich, oder«, flüsterte er.

Michail spürte andere Gedanken in seinem Kopf, fremd, ungeordnet. Eine Verbindung war da, aber so unverständlich. Was sollte er daraus machen?

Denk in Bildern. Ganz intensiv dachte er an eine galoppierende Stute und an Miriam, wie sie flohen und jetzt nicht mehr weiterkamen.

»Lock sie auf uns zu, ja? Sie müssen näher zu uns kommen, damit wir ihnen helfen können!«

Der Hengst drehte den Kopf ein wenig zur Seite und schaute ihn an, als hätte er verstanden. Michail stieg ab und streichelte ihm den Hals. Ja, du wirst es schaffen. Sonst werden sie sterben.

*

Laila schmiegte sich an Miriams Seite. »Steig auf«, schien sie sagen zu wollen. Ein letzter Versuch? Das war doch Wahnsinn, ihren Jägern direkt in die Arme zu laufen. Und ausgerechnet jetzt wurde es auch heller. Die letzten Wolken hatten sich aufgelöst, und der Mond begann, die Szenerie schonungslos auszuleuchten.

*

»Irgendwo da vorne sind sie«, sagte der Fahrer und spuckte seinen Kaugummi aus. »Nur noch ein paar Minuten und wir ballern sie in Stücke.«

»Genau. Diesen Scheißgaul und das Weib gleich mit«, grinste der andere Mann und strich über seine Maschinenpistole. »Mal sehen, wie viel Blei die Hexe verträgt.«

Sein Partner griff ihn am Arm. »Schau mal, wie in einem Kitsch-Western aus den fünfziger Jahren.« Zwischen Bäumen zeichnete sich die Silhouette eines Pferdes und seiner Reiterin gegen das Mondlicht ab.

»Kaum zu glauben«, sagte der andere. »Sie kommen direkt auf uns zu. Die sind gar nicht so clever wie ...«

Ein Geräusch wie ein flatternder Riesenschmetterling, ein dumpfer Schlag und der Mann fiel kopfüber nach vorne, während der Griff eines Wurfmessers noch zwischen seinen Schulterblättern zitterte.

Der Fahrer schwang herum und schoss sofort. Die Feuerstöße krachten durch die Nacht, Äste knackten und das dumpfe Splittern dröhnte von den getroffenen Bäumen wider.

Wer immer das Messer geworfen hatte, war jetzt tot, durchsiebt von Kugeln.

Der Mann lauschte. Nichts. Auch keine Schmerzschreie. Volltreffer. Er schaute wieder hinauf zu seiner Beute. Pferd und Reiterin standen wie festgewachsen da, schienen ihn zu beobachten. Warum versuchten die nicht wenigstens zu fliehen? Hielten sich wohl für unverwundbar? Gleich würden sie es besser wissen.

Ein Knacken im Gebüsch an der linken Seite. Ist da noch jemand? Er schwenkt die Waffe hinüber.

Eine Bewegung hinter ihm, er dreht sich um. Ein Mann steht da, lässt seinen erhobenen Arm mit einem Stein in der Hand auf ihn heruntersausen. Ein trockenes Knacken als würde eine große Melone gespalten, ein Gewitter von Blitzen vor seinen Augen und dann wird es dunkel.

In der Nähe von Vevey

»Danke, Krieger! Du hast mich gerettet, schon zum zweiten Mal.« Miriam sprang vom Pferd.

»Mein Name ist ...«

»Michail! Ja, Michail! Das könnte ich niemals vergessen.« Sie rannte auf ihn zu und umarmte ihn.

Zögernd schloss auch er seine Arme um sie. Es war ein

bisschen, als hielte er Swetlana, wie damals, als sie bei ihm Schutz gesucht hatte, er ihr grenzenloses Vertrauen und das Verlangen nach Hilfe gespürt hatte. »Die Zwei hier sind erledigt, zwei sind noch unten. Aber ich werde dich schützen, es wird dir nichts geschehen.«

Er sah wieder die Bilder, als er Miriam das erste Mal begegnet war, mit der Waffe in der Hand, und sie ihn um ihr Leben angefleht hatte.

Sie legte ihre Wange an sein Gesicht, ihr Weinen und Schluchzen übertrug sich direkt auf seinen Körper.

Das Funkgerät im Rover knackte. »Seid ihr okay? Habt ihr sie?«

Was tun? Auch wenn sie wohl nur zu zweit da unten waren, besser sie beruhigen und in Sicherheit wiegen. Nicht, dass sie noch Verstärkung anforderten. Michail nahm ein Stück Papier aus dem Handschuhfach und knüllte es vor dem Mikro des Gerätes zusammen, während er den Sendeknopf drückte. »Alles okay ... Sie ist ...« Er ließ den Knopf los.

»Hey, seid ihr auf dem Mond oder warum ist die Verbindung so schlecht?«

Michail knautschte das Papier weiter und drückte auf Senden. »... Ende vom Tal ... kann euch kaum ... räumen die Leiche ...« Er ließ den Knopf wieder los.

»Beeilt euch, wir müssen schließlich ihren Empfang vorbereiten«, kam als Antwort.

Michail erstarrte. »Ihren Empfang? Simon und das Kind sind im Haus?«

»Glücklicherweise nicht. Sie sind bei Greyson in einem Weinkeller, der ein Stück weg und gut versteckt auf dem Gelände liegt. Übervorsichtig, wie Greyson nun mal ist, haben wir einen Code verabredet. Ich hätte nie gedacht, dass ich ihn mal brauchen würde. Als die Männer mich gezwungen haben, Simon anzurufen, habe ich gesagt: »Mir ist so langweilig, wollt ihr nicht kommen?«

»Und?«

»Das bedeutet: Größte Gefahr, bleibt, wo ihr seid.«

*

Der Mann drückte sich noch tiefer in das Gebüsch hinein und bog einige Zweige zur Seite, die in seinem Sichtfeld waren. Gleich würde er wissen, ob seine Ahnung richtig war. Sehr unwahrscheinlich zwar, dass dieses Weib und der Gaul auch das Wagenteam ausgeschaltet hatten, das ihnen gefolgt war, aber nach dem merkwürdigen Sprechfunkkontakt wollte er etwas vorsichtiger sein.

»Bist du bereit?«, flüsterte er in sein Head-Phone.

»Ja, ich habe freies Schussfeld.«

Gut. Er schaute durch sein Nachtsichtgerät. Die dicken Äste lagen quer über dem Weg. Der Rover würde anhalten müssen, jemand aussteigen und das Zeug wegräumen. Dann würde er ja sehen: Entwarnung oder Befehl geben zum Feuern.

Geduld war eine der unverzichtbaren Eigenschaften in diesem Geschäft. Er spähte weiter in die Schlucht hinauf. Kleine Lichtpunkte, die wieder verschwanden, die größer wurden, wenn die nächsten Kurven gemeistert waren. Der Wagen kam näher, in zwei Minuten müsste er am Hindernis sein. Wenn jemand am Steuer saß, der nicht zu ihrem Team gehörte, hatte er genau noch diese zwei Minuten zu leben.

»Mach dich bereit!«

»Okay. Hab den Finger schon am Abzug.«

Er fasste neben sich. Die Maschinenpistole lag dort, das Metall kühl und etwas feucht vom Tau der Nacht. Er würde sie zum Glühen bringen, falls jemand den Schüssen des anderen Mannes entronnen war und die Absperrung da oben zu durchbrechen versuchte.

Der Wagen war jetzt so nahe, dass seine Scheinwerfer das

Hindernis erfassten. Er verlangsamte und blieb stehen. Die Fahrertür wurde geöffnet, eine Person stieg aus. Sie. Die Lockenpracht war selbst bei Dunkelheit nicht zu übersehen.

»Feuer frei. Drück ab.«

Nichts. Die Frau bückte sich und zog den ersten Ast vom Weg.

»Was ist los? Putz sie weg!«

Kein Schuss.

Keine Antwort.

Scheiße!

Ein Schweißtropfen lief an seiner Stirn herunter. Er tastete nach der Waffe und griff ins Leere. Nichts. Wo war denn nur die verdammte ...

Ein leises Atmen hinter ihm. Er fuhr herum. Ein Mann stand da, ein blutiges Messer in seinem Gürtel, und hielt die Maschinenpistole auf ihn gerichtet.

In der Nähe von Vevey

Poseidon tauchte aus den Fluten auf und reichte ihr eine türkisfarbene Riesenmuschel. Miriam war ganz leicht, trieb auf den warmen Fluten und streckte die Hand aus, um ihr Geschenk entgegenzunehmen. »Ich werde mein Wort nicht halten können«, sagte Poseidon und versank ganz langsam im Wasser.

»Was? Wieso nicht?«

»Ich werde mein Wort nicht halten können!«

Miriam schlug mit Mühe die Augen auf, hatte das Gefühl, kaum geschlafen zu haben. Michail stand neben ihrem Bett. Kein Poseidon, keine Muscheln, aber dieser schlimme Satz.

»Wieso? Michail, was ist los?«

»Ich werde in fünf Stunden sterben.«

»Was?« Simon setzte sich in seinem Bett auf und rieb sich die Augen. »In fünf Stunden? Was soll der Unsinn?«

»Ich kann das Signal nicht senden«, sagte Michail mit schwacher Stimme.

»Signal? Was für ein Signal? Was ist los? Erzähl schon!«

»Ich habe eine Bombe im Bauch und eine Art Schalter, um sie zu deaktivieren.«

»Eine Bombe? Was soll das? Wer ...?«

»Schneider und seine Leute. Damit sie mich immer unter Kontrolle haben. Ich muss in regelmäßigen Abständen ein Signal geben und jetzt geht es nicht. Bei dem Sturz von der Brücke muss er kaputt gegangen sein.«

»Dann ruf ihn an.«

»Das Handy mit der eingespeicherten Nummer liegt irgendwo im Fluss. Ich kann ihn nicht erreichen.«

Simon sprang aus dem Bett. »Also eine Bombe. Wo genau? Wie groß? Los, erzähl mir alles, was du weißt.«

Miriam sah Simons Gesicht an. Während Michail ihm die Einzelheiten berichtete, hatte er eine Idee, so wie immer, wenn die Lage aussichtslos schien.

»Komm, Michail«, rief er, griff nach seinen Sachen und rannte los. »Wir haben keine Minute zu verlieren.«

Bei Vevey

Die Nachtschwester in der edlen Privatklinik war einiges gewohnt. Heerscharen aus den Golfstaaten, die einen besonders wichtigen Patienten begleiteten und ihre Sonderwünsche, ohne mit der Wimper zu zucken, gleich bei der Übergabe des Blankoschecks deutlich machten. Russische Oligarchen, die nicht nur Wodka, sondern auch Dollarscheine in großen Kartons hereintragen ließen, oder alternde Schauspielerprominenz, die auf die Paparazzi fluchte und noch viel lauter, wenn zu wenig von ihnen mit gezückten Kameras vor dem Klinikportal herumlungerten.

Aber die beiden hier?

»Sie möchten was?«, wiederholte sie, weil sie glaubte, ihren Deutschkenntnissen nicht mehr trauen zu können.

»Einen Operationssaal mieten mit laparoskopischer Ausstattung, einen Anästhesisten dazu und eine OP-Schwester«, sagte der große blonde Mann mit einem Gesichtsausdruck, der keinerlei Zweifel an seiner Ernsthaftigkeit zuließ.

»Und ich habe richtig verstanden? Gleich? Sofort? Am besten noch schneller?«

»Exakt!«

»Tut mir leid«, sagte die Schwester. »Wir müssen auf den Chef warten. Der kommt in etwa ...« Sie schaute auf ihre Armbanduhr. »In etwa vier Stunden. Wenn Sie hier warten wollen, bis ...«

»In vier Stunden wird dieser Mann tot sein«, sagte der große blonde Mann und zeigte auf seinen Begleiter.

*

»Ich brauche ihn ganz ruhig, so sediert und relaxiert«, sagte Simon, »dass sich keine Muskelfaser bewegt, wenn ich mit den Instrumenten drin bin.«

»D'accord. On y va!«, sagte der Anästhesist. Angesichts der Höhe des Stapels Schweizer Franken, der vor Kurzem in seine Taschen gewandert war, schien der Mann trotz der absurden Situation recht entspannt zu sein.

Simon inspizierte Michails Bauchdecke. Mehr Narben als glatte Haut. Wenn das da drinnen so weiter ging? Er dachte an frühe Jahre seiner Forschungen. Hundebäuche, sorgfältig von Haaren befreit, die Tiere optimal relaxiert und vor allem völlig frei von irgendwelchem Sprengstoff.

Und jetzt dieses Himmelfahrtskommando. Seine Hände kribbelten in den sterilen Handschuhen, fühlten sich feucht und viel zu warm an. Na los Simon, reiß dich zusammen, keine Zeit verlieren, fang schon an.

»Bitte Luft!«, sagte er und lauschte seiner eigenen Stimme. Kräftig und klar, der Simon, der wusste, worauf es ankam, der bereit war, wenn es darauf ankam.

Die OP-Schwester bediente einen Apparat, und durch das erste in Michails Bauch steckende Metallröhrchen rauschte das spezielle Gasgemisch hinein und hob von innen die Bauchdecke an. Simon führte die Optik in das zweite Metallrohr und sah hinein. Na prima! Noch schlimmer, als er erwartet hatte. Wie zerschlissene Vorhänge hingen Narbenfetzen überall in die Bauchhöhle hinein. Ein Königreich für einen ordentlichen Hundebauch! Er führte die Optik weiter hinein und betastete mit einem weiteren Instrument vorsichtig einige der Narbenstränge. Was verbargen sie? Ein Blutgefäß? Eventuell sogar das Kabel zum Sender? Schwer zu entscheiden, Bindegewebe, unregelmäßig in der Form, verzogen, verwachsen. Etwas darin ertasten mit einer Sonde aus Metall? Wie empfindlich waren dagegen doch menschliche Fingerspitzen selbst in OP-Handschuhen. In seinem Mund wurde es trocken. Soll ich wirklich? Er öffnete das Schneidewerkzeug an der Spitze des Instruments, packte das Gewebe und hielt den Atem an. Schnitt. Die zwei Teile des Narbenstrangs glitten zur Seite, ein paar Blutstropfen und kein Knall. Durchatmen. Endlich freiere Sicht - und da hing dieser Draht wie eine Wäscheleine ohne Wäsche in der von der eingepumpten Luft erweiterten Bauchhöhle und verschwand im Gewühl der Darmschlingen. An seinem Ende wartete die Sprengkapsel. Ein Fehler, und Michail wäre mit Sicherheit tot, und sie am Operationstisch vielleicht auch.

Vorsichtig folgte er mit dem Instrument dem Kabel, eine Verletzung der empfindlichen Darmwände würde eine fatale Infektion nach sich ziehen. Hier zum Glück keine Verwachsungen. Dran bleiben jetzt, zügig weitermachen.

Da sah er die kleine Kapsel, oben auf der Aorta, das Kabel in eine Schlinge gelegt und mit Metallclips am Gewebe befestigt. Simon fluchte in sich hinein. Das ließ sich nicht lösen mit diesen kleinen Werkzeugen, eine richtige Operation mit umfangreicher Freilegung des Gebiets war unvermeidlich ... aber auch unmöglich in der Kürze der Zeit. Simon sah auf die Uhr an der Wand des Operationssaals. Noch 23 Minuten.

Ein Schweißtropfen lief ihm von der Stirn über die Nase herunter und gleich noch einer hinterher. Die Stirn heiß, der Rücken eiskalt, alle Stresshormone im Körper unterwegs. Die Schwester schien sein Problem zu erkennen. Sie tupfte ihm den Schweiß von der Stirn und wischte mit einem feuchten Tuch darüber. Ein Hauch von Kühle. Simon schloss für einen Moment die Augen und überlegte.

Ja, natürlich, das war die einzige Chance. Er hatte doch vor Kurzem beim Vorbeifahren das Schild dieser Privatklinik gesehen, in der auch Fruchtbarkeitsprobleme behandelt wurden. Da musste es Möglichkeiten geben, Spermien und Eizellen einzufrieren. In knappen Worten erklärte Simon der Schwester, was er brauchte und wie schnell.

Sie verschwand aus dem OP. Simon brachte die Instrumente in die richtige Position. Er öffnete das Schneidewerkzeug und legte es um das Kabel ganz dicht an der Kapsel, dann führte er ein dickeres Führungsrohr anstelle des bisherigen ein. Die Pumpe sprang an und ersetzte die dabei aus dem Wundrand entweichende Luft.

Nach einigen Minuten kam die Schwester mit einem Metallbehälter zurück, der an eine Sauerstoff-Flasche für Taucher erinnerte, und stellte ihn neben dem OP-Tisch ab. Von den drei Isolierhandschuhen, die sie unter den Arm geklemmt hatte, zog sie zwei an und gab Simon den dritten. Dann öffnete sie das Gefäß am oberen Rand. Weißliche

Nebel quollen heraus und fielen wie Wasserfälle an den Wänden des Behälters hinab. Unten drin flüssiger Stickstoff, minus 196 Grad, in Metallkörbchen oben aufgehängt die tief gefrorenen Proben.

Jetzt musste gleich ein Kunststück gelingen, das er so hatte noch nie probieren können. Jeder Kontakt mit intaktem Gewebe würde verheerende Erfrierungsschäden am Körper hinterlassen und gleichzeitig die notwendige Kühlwirkung abschwächen. Er gab der Schwester die Metallsonde, die sie in den Stickstoffbehälter hielt. Der Blick zur Uhr. Nur noch acht Minuten. Simon zog sich einen der Isolierhandschuhe an und zählte die Sekunden. Jetzt müsste es reichen. Los. *Du hast jetzt die ruhige Hand eines Kunstschützen und auch dessen Treffsicherheit.* Er führte die stickstoffgekühlte Sonde durch das Laparoskopierohr ohne dieses zu touchieren und berührte die Kapsel an der Stelle, wo das Kabel hineinführte. Die Isolierung lief weißlich an, um die Kapsel bildete sich ein Belag, ehe ihm die aufsteigenden Stickstoffdämpfe die Sicht nahmen.

Das musste genug sein. Simon zog vorsichtig die Sonde heraus und führte an ihrer Stelle ein Greifwerkzeug ein. Er durchtrennte mit dem Schneidewerkzeug in dem anderen Kanal das Kabel, packte die Kapsel, zog sie durch das große Rohr heraus und schleuderte sie in eine Ecke des Raumes. Sie knallte gegen die Wand, prallte zurück und drehte sich auf dem Boden wie ein rasch schwächer werdender kleiner Kreisel. Der Anästhesist und die Schwester schauten Simon an wie Kinder einen Zauberer, der gerade etwas Unglaubliches aus seinem Hut gezaubert hatte. Plötzlich explodierte das Ding wie ein Feuerwerkskörper und einige kleine Metallfetzen flogen Simon bis an die Füße.

Als er sich vorstellte, was jetzt mit Michails Aorta geschehen wäre, fingen seine Beine so an zu zittern, dass er sich an der Kante des Operationstisches festhalten musste, um nicht umzufallen.

Greifswald

Schlaftrunken griff der Major zu seinem Handy, das im Vibrationsmodus auf seinem Nachttisch herumtobte. »Was ist?«, krächzte er.

»Das Signal hat aufgehört«, sagte eine ängstliche Stimme.

»Aufgehört?« Auf einmal war Schneider hellwach. »Wo ist er geblieben?«

»Schwer zu sagen. Wir sind ihm in sicherem Abstand gefolgt, in der Nähe von Vevey haben wir ihn verloren.«

»Wann hätte er sich melden müssen?«

»Bis spätestens vor zehn Minuten.«

Oberhalb von Vevey

Die Morgensonne stieg langsam über die am Südufer des Genfer Sees gelegene Bergkette und leuchtete hell in die Heckscheibe des Rover. Simon schaute zu Michail auf dem Beifahrersitz. Der Typ hält wirklich etwas aus, dachte er, während der Wagen auf den letzten Kurven zum Haus hinauf über die Schlaglöcher und den Schotter rumpelte. Michail verzog bei den besonders heftigen Schlägen zwar das Gesicht, gab aber keinerlei Schmerzlaute von sich. Vielleicht halfen ihm die Reste der Narkosegase ein bisschen? Einen normalen Patienten hätte man nach einem solchen Eingriff jedenfalls erst mal für einige Zeit in ein Bett gepackt. »Alles okay mit dir?«, fragte Simon.

»Geht schon«, antwortete Michail, »gib Gas, ich möchte sie nicht so lange mit diesem Killer alleine lassen.«

»Es ist alles in Ordnung bei ihnen«, sagte Simon, »und du hast Miriam eine Waffe gegeben. Während deiner Aufwachphase in der Klinik habe ich sie angerufen und ihr erzählt, dass bei uns alles gut gegangen ist.«

*

Der Mann rüttelte so stark an seinen Fesseln, dass er mit dem Stuhl einige Zentimeter auf dem Steinboden herumrutschte, und starrte Miriam wütend an.

»Den hat euer Freund ja zusammengeschnürt wie ein Postpaket«, grinste Greyson und biss von seinem Brot ab. »Wenigstens hält ihn der Knebel davon ab, uns noch mehr auf die Nerven zu gehen.«

»Fred, du verlierst nie die Nerven, was?«, sagte Miriam. »Der Typ hier ist ein Killer, der letzte dieser Kerle, die uns beinahe alle umgebracht hätten, und wenn Michail nicht ...«

Die Tür wurde aufgestoßen und Michail und Simon kamen herein.

»Ich bin so froh, dass ihr wieder da seid«, rief Miriam, sprang auf und fiel Simon um den Hals. Dann umarmte sie Michail. »Ich hatte solche Angst, dass es vielleicht ...« Der Rest ihrer Worte ging in einem Schluchzen unter.

»Was hast du erwartet, wenn der Meisterforscher ans Werk geht«, tönte Greyson, »unsere wissenschaftliche Allroundwaffe. Also wenn ich ...«

»Wir müssen uns jetzt um den da kümmern«, sagte Michail kurz, ging hinüber zu dem Mann und nahm ihm den Knebel heraus. »Zeit für den nächsten Anruf«, zischte er und hielt ihm das Handy ans Ohr. »Kein falsches Wort zu deinem Boss!«

*

»Der Weinkeller ist noch viel zu gut für dieses Schwein«, sagte Simon, während er sich an den groben Holztisch setzte. »Und jetzt habe ich richtig Hunger.

»Unser Doktor Haydeck mausert sich zu einem Action-Helden«, stellte Greyson fest, »da habe ich doch seinerzeit genau den richtigen Mann für ...«

»Halt die Klappe, Fred«, fiel ihm Miriam ins Wort, »wir wissen ja, dass du immer alles ganz genau weißt. Aber dass wir immer noch hier auf diesem Landgut bleiben können, verdanken wir Michail. Es war seine Idee, den Killer nicht zu töten, sondern zu Anrufen bei seiner Organisation zu zwingen, die sie in dem Glauben lassen, das Team vor Ort hätte alles im Griff. Hättest du das auch geschafft, Fred?« Sie verstummte. »Michail, wie hast du ihn eigentlich dazu gebracht? Du hast ihn doch nicht ...?«

»Gefoltert?«, schaltete Simon sich ein.

»Natürlich«, war Greyson wieder im Spiel, »Michail, erzähl uns genau, was du gemacht hast.«

»Ich habe einige Menschen zum Sprechen gebracht ... zum Sprechen bringen müssen«, begann Michail, »aber dieser Typ saß einfach nur da. Selbst mit dem Lauf der Maschinenpistole auf seiner Brust hat er keinen Ton gesagt.«

»Na und dann?«, fragte Greyson.

»Ich habe ihn in den Stall geschleppt und ihm sein Handy gegeben.«

»Und dort hat er genau das gemacht, was du wolltest?«, sagte Miriam.

»Zuerst nicht. Aber als Laila kam, ihr Maul aufgemacht und ihre Zähne an seinen Hals gelegt hat, war es auf einmal ganz einfach.«

*

Die Melodie eines Kinderliedes, dessen Name ihm nicht einfiel, lockte Michail vors Haus. Miriam summte Tim etwas vor. Das kleine Wesen hatte sich in ihren Arm gekuschelt und wurde wie ein ganz normales Baby durch den Garten getragen.

Miriam drehte sich zu ihm um. »Michail. Was machst du

hier draußen? Du solltest dich lieber ausruhen.«

»Diamino hat angerufen. Er bringt euch in ein Kloster, und dann geht es für euch weiter nach Rom. «

Miriams Lächeln verschwand.

»Für uns geht es nach Rom. Und für dich? Was ist mit dir?«

Michail schüttelte den Kopf. »Ich werde noch woanders gebraucht.«

»Und wohin gehst du?«

»Swetlana wartet auf mich. Meine Schwester.«

»Deine Schwester.« Miriam betrachtete Michail, drückte Tim eng an sich und nickte langsam. »Sie ist alles für dich, nicht wahr?«

»Ja«, er stockte. »Swetlana und Anke.«

Miriam blinzelte. »Werist Anke?«

Michail stockte. »Schwer zu sagen. Irgendwie hat sie mich ins Leben zurückgeholt.« Er atmete mit einem Stoß aus und schaute auf Miriam und Tim. »So, wie ich jetzt Swetlana zurückholen muss.«

Eine Weile stand Miriam nur da, schien etwas fragen zu wollen und nickte ihm zu.

»Willst du ihn mal halten?«, bot sie an.

Zögernd nahm Michail Tim auf den Arm. Was für ein Leichtgewicht, dachte er, als sich das kleine Wesen an ihn schmiegte. Es wirkte so zerbrechlich, aber fühlte sich ganz fest an. Viel straffer als das Baby der Botschaftsmitarbeiterin, das er einmal hatte nehmen dürfen.

Tim richtet seine großen Augen auf Michail, die dünnen Häutchen glitten über die schwarzen Mandeln wie eine Verlegenheitsgeste. Dann breiteten sich eigentümliche Gedanken in Michails Kopf aus.

›Es tut mir leid, Michail. Swetlanas Gedanken sind leer. Ich komme nicht in ihren Kopf.‹

Michail schrak zurück. »Was tust du? Was machst du mit

mir?«

›*Ich will dir helfen. Ich KANN dir helfen. Zeig mir dein Geheimnis.*‹

In Michails Kopf erstarrte alles zu einer Bildergalerie aus Erinnerungen, in der es immer kälter wurde, je tiefer man in sie eindrang.

Er war wieder der schmächtige Junge, der Arm in Arm mit seiner großen Schwester die Weizenfelder vor dem Hof vor Augen hatte und doch nichts sah. In das Bild kam Bewegung, Swetlanas Lippen bebten, aber kein Wort drang heraus. Die schrecklichen Worte kamen nicht, drangen nicht durch die Erinnerung, weggesperrt im hintersten Winkel seines Kopfes.

›*Lass mich hören, was sie gesagt hat, Michail.*‹

Die Welt des kleinen Michail kam ins Trudeln, nichts stimmte mehr, er konnte nicht glauben, was der Vater seiner Schwester angetan hatte. Immer wieder. Unbegreiflicher Schrecken.

›*Gut so. Lass mich sehen, lass mich hören*‹ , floss ein tröstender Gedanke in das Eis in seinem Kopf. Michail war, als würde er sich von innen heraus auflösen. Seine Muskeln erschlafften, er sank auf die Knie, als hätte jemand alle Energie aus ihm herausgesaugt. Jetzt ließ er zu, dass die Erinnerungen sich befreiten. Die Bilder aus der Scheune. Das Bild von Vaters Rücken, der sich zwischen Swetlanas Schenkel gedrängt hatte. Das Bild, wie er die Heugabel in diesen Rücken rammte, wie der Vater sich rasend vor Wut auf ihn stürzte, begann ihn zu erwürgen ... und wie der kleine Junge sein Schnitzmesser in die väterliche Brust über ihm stieß.

Michails Atem stockte.

›*Lass mich deine Schwester sehen!*‹

Die Bilder überfluteten ihn, als Onkel Ilja den toten Koloss von ihm zog. Wo war seine Schwester? Wir müssen dich hier wegbringen, ehe sie dich holen kommen, hallte Onkel Iljas Stimme durch sein Hirn.

Die Tränen rannen Michail aus den Augen, ein Strom, der nicht versiegen wollte, als würde er auslaufen, sich hier und jetzt auflösen, verschwinden von dieser Welt.

›*Swetlana, was hat sie gemacht?*‹

Der kleine Michail geht an der Hand des Onkels aus der Scheune. Er schaut über seine Schulter. Swetlana hat sich aufgerappelt, winkt nach ihm. Öffnet den Mund. Sie gehen noch ein Stück weiter. Jetzt hört er es. Er will zurücklaufen. Aber der Onkel zieht ihn mit sich. Es klingt in seinen Ohren, ganz schwach, nur ein Hauch, ein Flehen: »Mischa, bitte, lass mich nicht alleine! Bleib bei mir!«

Michail schaut noch einmal zurück. Ihr Mund steht offen, ohne einen Laut, aber ihr Körper ruft: »Nein, nicht meinen Bruder, nehmt ihn mir nicht weg!« Sie will schreien, aber ihr weit aufgerissener Mund bleibt stumm, das Leben in ihren Augen erlischt, dumpf starrt sie ihm hinterher, als sie sich in eine Welt flieht, die nicht mehr diese ist.

›*Du musst zu ihr und sie nach Hause bringen. Dann können wir sie wieder zurückholen in dieses Leben.*‹

Moskau

Tatjanas Zunge erkundete Igors Bauchnabel, das Mädchen schaute auf und warf ihm einen lasziven Blick zu, ehe sie sich auf den Weg machte, langsam und sinnlich zum Zentrum seiner Lust. Die hatte es einfach drauf, wusste, wie man ihn bei Laune hielt.

Igor leerte die angefangene Champagnerflasche in einem Zug und ließ sich tiefer in die Kissen gleiten. Er schloss die Augen. Tatjanas Lippen waren genau da, wo er sie am liebsten hatte. Noch ein bisschen kräftiger, wenn sie jetzt ...

Ein Piepen vom Laptop auf dem Tisch riss ihn in die

Wirklichkeit zurück. Auf die Sekunde pünktlich. Ausgerechnet jetzt. Dann musste sein bestes Stück eben noch ein bisschen warten. Er schwang sich von der Bettkante, ging auf die Tür zum Nachbarraum zu und klopfte kräftig dagegen. »Dimitri! Er ist dran.«

Das Stöhnen hinter der Tür wurde von heftigen Flüchen abgelöst und der General kam heraus. »Scheiße. Warum gerade jetzt?«

Die Bewegungen des Handtuchs um Dimitris Hüfte zeigten Igor, wie ungünstig der Zeitpunkt auch für ihn gewesen war. Er musste grinsen. Geschah dem Schmarotzer ganz recht. Für lau seine Weiber bumsen und jetzt beschwerte er sich auch noch.

»Dieser Mann ist eben eine besondere Waffe«, sagte Igor, »präzise und zuverlässig.«

Michails Gesicht erschien auf dem Bildschirm. »Hast du's?«, polterte Igor los.

»Natürlich. Und Swetlana?«

»Es geht ihr gut. Sie ist da, wo sie immer ist, und wir passen sehr genau auf sie auf. Zeig es uns!«

Michails Kopf bewegte sich zur Seite und ein langes schmales Gesicht erschien neben ihm. Dunkle senkrecht stehende Augen wie große schwarze Mandeln, eine winzige Nase und nur ein schmaler Strich da, wo ein Mund sein sollte. »Er hat *es*«, entfuhr es Dimitri.

»Wahnsinn«, brummte Igor. Nur noch ein kleiner Schritt vom Gangster zum im Geld schwimmenden Geschäftsmann. Er müsste nur dieses kleine Wesen richtig an den Mann bringen. Der knorrige General schien in ähnlichen Träumen gefangen zu sein. Den musste er rechtzeitig loswerden, am besten ...

»Was ist mit euch?«, schnappte Michails Stimme aus dem kleinen Lautsprecher.

»Gute Arbeit, Michail«, fasste sich Igor als Erster. »Du

lieferst es uns, und wir bringen deine Schwester nach ...«

»Ihr bringt Swetlana nirgendwohin«, wehte Michails eisige Stimme durch den Raum. »Ich komme zu ihr in das spezielle Haus und nehme *es* mit. Wenn Ihr mich reinlegen wollt, führe ich meinen ersten Auftrag aus und reiße *es* auf der Stelle in Stücke.«

Russland

Eis. Bis zum Horizont. Und darüber hinaus. Und so kalt. Unendlich kalt. Eis, das den Himmel überwuchert, die Sonne erstickt, das nach der Zeit greift und diese stillstehen lässt.

Kalt. So kalt, dass sie nur noch friert, dass alles in ihr stillsteht, dass ihr Herz kaum noch schlägt. Aber nicht kalt genug, dass es stehen bliebe.

War es schon immer so kalt wie jetzt? Sie kann sich nicht erinnern.

Ein kleiner Fleck bildet sich in der einförmigen, eisigen Wand, formt einen Tropfen. Er rinnt an der Wand hinunter, erreicht den Horizont. Ein zweiter Tropfen daneben. Noch andere Tropfen bilden sich. Sie laufen das Eis entlang, sammeln sich, bilden eine lila Pfütze, werden wie ein kleiner See.

Swetlana spürt einen Hauch von Wärme. Die Wände bekommen Risse, überall dringt Lila herein, viele kleine Bäche entstehen, ein chaotisches Geflecht überzieht die Wand, das Eis beginnt zu tauen, bricht auf, löst sich nach und nach ganz auf.

Ein Gedanke macht sich auf den Weg in ihr Innerstes.

›*Wach auf, Swetik. Hab keine Angst. Ich komme und hole dich da raus.*‹

Perm Russland

»Fahr doch, du Arschloch!« Igor drosch auf die Hupe ein, ließ den Motor seines fetten SUV aufheulen, aber die Autos vor ihm bewegten sich kein Stück. Der Verkehr in Perm war fast noch ätzender als in Moskau. Stau ohne Ende. Und ein Stück weiter wartete Dimitri auf ihn, um ihn von dem Militärstützpunkt aus mit zu Swetlana zu nehmen. Igor ließ die Seitenscheibe herunter und bedachte die Leute in dem Wagen neben ihm mit einer Serie von Schimpfwörtern. Die Freisprechanlage seines Handys meldete sich. »Leutnant Kornatow, Flugplatz Solikamsk.«

»Und?«

»Hier ist jemand, der sagt, er braucht ein Flugzeug.«

»Was soll die Scheiße? Bin ich etwa ...«

»Und er hat mir diese Nummer und ein Codewort gegeben.«

»Codewort? Was für eins?

»Es.«

»Gib ihn mir!«, schnarrte Igor. »Michail, was machst du auf dem Flugplatz? Du wolltest doch einen Wagen ...?«

»Ich hab's mir anders überlegt.«

»Du kannst doch nicht einfach ...«

»Doch, ich kann. Willst du *es* nun haben, oder nicht?«

Bastard. »Gib mir den Offizier!«

»Kornatow?«

»Was hat der Mann dabei?«

»Eine Segeltuchtasche, etwa 60 Zentimeter lang.«

»Schiebt sie durch das Röntgen. Ich bleib so lange dran.«

Unfassbar, dieser Michail. Spazierte mit einem Alien im Handgepäck einfach auf einen Provinzflughafen und ...

»Wir sind fertig.«

»Nun red schon! Was siehst du?«

»Etwas wie einen Käfig. Ein merkwürdiges Tier darin. Sehr eigenartiger Knochenbau. Soll ich mal in die Tasche schauen?«

»Nein, nein, nicht nötig. Irgendwelche Waffen? Habt ihr ihn gründlich gefilzt?«

»Ja, keine Waffen.«

»Auch nicht an seinem Körper?«

»Nein. Er ist sauber.«

»Gib mir den Mann.«

Das Auto vor ihm fuhr ein Stück vor, und jetzt sah sich Igor einem Hupkonzert ausgesetzt. Idioten. Er hatte etwas sehr Wichtiges zu besprechen. »Was soll die Nummer mit dem Flugzeug, Michail?«, brüllte er los, »in der Nähe von Swetlanas Heim kannst du nirgendwo landen.«

»Das lass mal meine Sorge sein. Ich springe ab und bringe *es* mit.«

»Du musst vollkommen verrückt geworden sein! Du kannst doch nicht ...«

»Willst du *es* nun oder nicht?«

»Okay, gib mir den Offizier!«

»Korn ...«

»Ja, verdammt, gebt ihm eine Maschine und einen Fallschirm. Und einen Piloten. Der soll mich sofort informieren, wenn der Mann gesprungen ist. Und zwar mit den genauen Koordinaten.«

Solikamsk, Region Perm, Russland

Michail ging mit Kornatow und dem jungen Piloten auf das Flugfeld zu. Ganz am Rand stand die Maschine, so als wollte jemand das hässliche Entlein vor neugierigen Blicken verbergen. Die vielen Kratzer und Schrammen zierten den Rumpf des Flugzeuges wie metallene Narben, zeigten stolz, ich habe schon allerhand mitgemacht und komme doch immer wieder zurück.

Michail musterte den Piloten. Jemand, der lieber mit einer MIG an der Schallmauer rüttelte, als hier mit einer kleinen, abgewrackten Propellermaschine herumzugurken.

Lästig nur dieser Kornatow im Rücken, ständig mit der Hand am Pistolenhalfter. Bewaffnetes Misstrauen, eine denkbar schlechte Kombination. Jetzt die Nerven behalten, bis hierher verlief alles nach Plan.

Der Pilot schob die Seitentür nach hinten und Michail wuchtete seine Tasche auf den freien Platz hinter dem Pilotensitz. Er nahm sich einen Fallschirm und begann ihn auszupacken.

»Was machen Sie da? Wir haben den schon geprüft.« Kornatow verstummte, als Michail ihn ansah. »Schon gut, schon gut ...«

Michail inspizierte den Fallschirm ganz genau. Er würde nie mit einem Schirm springen, den er nicht selbst zusammengelegt oder zumindest genauestens inspiziert hatte. Kornatow wurde unruhig, trat von einem Bein aufs andere. »Kann es endlich losgehen?«

»Ich bin so weit.«

Der Pilot schwang sich ins Cockpit, Michail warf den Fallschirm neben seine Tasche und kletterte hinterher. Er setzte sich auf die verschlissene Sitzbank, die neben der Luke montiert war. Er angelte nach einem der ausgeleierten Gurte an der Bank und lehnte sich zurück. Kornatow schloss von draußen die Tür. Der Pilot setzte seinen Kopfhörer auf und startete die Maschine. Der Motor stotterte einige Male unwillig, und dann kam der Bugpropeller in Schwung. Der Vogel rollte träge los, der holprigen Startbahn entgegen.

*

Toller Auftrag, dachte der junge Pilot. Aus der Bereitschaft geholt, um mit diesem Klapperkasten einen Sonderling irgendwo in die Pampa zu fliegen, statt daheim Irina zu zeigen, wie man auch unter einer Bettdecke fliegen kann. Na ja, das Ganze schnell hinter sich bringen, dieser Typ würde bald mit seinem Zeug abspringen und dann schnell zurück. Er rückte seine Sonnenbrille zurecht und schaute in sein Spiegelbild an der Seitenscheibe. Fast wie die Lufthelden in den Ami-Filmen. Den Gurt schließen und dann ...

Ein kühler Druck am Hals direkt unterhalb seiner Kopfhörer ließ ihn zusammenzucken. Ein Messer? Bereit, sein Blut im Cockpit zu verteilen? Sein Passagier kauerte direkt hinter ihm und schob ihm den Kopfhörer herunter.

»Aussteigen!«

»Was?«

»Wenn du den Vogel kurz vor dem Anfang der Startbahn hast, lässt du dich aus der Maschine fallen.«

Ein Verrückter? Der Umgang mit Psychopathen oder Drogensüchtigen ... er versuchte, sich an seine Ausbildung zu erinnern. Zeit gewinnen, Hilferuf absetzen und vor allem ganz ruhig bleiben.

Betont langsam drehte er den Kopf und schaute direkt in das Gesicht des Mannes. Die zwei Sekunden Augenkontakt reichten ihm für das Festlegen seiner Strategie. Er löste die Türverriegelung, leitete den Dreher ein und ließ sich aus der Maschine fallen, als diese die Nase in Richtung Startbahn streckte.

Durch die offene Tür sah er, dass der Mann wie eine khakifarbene Riesenschlange auf den Pilotensitz glitt, den Steuerknüppel durchzog, und mit einem Aufheulen des Motors verschwand die Maschine in der grellen Mittagssonne.

Hamburg

»Hey, krass, Ihre Majestät persönlich! Und einfach so am Telefon.«

»Lass den Quatsch, Kai«, sagte Simon, »ich brauche ...«

»Noch ein paar Millionen? Sind eure Kreditkarten schon aufgebraucht? Also ich könnte ...«

»Kai, ernsthaft! Hör zu. Du könntest für mich ein paar Zeilen schreiben ...«

»Eine Kontaktanzeige? Rendezvous in einem Portal für verlorene Seelen? Der Bringer schlechthin. Akademischer Nymphomane sucht Pendant. Mensch Doc, du hast doch die Schöne aus der Karibik und ...«

»Kai, du gehst mir auf den Geist! Wie viele Powerdrinks hast du eigentlich schon intus? Hör mir zu jetzt. Merk dir genau, was du schreiben sollst, und in welches Dokument du das dann einstellen musst.

Südlicher Ural

Am Horizont tauchten die welligen Ausläufer des Ural auf, und Michail zog die Maschine langsam höher. Schön, nicht das Radar unterfliegen zu müssen. Igor würde schon dafür sorgen, dass er mit seiner kostbaren Fracht von gierigen Abfangjägern unbehelligt bleiben konnte. Das Flugzeug begann heftig zu schaukeln, als es von den thermischen Aufwinden der sonnenbeschienenen Wälder erfasst wurde, und das Dröhnen des Motors bekam Konkurrenz vom Ächzen der metallenen Aufhängungen.

Michail suchte die scheinbar unbewohnte Gegend mit den Augen ab, bis er das Haus inmitten der Bäume entdeckt hatte, und flog einen weiten Bogen, um sich alles genau einzuprägen.

Er hatte Swetlana gefunden und würde sie bald herausholen aus ihrem Gefängnis. Und dann würde *es* ihr helfen, wieder zu sprechen, sich zu bewegen, zu lächeln, zu sehen mit lebendigen Augen, nicht mit dem Schatten des geduldig wartenden Todes auf ihren stumpfen Pupillen.

Sie würde seine Hand nehmen, und er würde Wärme spüren und weiche Haut, nicht die starre knochige Hand, die sich um die Lehne krallte, als wollte sie ein Leben festhalten, das keines mehr war.

Michail schaute auf den Höhenmesser. 9000 Fuß. Zeit für den Sprung. Er reduzierte die Drehzahl des Motors und klemmte das Steuer fest. Irgendwo dahinten im menschenleeren Gebiet würde die Maschine in ein paar Minuten zerschellen. Er schob die Tür zur Seite und ließ sich in den Himmel fallen.

Hamburg

Krass. Da war er noch nie drin. Ne tolle Liste. Alle Schweizer Institute für Gerichtsmedizin. Mal schauen.

Kai klickte den ersten Namen an.

Mist, alles in Französisch. Vielleicht den hier? Nein, genau so schlimm. Oder hier? Ja, das könnte passen. Eine kleinere Einrichtung, deutschsprachige Schweiz an der Grenze zur französischen Schweiz. Mal sehen, wie die sich schützen. Wow. Gar nicht schlecht. Da hatte sich ja jemand richtig Mühe gegeben. Das machte ja schon beinahe Spaß.

Kai zog sich noch ein Red Bull rein und nahm den Kampf auf. Scheibchenweise fielen die Walls und Schutzhüllen und dann war er drin. Er suchte nach einer passenden Leiche. Größe, Alter, Gewicht und vor allem das Datum.

Diese vielleicht?

Er öffnete die Akte, den Sektionsbericht. Da war jemand

einfach umgefallen, Herzinfarkt, aus und vorbei. Perfekt. Na dann. Er machte sich daran, den Text zu bearbeiten, wie Simon es ihm aufgetragen hatte, fügte die nötigen Änderungen ein, speicherte das Ganze für die Zukunft ab und verließ mit einem Klick den schweizer Rechner.

Südlicher Ural

Ein harter Aufprall auf der kleinen Lichtung zwischen den hohen Bäumen, eine Rolle nach vorne, wieder aufstehen, geschafft. Michail schaute sich um. Eben noch leuchtend grün, wirkten die Berghänge plötzlich grau und kraftlos, als sich die Wolken vor die Sonne schoben und allem unter sich die Farbe nahmen. Zerrupft in absurde Formen mit ausgefransten Rändern ballten sie sich über den Gipfeln zusammen, glitten ineinander, fleckig und zerknittert wie verschlissenes Bettzeug, und türmten sich auf als ein von der Restsonne noch bizarr angestrahlter Turm. Wie ein riesiger Amboss sah sie aus, die Brutstätte von Blitzen, Donner, Regen und Hagel.

Ganz still wurde es, kein Luftzug war zu fühlen, es war, als hielte die Natur die Luft an, um dem Unwetter keinen Grund zu geben, richtig lautzuwerden. Ein dünnes Grummeln mischte sich in die Stille, das Untier erwachte. Der erste Blitz zischte herab und zog einen beißenden Knall hinter sich her. Wind kam auf und die ersten Tropfen fielen in Michails Gesicht. Er versteckte den Fallschirm am Rande der Lichtung in einem Gebüsch und lief los.

Bei jedem Schritt sank er tief in den morastigen Boden und die glitschige Masse gab seine Füße nur widerwillig wieder frei. Der durchnässte Stoff der Jacke klebte an seiner Haut, der Regen lief ihm in den Kragen, kalt, aber auch erfrischend. Michail kämpfte sich durch die dichte Vegetation, die Steigungen hinauf, folgte seinem Instinkt und den

Bildern, die er sich aus dem Flugzeug eingeprägt hatte. Nach einiger Zeit stieß er auf eine besonders dicht stehende Baumgruppe, danach lichteten sich die Pflanzen wieder. Noch ein paar Schritte. Er schob sich näher an eine besonders dicke Fichte heran und schaute um den feucht glänzenden Stamm herum.

Da lag das einsame Gebäude, das Heim seiner Schwester in den letzten Jahren. Früher der ideale Platz, um die inneren Feinde der Sowjetunion dauerhaft aus dem Verkehr zu ziehen, die als psychisch krank deklariert hier allmählich verdämmerten oder auf der Flucht starben.

Nach dem Zerfall der Sowjetunion von den Behörden aufgegeben, jetzt eine Unterkunft für tatsächlich psychisch Kranke oder solche wie Swetlana. Ein zweistöckiger Komplex mit mehreren Flügeln, eine schmale Straße schlängelte sich in Serpentinen hinauf und mündete in einer Auffahrt inmitten einer verwucherten Parkanlage. Einige Geländewagen standen dort vor dem Haus, olivbraune Tarnfarbe, von den Insassen nichts zu sehen.

Michail sah zu der Terrasse auf dem Dach des größten Gebäudeteils. Zwei Männer standen dort. Igor war eben vorsichtig, hatte Wachen an der richtigen Stelle postiert. Michail nahm das kleine Fernglas aus der Segeltuchtasche und schaute hindurch. Sie trugen Uniformen mit Dienstabzeichen und Gewehre über der Schulter. Soldaten. Das waren nicht Igors Männer.

Die Dinge hatten sich also geändert, jemand hatte Igor aus dem Spiel genommen. Die beiden Männer da oben hatten sich vor dem strömenden Regen unter ein Vordach an den Schornsteinen zurückgezogen. Soldaten, die Angst vor Wasser hatten. Gut, weil jetzt die andere Seite frei war. Schlecht, weil sie zu eng zusammenstanden, als dass er beide im Nahkampf auf einmal hätte ausschalten können, ehe sie in der Lage waren zu feuern, ihre Funkgeräte zu bedienen oder sonst irgendwie Alarm auszulösen.

Michail schlängelte sich zwischen den nächsten Bäumen hindurch, jetzt hatte er freien Blick. Vielleicht noch 100 Meter. Hätte er doch nur sein Gewehr. Aber da war nur die Pistole, die er dem aus dem Flugzeug hatte mitnehmen können mit etwas Munition. Ein Kinderspiel mit seinem Gewehr, aber schwer mit einer Pistole, nicht nur schwer, sondern nahezu unmöglich auf diese Entfernung genau zu zielen. Aber wenigstens würde das Gewitter die Schussgeräusche übertönen.

Michail legte an, der Wind rüttelte an seinen Armen und Händen. Ein Körpertreffer würde nicht reichen, Stirn und mittig. Die Kimme tanzte um die anvisierten Köpfe. Er dachte an seine Schwester, wie starr und ruhig sie da saß, an lila Bilder einer fremden Landschaft und wurde im Inneren ganz ruhig. Er atmete ganz tief ein, ließ seine Arme zum Spielball des Windes werden, wogte mit, wurde eins mit den Elementen, sah, wie in Zeitlupe der Lauf der Waffe zu den Köpfen schwebte, und drückte ab.

*

Michail ließ die Waffe sinken und griff zu seinem Fernglas. Die beiden Männer waren zusammengesackt und hatten bestimmt keinen Alarm mehr ausgelöst. Los jetzt.

Was würde ihn drinnen erwarten? Sicherlich mehr Uniformierte als Schwesternkittel. Er rannte durch den strömenden Regen die schmale Auffahrt hinauf. Da standen die Geländewagen. Drei Stück. Unverschlossen. Eine Falle? Für ihn? Er schaute unter die Wagen. Drähte, die da nicht hingehörten. Für eine Flucht nicht zu gebrauchen.

Er schlüpfte durch eine Tür neben den Rolltoren in die Garagen. Zwei Krankenwagen standen darin. Ein alter Ural und ein Japaner. Ein ziemlich neues Modell, wahrscheinlich vor einigen Monaten noch irgendwo in Westeuropa unterwegs, jetzt neue Papiere und ein Stapel Dollar mehr für die Schieberbande. Er sah sich weiter um. Glück gehabt, das alte Motorrad stand noch in der Ecke wie bei seinem letzten Besuch hier. Das Lieblingsspielzeug des Hausmeisters. Mindestens 30 Jahre alt, schwer und langsam, alles zusammengebastelt und geflickt, das Provisorium als dauerhafteste aller Lösungen.

Michail wuchtete die Maschine in den Japaner und zurrte sie neben der in der Mitte montierten Liege fest. Dann ging er in den Raum neben der Garage, in das kleine Reich des Hausmeisters. Alles zugekramt, auf Jahre konservierte Basteleien, auch nach Jahren des Zerfalls der Sowjetunion noch immer alles wie früher. Er zog einen der verschlissenen Blaumänner an, die wie Felle erlegter Tiere schlaff von den Haken an den Wänden hingen, und setzte sich eine ölverschmierte Kappe auf. Er griff sich eine Werkzeugkiste und die rostige Leiter und stapfte los.

Die nächste Tür führte in das Treppenhaus. Am ersten Absatz stand gelangweilt ein Posten herum und musterte ihn abfällig.

»Scheiß Wasserhähne«, murmelte Michail und polterte die Stufen herauf.

»Wo willst du ...«

Ein gezielter Schlag an den Hals und der Mann fiel in sich zusammen. Aber diesmal kein Knacken der Halswirbelsäule, er würde nur noch töten, wenn es unvermeidlich war.

Die nächste Etage. In seinem Kopf rief sich Michail die Bilder der letzten Besuche bei seiner Schwester auf und stellte sich vor, wie er die Bewachung hier organisiert, die Wachen aufgestellt und instruiert hätte. Worauf würden sie achten? Einen vorsichtigen Eindringling, lautlos schleichend mit dem vergeblichen Versuch, sich unsichtbar zu machen. Warten, bis er auftauchte, und dann zuschlagen.

Michail stapfte mit kräftigen Schritten die letzten Stufen der Treppe hinauf, knallte dabei mehrfach mit der Werkzeugkiste gegen das Geländer und die Wand, es schepperte, als führe ein Laster voller Schrott über eine Bodenwelle.

Noch drei Stufen. Swetlanas Etage. Zehn Zimmer, ein großer Flur. Eine besondere Patientin und zehnmal so viele Soldaten. Michail ließ die Werkzeugkiste auf den Boden fallen, als er in zwei Gewehrläufe schaute, bösartige kleine Pforten zur Hölle. Ruhig bleiben, ganz ruhig. »Die Scheiß Wasserhähne«, ächzte er, »warum immer ich?«

Die Soldaten ließen die Gewehre sinken.

»Danke«, raunzte Michail und ging ein paar Schritte auf die Waschräume zu. Die rostigen Wasserrohre, die dorthin führten, krochen unter der Decke entlang wie die bräunlichen Ranken einer abgestorbenen Pflanze. Er stellte die Leiter auf und fluchte weiter vor sich hin. Zwei Türen öffneten sich kurz, um gleich darauf wieder geschlossen zu werden.

Den Bären aus der Höhle locken. Er kletterte die Leiter hinauf, nahm die Zange und klopfte wild auf den Rohren herum. Ein metallisches Stakkato vertrieb den Rest der Stille von der Station, raste als nervenaufreibendes Geräusch an den Leitungen entlang durch das ganze Gebäude.

Den Bären ... Die Tür von Swetlanas Zimmer wurde aufgerissen. Ein hochrotes Gesicht schaute heraus, ein dünner Schnauzbart tanzte wütend über dem schmalen Mund.

»Erschießt den Idioten, wenn er nicht sofort aufhört«, schrie der Mann, drehte sich um und knallte die Tür hinter sich zu.

Michail stoppte, griff nach der kleinen Sprühflasche in seiner Overalltasche und stieg von der Leiter. Ein Posten kam drohend auf ihn zu.

»Was soll ich tun?«, jammerte Michail, »ich bin hier doch nur die Aushilfe. Die reißen mir den Kopf ab, wenn ich ...«

Als der Mann genau zwischen Michail und dem anderen Soldaten am Ende des Ganges war, zischte ihm Michail das Gas ins Gesicht. Der Soldat starrte ihn ungläubig an und brach zusammen.

»Hilfe!«, schrie Michail, »Hilfe, was ist mit ihm?«

Der andere kam angelaufen, Michail griff an das Holster des Ersten, zog die Waffe heraus. »Stehenbleiben! Keinen Ton! Ich lasse dich am Leben, wenn du gehorchst.« Michael konnte fast sehen, wie die Gedanken hinter der Stirn des Mannes arbeiteten. Als Held für Volk und Vaterland sterben, oder als Feigling weiterleben. Der Mann hob die Hände.

»Du musst nur einen Satz sprechen.« Er entwaffnete den Mann und fesselte ihm die Hände auf dem Rücken. »Ein falsches Wort und du bist tot.« Michail presste ihm die Waffe in die Rippen und schob ihn vorwärts. Er klopfte an Swetlanas Tür. »Los jetzt!«

»General, Viktor ist schlecht geworden, überall Schaum vor dem Mund, ich weiß nicht was ich tun soll.«

»Waschlappen«, kam eine ärgerliche Stimme von innen. »Schaff ihn weg.«

»Er stirbt, General, bitte!« Wütende Schritte dröhnten hinter der Tür, begleitet von einer Serie von Schimpfwörtern. Der schnauzbärige Offizier riss die Tür auf. »Was ...«

Michail traf ihn mit der Faust im Oberbauch, genau da, wo im Solarplexus die wichtigsten Nervengeflechte liegen. Der Mann sackte auf die Knie und fiel zu Boden. Der Soldat starrte Michail an.

Du hast bestimmt gelogen, konnte Michail in seinen Augen lesen. Na los, drück schon ab.

Michail hob das Spray und schickte den Mann ins Traumland.

Er stürmt in den Raum, Swetlana sitzt am Fenster, bewegungslos wie immer und starrt hinaus. Plötzlich aber dreht sie den Kopf und sieht ihn an. Augen mit einem Hauch von Leben, Augen, die seinen Blick suchen. Stumm bewegt sie ihre Lippen, aber Michail versteht sie, als klängen die Worte ganz deutlich durch den Raum: *Ich habe dich erwartet. Bring mich von hier fort.*

*

Da vorne war die Tür zur Garage. Nur noch ein paar Stufen. Michail trug seine Schwester wie ein Kind in seinen Armen. Wie leicht sie war. Kaum noch ein Körper, und wie kühl ihre Haut. Wo war ihr Leben geblieben? Wie viel davon war noch da?

Er stieß die Tür auf und bugsierte sie auf den Beifahrersitz des Krankenwagens. Dumpf hallten Kommandos durch das Treppenhaus, polternde Schritte. Da standen Benzinkanister in der Ecke des Raumes, wie leicht es doch wäre! Die bewaffnete Horde könnte gleich hier merken, wie sich Höllenfeuer anfühlt. Aber wenn da oben noch andere waren, die Hilflosen in ihren Betten, nein, er würde keine Unschuldigen töten, nicht noch mehr Blut an seinen Händen sammeln.

Er setzte Swetlana auf den Beifahrersitz, drückte auf den Schalter für den Motor des Rolltores, sprang in den Wagen und fuhr los. Die Männer würden einige Zeit brauchen, ihre eigenen Minen an den Geländewagen zu entschärfen. Ein Vorsprung, den er brauchen würde.

Michail gab Gas und ließ den Wagen die Serpentinen herunter poltern. Kurve an Kurve schlängelte sich die Schotterpiste den Berghang hinunter. Er schaute zu seiner Schwester. Ihr Mund bewegte sich, jedoch drang kein Ton heraus. *Du schaffst es Mischa*, hörte er trotzdem deutlich in seinem Kopf. *Du bringst uns hier raus.*

Der Wagen schleuderte in die nächste Kurve. Schlamm, tiefe Pfützen, es regnete immer noch unaufhörlich. Noch einige Kurven, dann kam die etwas bessere Straße. Michail sah aus dem Seitenfenster nach oben. Da waren sie schon. Zu wenig Vorsprung. Das würde nicht reichen, um zu entkommen. Er musste die Verfolger loswerden. Aber wie? Ein Fläschchen Betäubungsgas, ein Stück Metall vom Flugzeuggurt, das der Pilot für ein Messer gehalten hatte, und eine fast leer geschossene Pistole gegen die Feuerkraft der Männer in den Geländewagen?

Der Wagen rauschte durch die Pfützen, die sich wie kleine Seen aneinanderreihten. Eine Senke brauchte er, nicht zu tief aber breit genug. Die da unten in der letzten Kurve vor dem geraden Weg, die könnte passen.

Michail bremst scharf ab und lässt den Wagen quer in die Kuhle rutschen. Er schaut aus dem Seitenfenster, das Wasser steht bis zu den Felgen. Michail springt aus dem Wagen und zieht das Motorrad heraus.

Noch zwei Schuss in der Waffe. Er zielt auf den Benzintank und drückt ab. Ein lauter Knall, als das Geschoss das Metall durchdringt, ein leises Plätschern, als sich das Benzin auf das Wasser in der Senke ergießt. Keine Explosion wie in den billigen Actionfilmen; gefüllte Tanks explodieren nicht gleich. Gut, wenn man weiß, was man tut.

Das Benzin breitet sich auf der Lache aus, Schlieren bilden sich, schillernde bizarr zerrissene Regenbogenfarben, sie fließen zusammen und bedecken die ganze Fläche. Nur noch ein paar Zentimeter des rechten Hinterrades stehen heraus. Dieses steht am tiefsten. Michail zieht das Metallstück aus der Tasche. Jetzt muss alles stimmen. Zu viel und sie fliegen direkt in den Himmel, zu wenig und die anderen werden sie erwischen. Michail ritzt die Seitenwand des Reifens, ein harter, federnder Widerstand, dann frisst sich das Metall in das spröde Gummi. Ein leises Zischen, als die Luft entweicht, wie in Zeitlupe sinkt der Wagen tiefer. Schnell jetzt. Er hebt Swetlana aus dem Auto und setzt sie vor sich auf das Motorrad. Er tritt den Kickstarter. Ein widerspenstiges Stottern, Stille. Er tritt noch einmal. Der eiserne Hebel kommt hochgeschlagen, ein heftiger Schmerz schießt sein Bein hoch. Er beißt sich auf die Lippen. Noch ein Versuch. Endlich. Der bullige Einzylindermotor knattert mit dem löchrigen Auspuff um die Wette.

Noch zwei Kurven für die Verfolger, das Fahrzeug sinkt weiter ins Wasser, es zischt, als die ersten Teile des Auspuffs mit der Pfütze in Kontakt kommen. Michail fährt einige Meter, hält an und schaut zurück. Die Geländewagen stoppen ein Stück vor dem quer stehenden Krankenwagen. Männer springen heraus und zielen mit Gewehren auf sie. Ein Befehl von dem Mann mit dem Schnauzbart und die Waffen sinken. Natürlich, sie wollen ihn lebend, sie wollen ja wissen, wo *es* ist, wo er *es* versteckt hat. Und sie werden ihn bekommen, wenn sein Plan misslingt.

Weitere Luft entweicht aus dem Reifen, der heiße Auspuff verdampft das Benzin-Wasser-Gemisch um ihn herum. Verdammt! Nicht heiß genug. Der Katalysator muss mit dem Benzin in Kontakt kommen. Na endlich. Überall breiten sich kleine Flammen aus und dann brennt die ganze Lache. Feurige Schlangen ringeln sich am Auto empor. Der Tank. Jetzt ist er doch leer, nur noch das Gemisch aus Luft und Benzindämpfen, eingeschlossen von Metall.

Der Schnauzbart brüllt etwas und die Männer auf der anderen Seite werfen sich auf den Boden. Eine Flammensäule schießt in den Himmel, ein infernalisches Krachen jagt durch die Wildnis, es regnet Feuer und ein Hagel von Erdklumpen geht nieder. Als sich die Rauchschwaden verziehen, sieht Michail, dass das Wrack des Krankenwagens in einem tiefen Krater liegt, wo eben noch die

Straße war. Die Jagd ist vorbei, keine Chance zum Durchkommen, nicht einmal für die Geländewagen. Michail drückt seine Schwester an sich und fährt los.

Greifswald

Major Schneider öffnete die Aktenmappe und nahm den Ausdruck des Berichts heraus. Ein ordentliches Formular, wie man es von einem gerichtsmedizinischen Institut in der Schweiz erwarten konnte. Er überflog die Fakten: Männliche Leiche, etwa 40 Jahre alt. Herkunft und Identität unbekannt. Todesursache: Aortenruptur unklarer Genese. Nebenbefunde: Zustand nach multiplen Frakturen des rechten Unterschenkels und der Rippen, multiple alte Verletzungen der Bauchhöhle, vermutlich alte, operierte Schusswunden, nicht identifizierbare Metallteile in Millimetergröße, möglicherweise Rückstände von eingedrungenen Projektilen. In der Blutuntersuchung keine Toxine oder Narkotika. Zusammenfassung: Kein Anhalt für Fremdverschulden.

Schneider klappte den Aktendeckel zu. Die Kapsel hatte funktioniert. Aber zu früh? In der falschen Situation? Nein, der Mann hatte genau gewusst, was für ihn auf dem Spiel stand und zu viel riskiert. Und sie hatten extrem viel investiert und standen jetzt mit leeren Händen da.

Das Telefon klingelte. »Herr Major? Haben Sie's gelesen?«

»Ja«, schnarrte Schneider.

»Sollen wir versuchen, die Leiche zu bekommen?«

Ein offizielles Ersuchen an die schweizer Behörden? Schneider erinnerte sich dunkel an den Fall Barschel. Der ehemalige Schleswig-Holsteinische Ministerpräsident war unter mysteriösen Umständen in einem schweizer Hotel in Genf ums Leben gekommen. Angeblich Selbstmord. Die Fakten aber waren mehr als verdächtig für einen professionell getarnten Mord. Nur hatte diese Theorie nie bewiesen werden können, zumal die schweizer Behörden sich alle Einmischungen von außen entschieden verbeten hatten.

Also jetzt ganz offiziell Staub aufwirbeln, um eine Leiche hierher zu bekommen? Ein berechtigtes Interesse nachweisen? Mehr Fragen aufwerfen als beantworten zu können?

Schneider fasste sich. »Nein. Wir wissen nicht alles, aber genug.« Er legte auf.

Eggimann würde sie nicht mehr zu dem geheimnisvollen Ding führen können. Er war tot und lag jetzt für immer begraben in schweizer Erde.

Russland

Der stämmige Bulgare drehte sich von dem Baum am Straßenrand weg, machte seinen Hosenschlitz wieder zu und stapfte durch die Pfützen zu seinem Truck zurück. Scheißwetter. Und schon drei Stunden hinter dem Zeitplan. Seine Ladung quietschte und drängelte sich an den gitterartigen Holzstäben, die dem Sattelschlepper das Aussehen eines rollenden Gefängnisses verliehen. Noch etwa 1500 Kilometer bis Polen.

So viel Kaffee konnte man gar nicht trinken, um wach zu bleiben. Und wofür das alles? 300 € für den ganzen Monat, manchmal noch 50 dazu, wenn er den eng gesteckten Zeitplan unterbot und ein kräftiger Anschiss, wenn er zu spät war.

»Wo fährst du hin?« Das Pärchen war wie aus dem Nichts aufgetaucht. Eine Art Hausmeister in einem blauen Overall, im Arm eine an ihn gekuschelte Frau im Nachthemd mit einer viel zu großen Jacke darüber.

»Was geht euch das an? Verschwindet!«

Der Mann griff in die Brusttasche des Overalls und förderte einen Packen brauner Euroscheine zu Tage. »Also wohin?«

Was der Typ da in der Hand hielt, waren mindestens sechs Monatslöhne.

»Kraków.«

»Wo ist das?«

»Etwa 300 Kilometer vor Warschau.«

»Sehr gut!« Eine Hand schoss vor und hielt ihm einige Scheine hin. »Wir fahren mit. Deine Anzahlung. Rest bei Ankunft.«

Keine Anhalter, niemanden mitnehmen. Es war gegen die Regeln, aber scheißegal. Wer sollte denn was merken? Und wenn sie keine gültigen Papiere hatten, würde er sie kurz vor der Grenze einfach rauswerfen. Er öffnete die Beifahrertür.

»Schließ hinten auf!«

»Was? Wieso hinten? Bei den Scheiß Viechern?«

»Wir fahren lieber in Gesellschaft«, sagte der Mann ohne einen wirklichen Anflug von Humor. »Und wenn du so etwas siehst ...« Er öffnete den Overall und eine blutbefleckte Armeeuniformjacke wurde sichtbar.

Der Bulgare war sich nicht sicher, was ihn mehr beeindruckte, die Uniformjacke mit dem Blut oder der Griff der Schusswaffe, der unter der Achsel hervorschaute. Verrückt. Ein Hausmeister mit einem weiblichen Gespenst im Arm, bewaffnet und mit irgendeinem finsteren Geheimnis.

»Wenn das so ist«, sagte der Bulgare, »verlange ich ...« Der Mann schob sich näher an ihn heran und ein starrer Blick aus Augen, kalt und dunkel wie die Taiga im Winter, spießte ihn förmlich auf.

»Was?«

»... einen extra Schnaps, wenn wir in Polen sind.«

»Kein Problem.« Der Mann im Overall entspannte sich

ein wenig, entließ ihn aber nicht aus seinem bohrenden Blick. »Und jetzt hör mir genau zu.«

Perm

Eingesperrt in dieser miesen Kammer, der ätzende Armeefraß, ein Bett, hart wie ein russischer Panzer und die einzige Frau hier doppelt so alt und mindestens dreimal so schwer wie Tatjana. Und noch nicht mal Wodka. *Bljat.* Scheiße. *Pizdec.* Einfach nur große Scheiße.

Dimitri hatte ihn reingelegt. Diese feige Ratte. Hatte ihn alles perfekt einfädeln lassen, und jetzt wollte dieses Arschloch die Beute für sich und hielt ihn hier fest.

Ein Riegel wurde zurückgeschoben und der uniformierte Schnauzbartträger stieß die Tür auf. Er stakste auf Igor zu und setzte sich auf den freien Holzstuhl ihm gegenüber an den kärglichen Tisch.

Sein Gesicht. Überall blutig verschorfte Stellen, die Haare angesengt. »Suka, Bitch«, fluchte der Mann und schob noch eine ganze Salve von Schimpfwörtern hinterher.

Ein Anflug von guter Laune mischte sich in Igors Wut.

»Na, Dimitri«, sagte er und machte eine genüssliche Pause, »warum hast du ihn denn nicht mitgebracht?«

Der Mann mit dem Schnauzbart sah aus, als würde er seit Stunden auf einer Chilischote herumkauen. »Du hättest das natürlich besser gemacht«, zischte er.

»Er ist weg, stimmt's? Und das Mädchen auch.« Igors Laune besserte sich noch weiter, als er die Antwort in Dimitris Augen las.

»Wir haben ihn bald«, brummte der Uniformierte, »sitzt bestimmt in einem der Züge nach Süden.«

»Ihr kontrolliert die Bahnhöfe?«

»Ja, und wenn wir ihn haben, quetschen wir alles aus ihm heraus.«

Dimitri schien jetzt genug zu haben. »Und spar dir dein dämliches Grinsen, Igor!«

Er wusste, wo er suchen würde, dachte Igor. Aber Dimitri hatte ihn ausgetrickst und saß jetzt in der Scheiße. Selber Schuld.

»Darf ich zurück nach Moskau, Genosse General?«, flötete Igor. »Ich habe da so ein Ziehen in den Leisten, für das ich dringend eine Behandlung brauche.«

Der Schnauzbart biss sich fast die Unterlippe ab. »Wir können dich hier sowieso nicht brauchen«, brummte er, »verpiss dich! Aber Finger weg von dieser Sache, oder du schmorst für den Rest deines Lebens im Lager.« Er knallte Igor die Papiere auf den Tisch und stapfte wortlos hinaus.

Russland

Der Bulgare stellte die Lüftung auf Höchstleistung. Es war nicht gerade ein Parfümlaster, den er fuhr, aber das war schon heftig. Er roch an seinen Händen. Bah, wie Kloake. Und das Hemd! Aber das Bündel Geldscheine in seiner Brusttasche fühlte sich gut an. Und morgen Früh würde es noch dicker werden. Damit könnte er es daheim in Plovdiv endlich krachenlassen. Feiern, Mädchen und ...

Scheiße! Was war das da vorne? Eine Straßensperre. Statt Party gleich hier in den Knast? Er verlangsamte den Laster und hielt vor dem provisorischen Schlagbaum an. Die beiden jungen Soldaten hatten wohl nicht so richtig Spaß an ihrem Job. Gelangweilt bummelten sie auf den Laster zu. »Steig aus!« Der eine leuchtete das Führerhaus aus. »Deine Schlafliege. Die Schlafkoje über dem Führerhaus, mach sie auf!«

Der Soldat wühlte lustlos in den Decken herum. »Geh und kontrolliere den Laderaum«, schickte er den anderen nach hinten. »Und du gehst mit!«, forderte er den Fahrer auf.

Der kleinere Soldat schlurfte los. Was für ein Gestank.

In der Magengrube des Bulgaren krampfte sich alles zusammen. Der Soldat leuchtete durch die Gitterstäbe. Borstige Schnauzen kamen ihm entgegen, schnüffelten, grunzten aufgeregt. Jauche tropfte vom LKW auf seine Stiefel. »Scheiße!«, schimpfte er. »Das ist ja schlimmer als Latrineschrubben in der Kaserne.«

»Soll ich aufmachen?«, bot der Bulgare an.

»Nein, schon gut. Fahr bloß weiter.«

Der Bulgare trottete zurück zu seinem Führerhaus und grinste in sich hinein. Diese Hausmeistertype war schon hart im Nehmen. Ein Kesselwagen voller Gülle aus dem ehemaligen Kolchos zusätzlich zu den Schweineexkrementen in den Wagen gekippt, und er mit seinem Liebchen mittendrin. Den Zöllner wollte er sehen, der sich später am Grenzübergang zu Polen da freiwillig hineinbegab.

Oberhalb von Montreux

Gar nicht so übel die Unterbringung im Kloster, dachte Miriam. Natürlich kein Fünf-Sterne-Hotel, aber alles ordentlich und gepflegt. Kleine Zimmer, aber keine kargen Eremiten-Zellen. Ihr Raum lag etwas abseits, schließlich musste den Gepflogenheiten eines Klosters Rechnung getragen werden, Simon und Greyson inmitten der Mönche und sie mit Tim hier.

Und es vermittelte ein sehr beruhigendes Gefühl. Dicke Mauern wie eine alte Burg, und Diamino hatte auch einige Mitglieder der Schweizer Garde mitgebracht. Männer, die keineswegs in bunten Kleidern herumstanden, sondern gut geschulte Bewacher, die sich, so unauffällig es ging, auf dem Gelände verteilt hatten.

Miriam entschloss sich zu einem Spaziergang durch den

Garten. Die Tür zu einer der Kapellen stand offen. Miriam ging hinein. Viele Malereien an den Wänden zeigten den Kampf des Guten gegen das Böse. Auf einem der Bilder durchbohrte ein Mann, der ohne Zweifel zu den Guten gehörte, mit der Lanze ein wildes Tier, das sich zähnefletschend auf eine engelsartige Frau stürzen wollte.

Miriam zuckte zusammen. Sie dachte an Lailas Zähne. Wie sie zugebissen und damit Miriams Leben gerettet hatte. Aber auch der Blutrausch, ihre Lust am Töten. Sie rannte aus der Kapelle und lief direkt Simon und Greyson in die Arme.

»Simon, Laila ist ein Monster«, brach es aus ihr heraus, »irgendetwas hat sie in ein Monster verwandelt.«

»Was?«, fragte Simon verblüfft, »wie kommst du denn jetzt darauf?«

»Ich habe euch nicht so genau erzählt, wie mich Laila gerettet hat«, sagte Miriam und schilderte ihnen jetzt das Gemetzel im Stall. Sie blickte hinüber zu Greyson. »Fred, deine Leute haben ihr damals etwas eingepflanzt, was jetzt außer Kontrolle geraten ist. Die Angst wolltest du den Pferden nehmen, ihnen zeigen, wie stark sie sind, und dass sie sich gegen jeden Feind behaupten können.«

Greyson holte tief Luft, wie immer, wenn er eines seiner egomanen Statements abgeben wollte. Aber auf einmal wurde er ganz kleinlaut. »Außer Kontrolle trifft es recht gut.« Und dann erzählte er von den unglaublichen Zeitungsmeldungen in Brandenburg, den Gerüchten von wildernden Wolfswelpen und auf unvorstellbare Weise niedergemetzelten Tieren.

»Die veränderten Gene könnten auf eine andere Spezies übertragen werden«, schaltete sich Simon ein. »Ich mag mir gar nicht vorstellen, welche Folgen das haben kann. Und diese Gene arbeiten auch immer weiter in Lailas Körper«, murmelte er. Er seufzte. »Immerhin kann sie sie nicht an ihre Nachkommen weitergeben. Johansson hat mir seinerzeit erzählt, dass er die Keimzellen für immer blockiert hat.«

»Auch das ist ein Irrtum«, sagte Miriam tonlos, »Laila ist trächtig.«

Insel Usedom

»Komm, lass uns hineingehen, es regnet gleich«, sagte die alte Frau und erhob sich mühsam von der Holzbank vor ihrem Haus. »Und dann erzählst du mir, was dich so bedrückt.«

Anke nahm ein Tablett, sammelte das Geschirr vom Tisch und folgte ihrer Großtante in den Wohnraum.

»Und als er mit dem großen schwarzen Geländewagen vom Klinikhof fuhr«, platzte sie los, »da hat es mich innerlich zerrissen. Tante, er wird nie wiederkommen.«

Die Frau drückte Anke fest an sich. »Meine Ahnungen sagen etwas anderes.« Sie gab Anke einen zarten Kuss auf die Wange. »Und wenn er wieder da ist, könnte ich hier vier kräftige Hände gut gebrauchen.«

Im Kloster oberhalb von Montreux

»Schön, dass wir Greyson mal los sind«, sagte Simon, als er mit Miriam im Garten des Klosters saß. »Es gibt noch einen Aspekt, den ich in seinem Beisein nicht diskutieren wollte.«

»Und der wäre?«

»Als wir auf dem Schiff waren, sind dort auch einige merkwürdige Dinge passiert. Son hat mir erzählt, dass verschiedene, ganz unterschiedliche Tiere verendet sind. Eine Seherin, die sie dazu befragt hatten, habe verkündet, ein böser Geist sei an Bord.«

»Damit meinte sie doch wohl nicht unser Kind?«

»Ich fürchte doch. Ich habe mit Tim gesprochen, wenn man das überhaupt so nennen kann. Er hat seine Gedanken noch in viele andere Köpfe geschickt außer den unseren. Nenn es Neugierde oder Spieltrieb. Manche der eher kleinen Gehirne scheinen dabei durchgedreht zu haben, was im Extremfall zum Tod der Tiere geführt hat.«

»Simon, du willst nicht sagen, dass etwas Böses in unserem Kind ...«

»Nein, Tim hat das nicht mit Absicht gemacht. Ich glaube, er kann die Kraft seiner Gedanken nicht richtig einschätzen und die Wirkungen, die sie hervorrufen können. Zumindest noch nicht. Ich brauche dringend wieder eine Arbeitsmöglichkeit, damit ich mich eingehend mit ihm beschäftigen kann.«

»Nicht zu vergessen, wie es mit Laila und den Wölfen in Brandenburg weitergeht«, sagte Miriam.

»Stimmt«, sagte Simon, »also über einen Mangel an Arbeit werde ich mich in Rom bestimmt nicht zu beklagen haben.«

Insel Usedom

»Nimm nicht deinen eigenen Wagen und benutze kein Navi. Teste, ob dir jemand folgt!«, hatte ihr Michail eingeschärft.

Sie umrundete ein zweites Mal den Kreisverkehr und beobachtete die anderen Autos. Alles okay, sie nahm Kurs auf ihr Ziel. Durch Ahlbeck hindurch, nur noch ein paar Kilometer bis Swinemünde.

Ganz früher streng bewachtes Grenzgebiet, nach dem Fall des Eisernen Vorhangs durchlässig für Fußgänger und Radfahrer, und jetzt fing Polen einfach an, fast ohne dass man es merkte.

Im Ort tobte das Leben, Partytime schon am Tag. Aus

allen Ecken Musik, Urlauber dicht an dicht schoben sich an den Ständen vorbei, blieben stehen, um sich die Getränke für den nächsten Schub gute Laune zu besorgen.

Anke fuhr langsam weiter. Wo waren sie nur? Wie sollte sie in dem Gewimmel jemanden finden? An einem der Tische vor einem Eiscafé saßen ein Mann in einem blauen Overall und eine Frau mit einem Strohhut auf dem Kopf.

Sie fuhr an den Straßenrand, um genauer zu schauen. Der Mann hob kurz den Kopf und eine Welle plötzlichen Glücks durchlief Ankes Körper, ihre Finger fingen an, so stark zu zittern, dass sie sich an das Lenkrad krallte.

Er war zurück. Der Mann stand auf und half seiner Begleitung, auf die Beine zu kommen. Mühsam lief die blasse Frau an seinem Arm, als sei Laufen etwas sehr Ungewohntes für sie.

Anke stieg aus dem Wagen und öffnete die hintere Tür. Michail half seiner Schwester hinein. Er blieb kurz stehen und fiel Anke in die Arme. Mehr als ein Schluchzen brachte er nicht heraus. Er drückte sie noch einmal fest an sich und stieg dann in den Wagen.

Anke ließ sich auf den Fahrersitz fallen und starrte zu Michail hinüber. Tränen liefen ihr über die Wangen. Er brauchte nicht zu sprechen. Sie verstand ihn auch ohne Worte. *Ich werde dir alles erzählen. Später. Wenn ich kann. Bitte bring uns nach Hause.*

Genfer See

Der Mann mit der karierten Schiebermütze saß auf der Bank und studierte intensiv seine Zeitung. Vom See wehte ein frischer Wind herüber, fing sich in dem Papier, beulte die Seiten nach innen und ließ sie wieder frei.

Gab es etwas Langweiligeres als Angeln? Durchaus. Das Observieren eines Anglers. Da er aber sein ganzes Leben lang nichts anderes getan hatte, als zu beobachten, widmete er sich mit stoischer Ruhe auch dieser Aufgabe. Es war zwar nicht mehr die wunderbare Zeit wie vor über 2000 Jahren, als Männer wie Konfuzius überall hoch angesehen waren, aber aus seinen Lehren konnte man auch heute noch etwas ziehen. *Ist man in kleinen Dingen nicht geduldig, bringt man die großen Vorhaben zum Scheitern.*

Ob der graubärtige Mann mit dem Zöpfchen, der da unten seit Stunden bewegungslos auf der Kaimauer hockte und seine Angelschnur beobachtete, auch dieser Philosophie folgte? Und sich innerlich auf ein großes Vorhaben vorbereitete? Wenn ja, würde es ihm auch hinter der Zeitung nicht entgehen.

Insel Usedom

Zurück nach Deutschland über die Grenze, die keine mehr war, noch vor Ahlbeck links ab, weg von der Ostseeküste, hinein in das Innere der Insel. Schweigen im Auto, gefüllt mit Gedanken, die sich zu treffen schienen, sich zu vergleichen und zu überdecken.

Während Anke der kurvigen Landstraße folgte, schaute sie immer wieder in den Rückspiegel zu Michail. Ihre Blicke trafen sich in dem kleinen Stück Glas, blieben aneinanderhängen, als wollten sie sich nie wieder loslassen.

Nach etwa zwanzig Minuten setzte Anke den Blinker, um nach rechts von der Bundesstraße 110 abzubiegen.

Liepe neun Kilometer verkündete das gelbe Schild am Straßenrand. Wald. Felder. Vereinzelte Häuser, nur noch ein Auto hinter ihnen, das bald in einen kleinen Weg abbog. Jetzt waren sie allein auf der Straße, in der Luft eskortiert von einem Schwarm Möwen, die sich wohl auf dem Land etwas Abwechslung für ihren Speisezettel gesucht hatten und jetzt wieder der nahen See zustrebten.

Anke sah wieder in den Spiegel. Michail hatte Swetlana im Arm, konnte kaum die Augen offen halten, seine Schwester schlief tief und fest.

Suckow, Krienke, Rankwitz, Orte, so klein und abseits der Verkehrsströme, dass man die Abgeschiedenheit fast greifen konnte. Hinter *Liepe* fuhr Anke nach links ab. Aus dem glatten Asphalt wurde eine ruppelige Schotterpiste, zwei Scheunen kamen in Sicht, ein offen stehendes Gatter, Anke steuerte den Wagen hindurch und hielt auf dem staubigen Hof direkt vor einem Fachwerkhaus, dessen rote Ziegel einen warmen Kontrast zu dem Schilfdach bildeten.

»Willkommen zuhause«, rief Anke und sprang aus dem Auto.

Michail stieg aus und fiel ihr in die Arme. »Ich weiß nicht, was ich sagen soll«, stotterte er, »es ist so ...«

»Schau dahinten«, unterbrach ihn Anke. Mehrere Rehe sprangen aus einem Gebüsch, liefen über ein Stückchen Wiese und verschwanden wieder im nächsten Gebüsch.

»Haben die keine Angst hier?«, fragte Michail.

»Wovor denn? Dahinten sind nur noch Wasser und Schilf, kilometerlang und rundherum. Die Spitze der Halbinsel. Nur ein paar einzelne Häuser, sonst ist hier nichts.«

Michail seufzte. »Wie schön es sein kann am Ende der Welt!«

Oberhalb von Montreux

»Du meinst, er ist wieder zurück?«, fragte Simon und sah den Kleinen an. Der schüttelte zunächst mit dem Kopf, um dann heftig zu nicken.

»Es war fast einfacher, als er nur Gedanken geschickt hat«, sagte Miriam, »aber ich finde es toll, wie Tim unsere Gesten gelernt hat, auch wenn er manchmal etwas daneben liegt in der Auswahl.«

»Ja«, sagte Simon, »und er scheint auch inzwischen mit unserer Sprache etwas anfangen zu können, auch wenn er selbst noch nicht redet.

Aber trotzdem nochmal: Er ist zurück und hat auch seine Schwester mitgebracht?«

Wieder ein Nicken.

»Oh Simon, ich bin so froh, dass Michail das geschafft hat«, schaltete Miriam sich ein. »Wenn wir in Sicherheit sind, müssen wir Michail und seiner Schwester unbedingt helfen, dass sie wieder in ein normales Leben findet.«

»Ja, das werden wir. Aber erst mal sollten wir Michail eine Nachricht schicken, damit er weiß, dass es uns auch gut geht.«

»Und wenn die jemand abfängt?«

»Ich werde unseren abhörsicheren Kanal benutzen«, lachte Simon und zeigte auf Tim. »Zumindest die Verbindung zwischen ihm und Michail ist eine sehr feste.«

*

»Hast da mal wieda selbst übertroffen, Irenchen«, sagte Klaus. Er packte sich das nächste Stück auf den Teller, lehnte sich zufrieden in seinem Campingstuhl zurück und ließ seinen Blick in die Umgebung schweifen. Ein schöner Standplatz für das Wohnmobil, nicht weit weg von Montreux, Mittagessen in der Sonne, was wollte man mehr. Und nachher noch eine interessante Besuchstour. »Also wat du aus son Fisch machst.« Er häufte sich die nächste Ladung auf den Teller und lehnte sich zufrieden in seinem Campingstuhl zurück. Ein schöner Standplatz für das Wohnmobil, nicht weit weg von Montreux, Mittagessen in der Sonne, was wollte man mehr.

»Was mein Liebling so alles aus dem Genfer See zieht«, sagte Irene. »Da macht Kochen ja auch richtig Spaß. Sag mal, braucht man dafür eigentlich einen Angelschein?«

»Weeß nich«, brummte Klaus, »gloobe nich.«

»Egal. Du, ich freue mich so auf den Kleinen. Ist das nicht toll, dass wir die Drei nachher besuchen dürfen?«

»Ick wollt ma schon imma mal son Kloster ankieken«, lachte Klaus, »und uff den Kleenen freu ick ma jenauso.«

Greifswald

Die Pflegedienstleiterin sah Anke nach, als sie zur Tür ging, sich noch einmal kurz umdrehte, ihr zunickte und dann den Raum verließ. Schade, eine so tüchtige Schwester. Aber auch verständlich nach dem, was sie durchgemacht hatte. Hätte sie vielleicht doch auf den Kündigungsfristen beharren sollen? Versuchen müssen, sie zum Bleiben zu überreden? Nein, so war es doch besser für alle.

Die Frau konnte ihre körperlichen und seelischen Wunden heilen, und eine längerfristige Krankschreibung hätte für die Klinik erst recht keinen Vorteil gebracht. Sie setzte ihr Okay unter den Auflösungsvertrag und machte den Umschlag für die Personalabteilung fertig.

Oberhalb von Montreux

»Abjemacht?«

»Ja«, sagte Simon und schüttelte Klaus die Hand, während sie zu dem vor dem Kloster stehenden Setra gingen. »Wir fahren morgen mit euch zum Flugplatz. Die schweizer Polizei will uns zwar zur Sicherheit begleiten, aber diesmal sind wir ja nicht auf der Flucht, wie damals, als ihr uns gerettet und mit dem Wohnmobil in Sicherheit gebracht habt.«

»Jut. Klasse. Morjen sind wa da, Irenchen und icke, und janz besonders pünktlich.«

Insel Usedom

»Michail, muss das wirklich sein?«, fragte Anke, während sie über das grobe Kopfsteinpflaster des Hofes zu ihrem Auto gingen.

»Es sind meine Freunde, die einzigen, die ich habe. Mach dir keine Sorgen, ich bin übermorgen wieder zurück«, sagte Michail.

»Und du tust es nicht wieder? Du begleitest sie nach Rom, verabschiedest dich und kommst zu mir zurück, ohne irgendwelche Auseinandersetzungen?«

»Der Teil meines Lebens liegt hinter mir. Dank dir. Und ich will nie wieder dorthin zurück.«

»Versprochen?«

»Versprochen.« Er umarmte sie und hielt sie so fest in seinen Armen, als wolle er sie nie wieder loslassen. »Versprochen!«

»Michail, wo ist eigentlich dein Rucksack?«

»In der Kammer, hinten im Haus. Und da bleibt er auch.«

»Na dann komm, auf zum Bahnhof nach Anklam.«

»Du kannst mich ja dann davor absetzen und ...«

»Quatsch! Ich komme mit zum Bahnsteig.«

»Du willst ganz sichergehen, was?«

»Nein. Ich will nur noch ein paar Minuten länger mit dir zusammen sein.«

Oberhalb von Montreux

Ganz schön eng die Straße hinauf zum Kloster. Und jetzt kamen ihnen auch noch zwei Polizeiwagen mit Blaulicht entgegen. Ob das die Wagen waren, die sie eigentlich zum Flugplatz begleiten sollten? Klaus fuhr ganz rechts ran und ließ sie passieren. Komisch. »Irenchen, mach ma Radio lauter.«

»Klaus?«

»Na jut, bitte!«

»Da war eine Meldung, aber ich verstehe zu wenig Französisch«, sagte Irene. »Wir sind gleich oben und fragen da mal nach.«

Sie fuhren um die letzte Kurve. Wie ein Empfangskomitee standen schon alle vor der Tür. Miriam hielt das Kind auf dem Arm, Simon stand daneben, Greyson saß in seinem Rollstuhl und Diamino unterhielt sich mit den Männern, die wohl zur Schweizer Garde gehörten.

Irene kurbelte die Scheibe herunter. »Was ist denn mit der Polizei?«

»In der Nähe von Montreux ist ein Einkaufszentrum überfallen worden«, erklärte Simon, »vermutlich eine Geiselnahme, deswegen haben sie alle Kräfte zusammengezogen. Aber egal, unser Großraumtaxi ist ja da.«

»Na dann mal los«, sagte Irene, »alles einsteigen.«

Diaminos Begleiter halfen Greyson in den Setra und liefen dann zu ihrem Mercedes. Der Geistliche trat von einem Fuß auf den anderen. »Dürfte ich vielleicht ...?«, druckste er herum.

»Ma mit'n schicket Auto fahn?«, lachte Klaus. »Na klar, rinnspaziert, is noch Platz uff de Bank da hinten.«

Diamino stieg ein und Klaus gab Gas. Der Mercedes setzte sich hinter sie, und der kleine Konvoi nahm Fahrt auf.

»Bitte warten Sie«, sagte Michail zu dem Taxifahrer, »es wird nicht sehr lange dauern.« Er stieg aus und sah an dem Haus hinauf. Einer der gigantischen Plattenbauten in Marzahn, in Beton gegossene Anonymität, Fenster an Fenster gereiht wie die Waben eines riesigen Bienenstocks.

Er klingelte, wartete das Summen des Türöffners ab und stieß die Eingangstür auf. Einige der Briefkästen hingen mit ihren herausgerissenen Türen nur noch wie Attrappen an der Wand, aus den anderen ragten Prospekte und Werbezettel, noch mehr davon lag auf dem Boden. Graffitis an den Wänden bis zum Aufzug, dessen Tür sich mit einem mühsamen Quietschen öffnete.

Zwölfter Stock. Michail stieg aus und lief den langen Flur entlang. Die Frau, die ihm ihre Liebe geschenkt hatte während seiner einsamen Monate vor einigen Jahren in der russischen Botschaft, stand schon ganz hinten an der geöffneten Wohnungstür. Die Frau, deren Liebe er nicht hatte erwidern können.

»Du willst nicht bleiben?«, sagte sie mit unüberhörbarer Traurigkeit.

»Nein. Woher ...?«

»Ich habe vom Fenster aus gesehen, dass dein Taxi wartet. Aber ich freue mich, dass du lebst.« Sie hielt ihm den braunen Umschlag hin. »Und dass ich etwas dafür tun kann, dass es auch so bleibt. Nimm. Ich habe sorgfältig darauf aufgepasst.«

»Danke.« Michail gab ihr einen Kuss auf die Wange und ging zurück zum Aufzug. Als sich die Metalltür hinter ihm schloss, schaute er hinein. Ausweis. Pass. Führerschein. Sogar eine Chip-Karte der Krankenversicherung. Eine noch unbenutzte Identität, saubere Papiere aus der Zeit der schmutzigen Jobs für die russische Botschaft.

Michael Peters stieg in sein Taxi. »Flughafen Tegel, bitte.«

Montreux

Die kleinen Balkone mit den schmiedeeisernen Gittern und Geländern, jeder Einzelne mit einer gelben Markise, Blumenkästen, ein jeder bepflanzt und bunt berankt, vier nahezu identische Stockwerke. Das ehrwürdige Hotel hatte schon was, dachte Klaus, während er seinen Blick umherwandern ließ, solange die Ampel auf rot stand. Der Charme des Besonderen seit 100 Jahren, keiner von diesen glattgeschliffenen Hochhaustürmen ohne jeden Charakter.

Links sah Klaus den See. Er lag ruhig da, die Oberfläche glänzte in der Sonne. An der Uferpromenade schoben sich Menschen aller Hautfarben dicht gedrängt vorwärts, eben die Zeit des Festivals.

Seine Ampel sprang auf grün.

»Krass, wa?«, sagte Klaus, »latschen ooch bei Rot imma noch welche uff de Straße rum.« Jetzt war der Weg frei und er konnte losfahren.

»Ja, hast Recht«, sagte Irene, »die wollen alle runter zur Party am See. Klaus, guck mal, das nächste Hotel am Straßenrand hat genau den gleichen Baustil wie das hier, aber überall blaue Markisen und Rollläden.«

»Jefällt ma bessa als dit jelbe.«

»Du, Klaus, wie weit ist es noch bis zur Autobahn?«, kam Miriams Stimme von der Sitzecke hinten im Wagen, auf der es sich die anderen alle bequem gemacht hatten.

»Paar Kilometer, wenn Montröh uffhört, noch'n Stücke Landstraße, denn nen Zubringer nach rechts, de Berge hoch und uff de Autobahn.«

»Toll, was? Wie die das hier an die Berghänge gebaut haben«, schaltete sich Simon ein. »Das nenne ich

Ingenieurskunst. Die Stützpfeiler, auf denen die Autobahn ruht, dürften an die hundert Meter hoch sein.«

»Wenn wa da oben sind, isset jeloofen«, sagte Klaus.

Der Diesel nagelte gleichmäßig vor sich hin, während sie sich fast im Schneckentempo durch den Ort schoben. Hier ein Klappern, da ein Brummen, alles lief wie immer. Plötzlich blinkte eine gelbe Lampe am Armaturenbrett und ein Warnton ertönte. »Dit Ding, wat ma Kai einjebaut hat. Irenchen, kiek ma nach, wat Sache is.«

Seine Frau sah ihn lauernd an. »Das Zauberwort?«

»Na jut. Bitteschön. Bitte, bitte, bitte.«

Irene lächelte und nahm das neben der blinkenden Lampe befestigte Display vom Armaturenbrett. Frauen und Technik. Aber seine Frau hatte wenigstens aufgepasst, als Kai ihnen die Funktionsweise des Gerätes erklärt hatte. Irene drückte den Datenabgleich. »Den weißen Toyota-Transporter, der sich eben zwischen den Mercedes mit Diaminos Begleitern und uns gequetscht hat, hatten wir bei unserer Anreise an der Abzweigung nach Lausanne schon mal. War lange Zeit hinter einem Laster versteckt. Und der blaue Audi, zwei Autos weiter, ist uns auch schon begegnet.«

»Nimm die Kamera und zoom mal ran. Äh. Bitteschön. Bitte vielmals.«

Irene zog das Bild der Rückfahrkamera immer größer, bis einzelne Gesichter auf dem Display des Navi zu erkennen waren. »Das sind die Männer aus der Gartenkolonie«, sagte sie, »diese falschen Wasserwerker. Gut, dass unsere Nachbarn so aufmerksam waren und auch wissen, wie man mit einem Handy Fotos machen kann.«

Klaus dachte an seine aktive Zeit zurück. Wie hätte er damals einen Zugriff geplant? An welcher Stelle? Wann? Gleich kämen noch ein Stückchen Landstraße am Ufer entlang, vereinzelte Häuser und dann der Zubringer auf die

Autobahn. Ein Zubringer, an dem heftig gebaut wurde, unübersichtlich, Fahrbahnwechsel, teilweise einspurig. Der perfekte Ort für einen Zugriff. Der Audi würde sie plötzlich überholen und stark bremsen, die Männer herausspringen und ihn mit gezückter Waffe in Schach halten, während sich das Team aus dem Toyota um seine Fahrgäste kümmern würde. Ein Brandsatz, und in der Zeitung würde man am nächsten Tag von einem schrecklichen Unfall lesen, ein alter ortsunkundiger Fahrer, tragisch. Ein Achselzucken, die Deutschen, fahren eben immer zu schnell und unvorsichtig.

Die letzten Häuser, die Landstraße begann. Links das Seeufer, rechts ein schmaler Gehsteig und eine Steinmauer. Noch drei Kilometer bis zum Abzweig. Sollte er hier schnell rechts ran fahren und raus aus dem Wagen? Zu riskant. Eine Kurve. Ein Tempolimitschild 60. Überholverbot. Ein Blick in den Rückspiegel. Der Audi tauchte aus dem Schatten des Toyota auf und zog an dem Mercedes vorbei. Der Beifahrer hielt eine Waffe in der Hand, der Mercedes kam ins Schleudern und wurde langsamer. Ein Schuss in die Reifen? Jetzt war der Audi an dem Toyota vorbei und neben dem Heck des Setra.

»Festhalten da hinten«, schrie Klaus, trat das Gaspedal durch und riss das Steuer nach links. So leicht nicht, Freundchen. Metall knirschte auf Metall, als er den Audi touchierte. Gegenverkehr. Der Audi reihte sich wieder ein. Komm schon. 65. Der schwere Diesel jaulte auf. 70, 75. Den nächsten Überholversuch geblockt. 80. Wieder eine Kurve. 85. Der Drehzahlmesser wanderte bedrohlich auf den roten Bereich zu. 90. Ein einsam stehendes Hochhaus auf der rechten Seite, davor eine Batterie Mülltonnen. 95. Der Diesel donnerte, als würde er gleich in seine Einzelteile zerfliegen. 100. Die Deckel der Tonnen teilweise angehoben. Jetzt oder nie.

Klaus riss das Steuer nach rechts, mit einem lauten Krachen rumpelte der Bus auf den Bürgersteig. Die Stoßstange erfasste die erste Tonne und schleuderte sie gegen die Wand. Wie Dominosteine räumte das schwere Fahrzeug die Tonnen ab, die gegen die Wand geschleudert und auf die Fahrbahn geworfen wurden. Im Rückspiegel sah Klaus, wie die Verfolger in die zertrümmerten Tonnen rasten, die ihren Inhalt überall auf der Fahrbahn verstreut hatten. Die Autos kamen ins Schlingern, rutschten ineinander, der Gegenverkehr krachte trotz Bremsens mitten hinein.

Klaus fing den schwankenden Bus ab, ging vom Gas und drehte sich zu seinen Passagieren um: »Allet klar dahinten? Is so ruhich bei euch!«

Berlin

Der Flughafen Tegel. Diesmal war alles anders. Die Sonne schien und begleitete ihn noch einige Meter, ehe er die Abfertigungshalle betrat. Damals hatte es geregnet, als er angekommen war, um sich mit einem vor Waffen strotzenden Auto auf den Weg zu einem tödlichen Auftrag zu machen. Diesmal waren seine Waffen auf dem Bauernhof in Usedom geblieben, und es reiste auch nicht Herr Eggimann.

Die Dame am Schalter lächelte ihn an. »Soll ich ihr Gepäck nach Genf durchbuchen, Herr Peters?«

»Danke. Ich habe nur dieses Handgepäck.« Richtiges Handgepäck, dachte Michail, und nicht die unförmige Segeltuchtasche wie in Solikamsk. Immerhin hatte der Bluff mit dem von Simon aus einem toten Reh und einem Hundekadaver gebastelten Tiermodell in der Röntgenkontrolle funktioniert und Kornatow getäuscht.

»Gate Nummer acht bitte«, sagte die Frau und gab ihm

die Bordkarte und das Ticket zurück. Er betrachtete die Papiere. Diesmal hatte er auch ein Rückflugticket. Nach Genf fliegen, seine Freunde nach Rom begleiten und sie in der Sicherheit des Vatikans verschwinden sehen, eine Nacht in Rom verbringen und dann zurück an die Ostsee, wo so viel Platz war. Wo ein neues Leben auf ihn wartete, den Landwirt Michael Peters, auf seine Schwester und Anke, die sich nicht mehr um Kranke, sondern um ihre eigene Familie kümmern würde.

Flughafen Genf

»Eine Durchsage für die Passagiere des Fluges 391 nach Rom. Ihr Flug wird in wenigen Minuten zum Einsteigen bereit sein. Reisende mit Kindern kommen bitte jetzt schon zum Boarding.«

Das Warten in der Lounge war endlich vorbei. Miriam drückte Simons Hand ganz fest. »Wir haben es geschafft. Es geht los.«

»Ja, Miriam, es sieht so aus, als würde jetzt alles gut werden. Aber geschafft haben wir es noch nicht, oder?«, lachte er und deutete auf das Kind in Miriams Arm. Das Gesicht nur zu erahnen unter dem tief heruntergezogenen Hütchen, aber eine kleine Hand mit vier Fingern zupfte an Miriams Zöpfen herum und merkwürdige glucksende Laute drangen zu ihm herüber. »Ob er mal so richtig sprechen wird?«, sagte Simon. »Zumindest seine Muttersprache scheint mir noch erheblich verbesserungsfähig.«

»Ach ja? Und wenn der Herr Vater sich in nächster Zeit mal um die Aussprache kümmern würde? Vielleicht ist die Vatersprache ja besser verständlich?«

»Ich fürchte«, zwinkerte Simon ihr zu, »ich werde einfach zu viel zu tun haben, um ...«

Mit einem Knuff in seine Rippen zeigte ihm Miriam, was

sie von dieser Ausrede hielt. »Und er wird uns auch noch auf Trab halten«, sagte sie und zeigte auf Greyson, der in seinem Rollstuhl voller Anspannung die kleinen Bewegungen seiner Zehen in den Sandalen beobachtete, als sei es nur eine Frage von Minuten, bis seine Beine wieder voll einsatzbereit wären.

»Stimmt«, antwortete Simon, »der erste Schub seiner körpereigenen Botenstoffe und Hormone scheint schon etwas zu bewirken. Ich habe ihm versprochen, weiter zu machen, wenn ich in den Räumen des Vatikan wieder arbeiten kann.«

»Och, das ist doch nicht nötig«, sagte Greyson in seiner sarkastischen Art, »ich bin doch schon fast wieder der Alte. Aber sobald ich wieder richtig laufen kann, werden wir ...«

»Fred, hör auf, es reicht«, fiel ihm Miriam ins Wort, »was wir machen werden, wird sich ergeben, und du machst deine Geschäfte. Aber ohne unser Kind!«

»Immer mit de Ruhe«, schaltete sich Klaus ein, »erstma rin innen Fliejer, wat Jutet essen in de erste Klasse, mal kieken, wie dit so iss innen Vatikan, und denn müssta den Kleenen jut versorgen.«

»Und wenn wir jetzt nicht zum Einstieg gehen, können wir hier in der Lounge wohnen bleiben«, sagte Simon und sah zu Michail hinüber. Der saß in Gedanken versunken da, seinen Blick fest auf Miriam und Tim gerichtet. Da schien jemand schon dabei zu sein, seine Vergangenheit gegen eine ganz andere Zukunft zu tauschen. Kinder, eine Familie und das mit der Frau, die für ihn wie geschaffen war, bürgerliches Leben anstelle einer Existenz jenseits aller Gesetze.

Michail stand auf. »Ich bin so froh, euch hier so zu sehen und euch begleiten zu dürfen. Und ...« Ein Lächeln erschien in dem Gesicht, das sonst immer so verschlossen war. »Und wenn ich nach Hause zurückkehren kann und weiß, dass es euch gut geht.«

Der kleine Tross setzte sich in Bewegung, Diamino voran, der die Bordkarten durch die Luft schwenkte, als würde er in der Kirche Weihrauch verteilen. »Die Wege des Herrn sind unergründlich«, verkündete er, »aber für uns sind sie jetzt klar. Kommt, wir fliegen nach Hause.«

Epilog

Die junge Frau am Fenster nestelte an dem Sicherheitsgurt und rutschte auf ihrem Sitz hin und her.

Das ältere italienische Ehepaar daneben schaute sich ratlos an. Die beiden standen schließlich auf und blieben im Gang stehen. »Prego!«, sagte der Mann und machte eine einladende Geste, worauf sich das grazile Wesen aus der engen Sitzreihe schob, um dann der Flugzeugtoilette am Heck zuzusteuern.

Merkwürdig. Ein *Grazie* wäre ja wohl angemessen gewesen, aber ihre Nachbarin hatte seit dem Einsteigen keinen Ton gesagt. Wie schade, dachte der Italiener, der sie gerne in ein Gespräch verwickelt und einen Blick in ihre von einer großen Sonnenbrille verborgenen Augen geworfen hätte.

Der schlanke junge Mann mit der tief ins Gesicht gezogenen Basecap, der ein paar Reihen weiter hinten auf einem Gangplatz saß, nickte der jungen Frau zu, als sie an ihm vorbeilief, und vertiefte sich dann wieder in seine Zeitschrift.

Sie ging in den Waschraum am Heck der Maschine, schloss die Tür hinter sich, legte etwas wie einen flachen Bildschirm auf den Rand des Waschbeckens und zog ihre Handschuhe aus.

Ein Flugzeugsymbol erschien, und sie tippte mit den Fingerspitzen darauf. Die Instrumententafel eines Cockpits füllte nun den Bildschirm. Sie wartete noch einen Moment, bis die Steuersymbole aktiv wurden und berührte dann ganz kurz das Symbol mit dem Seitenruder. Nur der Bruchteil einer Sekunde und das Flugzeug legte sich leicht in die Kurve. Es funktionierte also alles wie geplant.

Flug 391 von Genf nach Rom war jetzt unterwegs zu einem neuen Ziel.

Danksagung

Das Leben an der Seite eines der Schreibwut verfallenen Menschen ist hart. Meiner Frau danke ich für ihre Geduld und Nachsicht ganz besonders in den Phasen, in denen ich für kleine Ewigkeiten am Computer und aus dem sonstigen Leben verschwunden war.

Vielleicht noch härter ist es für einen Autor, seine lieb gewonnenen Zeilen anderen vorzutragen und mitzuerleben, wie sich unter die Zustimmung kritische Fragen mischen und einiges gar droht, dem Rotstift zum Opfer zu fallen. Ich danke unserer kleinen Autorenrunde mit Ramona Karthe, Bettina Kerwien, Bianka-Maria Rehle und Carola Wolf für ihre konstruktive Kritik.

Seine Texte auf dem elektronischen Wege aus der Hand zu geben erfordert einen gewissen Mut und die Bereitschaft, sich den Kommentaren am Rand zu stellen, roten Markierungen und eventuell sogar unübersehbaren Fragezeichen. Aber so wächst der Text immer weiter auf die Bedürfnisse und Erwartungen der Leser zu, wenn denn der Autor bereit ist, den Anregungen zu folgen. Bei meiner Frau, Franziska Dreke, Jana Iwu und Eva Rösler bedanke ich mich ganz herzlich für ihre Arbeit.

Und wenn sich bei etwa 400.000 Zeichen der Fehlerteufel trotzdem an einigen Stellen hat einschleichen und festbeißen können, mögen es mir diese Personen verzeihen … und auch meine Leser.

Recherche ist ein wichtiges Thema bei der Bucherstellung. Viel besser als die obligate Suche im Internet sind die persönlichen Ratschläge von Fachleuten. Ich hoffe, meine Ratgeber Prof. Stephan Duda, Prof. Sebastian v. Klinski und Dr. Karl-Heinz Schönwälder sehen es mir nach, dass ich vielleicht trotzdem manches nicht ganz korrekt wiedergegeben habe.

Der dann erstaunlicherweise doch irgendwann fertiggewordene Text musste ja dann noch in ein tolles Cover verpackt werden. Meinen Dank dafür hat Uwe Carow verdient.

Ein besonderes Dankeschön schulde ich Karim Pieritz, der mich als eine Art Unikat in seinen Verlag aufgenommen und entsprechend unterstützt hat. Ich hoffe, es bleibt nicht bei diesem einen Buch mit ihm ... und mit meiner tollen Crew!

Über den Autor

Anders Alborg beschäftigte sich schon während seines Medizinstudiums mit der Erforschung biophysikalischer Zusammenhänge und mit den Auswirkungen extremer äußerer Einflüsse und Umweltfaktoren auf den Organismus. In der Folge war er für verschiedene Einrichtungen, Institute und Konzerne im Gesundheitssektor tätig.

»Das Unikat – Flucht ins Leben« ist die Fortsetzung seines Thrillers aus dem Umfeld der Gentechnik und des Klonens »Das Unikat«.

Der Autor lebt mit seiner Familie in Berlin.